Dagmar Hansen veröffentlichte bereits erfolgreich zahlreiche Romane, von denen mehrere für ARD und ZDF verfilmt wurden. Mit «Herzenswege», ihrem ersten Roman bei Rowohlt, wandte sie sich den emotionalen Themen zu und schreibt für Frauen, die das Leben mit allen Höhen und Tiefen kennen und den Mut haben, sich mit ihren Gefühlen und den großen Fragen des Lebens zu beschäftigen.

DAGMAR HANSEN

ALLE TAGE, die wir LEBEN

Roman

Rowohlt Taschenbuch Verlag

Originalausgabe
Veröffentlicht im Rowohlt Taschenbuch Verlag,
Hamburg, Dezember 2019

Redaktion Heike Brillmann-Ede
Covergestaltung FAVORITBUERO, München
Coverabbildung Anastasiia Malinich, pickbiz/shutterstock
Satz aus der DTL Dorian
bei Dörlemann Satz, Lemförde
Druck und Bindung GGP Media GmbH,
Pößneck, Germany
ISBN 978-3-499-27657-6

Für meine Enkelkinder
Henry und Marlene
In Liebe

Charlie Brown und Snoopy sitzen auf einem Bootssteg und schauen hinaus aufs Meer.
«Ach, Snoopy. Eines Tages müssen wir alle sterben», sagt Charlie traurig.
«Stimmt. Aber an allen anderen Tagen leben wir», erwidert Snoopy.

Prolog

Die Buchenscheite in der Feuerschale brennen lichterloh. Funken sprühen in den Abendhimmel, es knackt und knistert. Der Duft des Rauchs erinnert mich an die Lagerfeuer meiner Kindheit auf der Wiese am Fluss. Wie hypnotisiert starre ich in die Flammen. Neben mir steht ein großer schwarzer Plastiksack. So viele Jahre meines Lebens stecken in seinem Inneren. Jetzt gleich werde ich alles zu Asche verbrennen, denn ich brauche es nicht mehr. Alles, was wirklich wichtig ist, finde ich in mir selbst.

Oder?

Was, wenn ich diese Aktion hier für den Rest meines Lebens bitter bereuen werde?

Es ist heiß am Feuer, der Schweiß läuft mir übers Gesicht. Ich reiße mich vom Anblick der Flammen los und schaue hinüber zu Ruth. Sie sitzt vornübergebeugt auf ihrem Gartenstuhl und macht sich an einem Gegenstand zu schaffen, den sie im Schoß hält.

Plötzlich erschüttert dröhnende Rockmusik die Ruhe des Gartens. Ich bin so erschrocken, dass ich einen Satz zur Seite mache.

«*It's my life!*», schmettert Jon Bon Jovi so laut, dass sämtliche Nachbarn auch etwas davon haben. «*It's now or never! I ain't gonna live forever! I just want to live while I'm alive!*»

Es ist mein Leben! Jetzt oder nie! Ich leb nicht für immer! Ich will einfach leben, solange ich am Leben bin!

Gänsehaut pur, die raue Stimme und der kraftvolle Sound. Meine Füße bewegen sich wie von selbst im Rhythmus der Musik, die Hüften und Arme schwingen mit. Ruth hat sich aufgerichtet und sitzt nun kerzengerade, wie eine Königin auf ihrem Thron. In der Tat sieht sie der Queen ähnlich, was auch an ihren weißen, sorgfältig frisierten Locken liegt. Eine Hand hat sie auf den Mund gepresst, wie sie es immer tut, wenn sie sich ausschüttet vor Lachen.

Sie hat es faustdick hinter den Ohren, diese Königin.

Kapitel 1

Wir saßen auf «unserer» Bank an unserem Lieblingssee, Günter und ich. Es war ein schwüler Sonntagnachmittag im August, die Sonne glitzerte auf dem Wasser, und auf den Uferwegen und am Badestrand war die Hölle los. Radfahrer, Spaziergänger mit und ohne Hund, Jogger, Nordic Walker, Familien mit Kindern, Gruppen von lautstarken Jugendlichen und händchenhaltende Liebespaare beanspruchten diesen idyllischen Flecken im Grunewald für sich.

Die von Eichen beschattete Bank stand ein bisschen versteckt, an einer Stelle, an der man nicht ins Wasser konnte, aber einen guten Blick über den See hatte. Günter war schon auf dem Hinweg untypisch schweigsam gewesen, was wohl an der Hitze lag, Temperaturen über fünfundzwanzig Grad machten ihm sehr zu schaffen. Auch jetzt schien ihm nicht nach Reden zumute zu sein. Es dauerte eine Weile, bis er sich ein paarmal räusperte, wie um Anlauf zu nehmen, und schließlich sagte: «Es tut mir leid, Mathilde.»

Ich hatte ein Schwanenpaar beobachtet, das mit seinen grau gefiederten, halbwüchsigen Küken am Schilfgürtel vorbeischwamm. Jetzt schaute ich verblüfft Günter an. Warum in aller Welt entschuldigte er sich aus heiterem

Himmel? Und warum sah er so verlegen und unglücklich aus?

Ich öffnete den Mund, um nachzufragen, aber Günter kam mir zuvor. «Ich wollte dir eigentlich einen Brief schreiben. Vielleicht mach ich das auch noch, vieles klärt sich ja erst so richtig, wenn man es aufschreibt. Morgen geht es los, die Jungs und ich, wir fliegen nach Vancouver, wir freuen uns wie Bolle, schon seit Wochen … Und vorher möchte ich reinen Tisch machen, damit ich unbeschwert auf die Reise gehen kann.»

Seine Stimme erstarb, und er holte tief Luft, bevor er fortfuhr: «Also, es ist so: Ich habe sehr viel nachgedacht in den letzten Wochen, als der Abflugtermin immer näher rückte. Über mich, mein Leben und wie ich mein letztes Lebensdrittel gestalten möchte. Daher zwangsläufig auch über uns beide. Es tut mir wirklich leid, dich enttäuschen zu müssen. Aber ich möchte unsere Beziehung beenden.»

Im ersten Moment glaubte ich, mich verhört zu haben. Schluss machen? Hier? Jetzt? Aus heiterem Himmel? Einen Tag bevor er mit seinen Freunden für drei Wochen nach Kanada flog? Mir war auf einmal kalt, so kalt, wie es einem nur sein kann bei dreißig Grad im Schatten, wenn einem gerade Eiswürfel ins Herz gestreut werden.

«Aber … aber warum denn?» Meine Stimme klang fremd in meinen Ohren. Viel höher als sonst und ausgesprochen kläglich. «Es ist doch schön mit uns? Auch wenn wir manchmal an Kompromissen arbeiten müssen?»

So hatte es meine Freundin Anke ausgedrückt, als ich ihr

nach einer Auseinandersetzung mit Günter mein Herz ausgeschüttet hatte.

Günter zog die Stirn in nachdenkliche Falten. Dass er das oft tat, seit vielen Jahren, sah man an den vielen waagerechten Linien, die sich eingegraben hatten. «Das ist ein sehr wichtiger Punkt. Wir sind jetzt seit sieben Monaten zusammen, und ich möchte einfach keine Kompromisse mehr aushandeln und Verpflichtungen haben. Das hatte ich alles lange genug, als ich verheiratet war. Seit ich glücklich geschieden bin und die Kinder groß sind, genieße ich eine ganz neue Freiheit. Solo geht es mir besser als zu zweit, das ist der Schluss, zu dem ich nach mehreren Beziehungsversuchen gekommen bin.»

«Mir nicht», sagte ich traurig. «Ich finde es schön, einen Partner zu haben.» In Gedanken fügte ich hinzu: Jemanden fürs Herz. Jemanden, bei dem ich mich zu Hause fühlen kann.

Hatte ich mich zu Hause gefühlt bei Günter? Nicht wirklich. Dafür steckte alles zwischen uns, einschließlich meiner Gefühle für ihn, noch zu sehr in den Anfängen. Ich hatte das Bild einer jungen Pflanze vor Augen gehabt, wenn ich an «uns» dachte: etwas, das bei guter Pflege, viel Zuneigung und Verständnis füreinander mit der Zeit zu einem Baum mit starken Wurzeln heranwachsen würde. Vielleicht hätte er mich dann auch Tilda genannt, wie alle Lieben, die mir nahestanden, anstatt darauf zu bestehen, dass Mathilde ein schöner alter Vorname sei, der viel besser zu mir passte.

Zwei Kormorane flogen mit schnellen Flügelschlägen über den See. Vielleicht hatten sie meine Träume mitgenommen, meine Sehnsüchte von einem Leben zu zweit. Zusammen alt werden in einer gemeinsamen Wohnung. Freud und Leid miteinander teilen. Leben, lieben, lachen. Ein harmonisches Familienleben mit Günters Kindern und Enkeln, die ich bis jetzt nur von Fotos und Videos kannte. Ich hatte uns schon alle zusammen Weihnachten feiern sehen, mit Tannenbaum und Gänsebraten und ganz viel Zeit mit den Kleinen. Und nun war ich wieder allein und kämpfte mit den Tränen.

«Gefühle kann man nicht erzwingen», sagte Günter jetzt. «Ich hab gedacht, es könnte funktionieren mit uns. Ich war wirklich verliebt in dich …»

«Aber jetzt bist du's nicht mehr.» In meinem Hals hatte sich ein Kloß gebildet, ich konnte kaum schlucken. Meine Augen brannten, aber ich gewann den Kampf gegen die Tränen. Ich würde nicht vor Günter weinen, sondern zu Hause. Denn dort gab es jemanden, der versuchen würde, mich zu trösten.

Günter schaute mich mitleidig an und räusperte sich verlegen, bevor er antwortete. «Ich mag dich nach wie vor. Ich kann mir auch gut vorstellen, dass wir befreundet bleiben und uns ab und zu ganz zwanglos auf ein Glas Wein treffen.»

Unvermittelt beugte er sich zu mir herüber und strich mir übers Haar. Eine väterliche, ein bisschen ungeschickte Geste.

«Lass das bitte», sagte ich und rückte ab.

Er zog die Hand zurück und seufzte. «Ich kann es nur wiederholen, Mathilde: Es tut mir wirklich leid. Aber besser ein Ende mit Schrecken als …»

«… ein Schrecken ohne Ende?», unterbrach ich ihn. «Na danke schön! Das ist wirklich unverschämt.» Ich funkelte ihn an. Wie gut die Wut tat, die plötzlich durch meinen Körper pulsierte. Mir war nicht mehr kalt, kein bisschen.

Günter sah ehrlich entsetzt aus. «So war es nicht gemeint! Natürlich war es nicht schrecklich mit dir! Wir hatten auch schöne Zeiten, keine Frage. Aber ich bin einfach nicht der Mann, den du dir gewünscht hast. Ich habe zu viele Interessen und Hobbys, die du nicht teilst. Ich bin oft mit meinen alten Freunden zusammen. Und ich möchte deswegen kein schlechtes Gewissen haben.»

«Hab ich dir je Vorwürfe gemacht?»

«Es war schon klar, dass du gern mehr Zeit mit mir verbracht hättest.»

«Das ist wohl wahr. Ein Kapitalverbrechen, das ich begangen habe, wie sich jetzt herausstellt. Also tschüs dann. Alles Gute. Und viel Spaß im Urlaub mit den Jungs. Ich gehe jetzt nach Hause.» Das hatte lässig klingen sollen und ironisch und selbstbewusst, aber leider konnte ich nicht verhindern, dass meine Stimme zitterte.

Günter griff nach meiner Hand, aber ich trat rechtzeitig einen Schritt zurück. «Ich melde mich, wenn ich wieder da bin. Dann können wir vielleicht noch mal in Ruhe reden.

Du bist wütend und gekränkt, ich kann's dir nicht verdenken. Ich fände es schade, wenn das so bliebe.»

Jetzt hatte ich endgültig genug. «Mach du einfach dein Ding und lass mich in Ruhe», fauchte ich ihn an.

Und dann war ich auf dem Uferweg unterwegs und tauchte ein in das Gewimmel von Spaziergängern, Hunden, Joggern, Radfahrern und wünschte, ich hätte Flügel wie die Kormorane, um auf dem schnellsten Weg nach Hause zu fliegen.

Kapitel 2

In meiner kleinen Wohnung war es angenehm kühl. Ich hatte früh am Morgen gut durchgelüftet und dann die Jalousien im Wohnarbeitszimmer heruntergelassen, das nach Südwesten hinausging. Ich zog meine Sandalen aus, legte mich aufs Sofa und starrte im Halbdunkel auf das gerahmte Foto an der Wand gegenüber. Bis auf ein angedeutetes Lächeln ist mein Gesicht ernst auf dem Bild, aber meine Augen leuchten und verraten, wie glücklich ich bin. Ich trage einen Kranz aus künstlichen weißen Rosen und Perlen im kurzgeschnittenen, dunklen Haar. Dazu ein weißes Kleid, von dem nur das langärmelige Oberteil aus Spitze sichtbar ist. Ich schmiege mich an meinen Bräutigam, der über das ganze Gesicht strahlt.

Kai. Meine große Liebe.

Sechsundzwanzig Jahre waren vergangen, seit wir uns das Ja-Wort gegeben hatten. Eine halbe Ewigkeit, die wie im Flug vorübergehuscht war.

Kennengelernt hatten wir uns auf der Silvesterparty einer Freundin, deren Mann ein Kollege von Kai war. «Das ist ein richtig Netter. Und er ist solo, genau wie du», zischte mir die Freundin ins Ohr, bevor sie mich dem großen, breitschultrigen Mann vorstellte, der mich anstrahlte, als sei ich eine ganz besondere Kostbarkeit. Sofort hatte ich vergessen, dass ich eigentlich ein bisschen schüchtern war. Ich strahlte zurück, und ehe ich mich's versah, holte Kai mir ein Glas Sekt, und wir redeten und lachten, als würden wir uns schon ewig kennen. Und wir tanzten, als wären wir dafür geboren worden, miteinander zu tanzen. Um Mitternacht küssten wir uns leidenschaftlich auf dem vollgepackten Balkon, und ich weiß noch, dass ich Herzflattern hatte und weiche Knie und dachte: So schmeckt also die Liebe …

Drei glückliche Jahre wurden Kai und mir geschenkt. Eines davon verheiratet. Dann kam der Morgen, an dem er auf dem Weg zum Bäcker auf einer Landstraße in Schleswig-Holstein aus ungeklärter Ursache gegen einen Baum raste, während ich in unserer Ferienwohnung das Frühstück richtete.

Er starb noch am Unfallort. Einige Tage später verlor ich in der zwölften Schwangerschaftswoche unser Baby.

Nicht nur äußerlich bin ich nicht mehr die Frau, die ich damals war. Die Braut auf dem Foto kommt mir sehr jung, naiv und Lichtjahre entfernt von meinem heutigen Ich vor. Ich erinnere mich, dass ich einen Plan für mein Leben hatte, von dem ich ganz selbstverständlich annahm, dass er sich erfüllen würde. Ich würde für immer glücklich mit Kai sein. Wir würden zwei wunderbare Kinder zusammen bekommen. In meinem Beruf als Bürokauffrau würde ich Teilzeit arbeiten, solange die Kinder klein waren. Mittelfristig hatten wir aus Berlin wegziehen wollen, in eine Stadt, in der sich unser Traum von einem eigenen Häuschen mit Garten verwirklichen ließ. Dort würden wir ein weitgehend sorgenfreies Dasein bei bester Gesundheit genießen, später (hoffentlich) mit den inzwischen erwachsenen Kindern und den Enkeln in der Nähe, und mit ungefähr neunzig dann eines Abends gemeinsam zu Bett gehen, um nie mehr aufzuwachen.

Das Leben hatte sich nicht an meine Entwürfe gehalten. Es spielte sich weiterhin in Berlin ab, hatte mir gute und nicht so gute Zeiten beschert und Partner, Bekannte, Kollegen, Nachbarn, Freunde und Freundinnen. Manche, wie Anke und Dani, waren geblieben. Mit Mitte fünfzig arbeitslos zu werden, weil der langjährige Arbeitgeber Insolvenz anmelden musste, war eine Erfahrung, die ich niemandem wünsche. Ich hatte es Kai zu verdanken, dass ich den Mut aufbrachte, mich mit einem Schreibservice selbständig zu machen. Die Idee flog mich an, nachdem ich ihm nach unzähligen Absagen auf meine Bewerbungen voller Verzweiflung mein Herz ausgeschüttet hatte. Er hatte mich immer dafür bewundert, wie fix ich im Zehnfingersystem schreiben konnte. Mir hingegen hatte es imponiert, wie leicht ihm als Tischler alles Handwerkliche fiel. Wir waren nicht nur ein Ehepaar, sondern beste Freunde gewesen, die sich gegenseitig bewunderten und blind aufeinander verlassen konnten. Die innere Gewissheit, dass seine Liebe noch immer für mich da war, dass ich mit ihm reden konnte, als säße er neben mir, war etwas, das mir selbst in den schwärzesten Stunden Trost schenkte.

«Ich bin traurig», sagte ich laut zu Kai. Auf dem Bild war er sechsunddreißig. Ich hatte oft versucht, ihn mir als älteren Mann vorzustellen. Mit grauen Haaren oder Glatze, Lesebrille, Falten, einem Bäuchlein. Es war mir nie gelungen. Während ich mich veränderte, blieb er so, wie ich ihn für immer in Erinnerung behalten würde.

Was würde Kai antworten, wenn er hier neben mir auf dem Sofa liegen würde, das breit genug zum Kuscheln war, wenn man sich eng aneinanderschmiegte?

«Wein ruhig, das tut dir bestimmt gut. Ich bin bei dir.»

«Ich kann nicht», gab ich zurück. «Vielleicht später.»

«Du wirst einen anderen Mann kennenlernen. Einen, der dich verdient hat und von ganzem Herzen liebt.»

«Darf ich ehrlich sein?»

Die Frage war rhetorisch, denn Kai war der Einzige, zu dem ich immer rückhaltlos ehrlich war. Sein strahlendes Lächeln auf dem Foto war eine einzige Ermutigung loszulegen.

«Nächsten Monat werde ich sechzig. Sechzig! Weißt du, was das heißt? Die BahnCard bekomme ich dann deutlich günstiger. Aber das kann mich nicht trösten. Genauso wenig wie der Firlefanz von wegen Best Ager, Generation Gold, Generation 50plus, Silver Ager, Golden Ager oder Third Ager. Wenn du jetzt denkst, dass ich zum Thema gegoogelt habe, liegst du richtig. Weil mich dieser Geburtstag wirklich umtreibt. Alle wollen jung oder zumindest jugendlich sein. Denn das wird gleichgesetzt mit sportlich, dünn, gesund, attraktiv, voller Energie, superaktiv und gutsituiert. Niemand will als ‹Senior› oder als ‹alt› bezeichnet werden, das klingt nach klapprig, kränklich, knapp bei Kasse, einsam, mit einem Fuß schon im Grab. Daher all diese euphemistischen Phantasieumschreibungen, auch noch hip auf Englisch, die dir suggerieren sollen … ja, was eigentlich? Doch nichts anderes, als dass du die Realität ignorieren sollst.»

Ich hatte mich so in Eifer geredet, dass ich unbedingt etwas trinken musste. Also rappelte ich mich vom Sofa auf, tappte barfuß zum Kühlschrank und goss mir ein Glas eiskaltes Mineralwasser mit einem Schuss Apfelsaft ein. Nachdem ich die Schorle durstig hinuntergestürzt hatte, schenkte ich mir noch ein Glas ein und trat hinaus auf den kleinen, mit Ringelblumen, Kapuzinerkresse und Kräutern bienenfreundlich bepflanzten Balkon. Die schwüle Hitze schlug mir mit Wucht entgegen, sicher würde es heute noch ein Gewitter geben.

Kai war mir gefolgt, ich spürte deutlich seine tröstliche Gegenwart.

«Und was ist die Realität?», erkundigte er sich sanft.

Ich presste das kalte Glas gegen meine plötzlich schmerzende Stirn. «Dass ich natürlich sehr wohl alt bin mit sechzig. Keine hochbetagte Greisin, aber eine Seniorin, ganz offiziell, mit Brief und Siegel. Siehe BahnCard. Und das fühlt sich einfach … grässlich an. Denn mir ist klar, dass nichts mehr vorwärtsgeht. Ich bin in der Endstation gelandet. Alle Räder stehen still, und wenn sie sich dann wieder in Bewegung setzen, geht es nur noch rückwärts und bergab in jeder Beziehung, bis das Leben in ein paar Jahren vorbei ist.»

Kai schwieg. Aus gutem Grund. Er wusste, dass ich recht hatte und es keinen Sinn machte, mir Sand in die Augen streuen zu wollen, um mich über mein Alter und Günter hinwegzutrösten. Eine neue Liebe war genauso unerreichbar wie meine Jugend. Ich war wieder allein, und ich würde es bleiben und immer mehr Falten bekommen und weiße Haare und andere Alterserscheinungen und Beschwerden, von denen ich vor dreißig Jahren nicht mal wusste, dass es sie gab, und irgendwann, eines nicht mehr fernen Tages, würde mein Herz für immer aufhören zu schlagen.

«Ich bin so traurig», sagte ich leise zu der Buche vor meinem Balkon.

Kein Ast, kein Blatt bewegte sich, die Luft stand still. Als mir die Tränen kamen, wie ein Gewitterregen, setzte ich mich auf den Gartenstuhl und schlug die Hände vors Gesicht.

Kapitel 3

In dieser Nacht schlief ich schlecht. Immer wieder schreckte ich aus wirren Träumen auf. In Erinnerung blieb mir eine Szene, in der ich verzweifelt eine Transportmöglichkeit zum Flughafen suchte, um rechtzeitig einen Ferienflieger nach Mallorca zu erwischen. Akustisch untermalt wurde die seltsame Odyssee durch ein heftiges Gewitter über Berlin, das den ersehnten Regen brachte. Es regnete immer noch, als ich mich kurz nach Sonnenaufgang mit einem Block, einem Stift und einem Becher Kaffee an den Küchentisch setzte. Die Balkontür stand weit offen, und ich war dankbar für die kühle, nach nasser Erde duftende Luft, die der Wind hereintrug.

Ich war immer noch traurig und sehr müde, weil ich gefühlt kaum ein Auge zugemacht hatte. Am liebsten hätte ich mich wieder hingelegt und den Tag mit dem spannenden Krimi, den ich gerade las, im Bett verbracht. Auch Bücher waren immer ein Trost für mich, weil sie mich in andere Welten eintauchen ließen. Aber es wartete Arbeit auf mich, und verschiedene Dinge mussten erledigt werden, und eine To-do-Liste war genau das, was ich jetzt brauchte, um Ordnung in mein Gehirn zu bringen.

To do:

- Schriftsätze für Kanzlei Simon und Gutachten erledigen.
- Mich auf unseren Kochabend am Freitag mit Dani und Anke freuen.
- Blumen kaufen. Blumen sind gut für die Seele.
- Außerdem: Käse, Toast, Wein, Gemüse, Nektarinen, Zahnbürsten.
- Nicht an Günter denken.
- Nicht an meinen Geburtstag denken.
- Am besten gar nicht denken. Hahaha. Humor hilft immer.
- Anstatt hier noch länger im Nachthemd herumzutrödeln: ab unter die Dusche, um dynamisch und frisch in den neuen Tag zu starten.

Drei Stunden später saß ich auf meinem Schreibtischstuhl am Rechner und starrte auf den Monitor. Blind, weil mir die Tränen die Wangen herunterliefen. Die sympathische Stimme von Rechtsanwalt Bernhammer, mit dem ich gerade telefoniert hatte, klang mir noch im Ohr. Mein erster und größter Auftraggeber hatte nach einem Herzinfarkt spontan beschlossen, sich aus dem Berufsleben zurückzuziehen. Und sich aufrichtig dafür entschuldigt, dass unsere Zusammenarbeit damit beendet war.

«Es ist mir wichtig, dass Sie es von mir persönlich erfahren. Sie haben sich doch bestimmt gewundert, dass in den letzten Wochen nichts von uns kam.»

«Schon. Aber ich dachte, vielleicht sind Sie auf Reisen. Es ist ja Sommer», gab ich zurück. Meine Stimme klang erstaunlich gefasst, aber mein Herz raste, und meine Gedanken überschlugen sich. Mein wichtigster Auftraggeber! Auf den ich mich immer verlassen konnte! Wie soll ich bloß über die Runden kommen? Es ist so unglaublich schwierig, neue Kunden zu gewinnen, es gibt so viele Schreibbüros, und die Zeit läuft mir davon, ich hab ja keine Ersparnisse ... Miete. Strom, Telefon, Lebensmittel. Krankenversicherung ... das muss jeden Monat bezahlt werden; und immer, immer ist es knapp, seit ich selbständig bin. Was, wenn ich jetzt alles verliere und zum Sozialfall werde und meine Wohnung nicht mehr halten kann?

Herr Bernhammer seufzte schwer. «Ich war im Krankenhaus. Und dann in der Reha. Mit Anfang sechzig ist das nicht ungewöhnlich. Und ein Warnschuss. Die Kanzlei war immer mein Leben, Stress meine Droge. Aber jetzt ist es an der Zeit, mich um meine Gesundheit zu kümmern. Und Spaß zu haben. Golf spielen, in Urlaub fahren, viel mit der Familie unternehmen, solche Sachen. Das sagt jedenfalls meine Frau.»

Das klang eher schicksalsergeben als begeistert.

«Sie hat ganz sicher recht», gab ich zurück und dachte: Anfang sechzig. Mein Alter, ungefähr jedenfalls. Was, wenn ich auch krank werde? Nicht mehr arbeiten kann? Herr Bernhammer ist bestimmt gut abgesichert. Ich nicht. Nur nicht dran denken!

Über mein wild klopfendes Herz hinweg hörte ich wie

aus weiter Ferne, wie Herr Bernhammer sich für die gute Zusammenarbeit bedankte und mir alles Gute für die Zukunft wünschte. Ich bedankte mich ebenfalls und wünschte ihm eine gesunde und glückliche Zeit als Privatier. Dann war das Gespräch zu Ende, und nichts, gar nichts war gut. Noch vor vierundzwanzig Stunden hatte ich einen Partner an meiner Seite gehabt und die Überzeugung, dass ich zwar kein Vermögen mit meinem Schreibservice verdiente, es aber zum Leben reichte. Ich hatte sogar gehofft, im nächsten Jahr mal Urlaub an der Ostsee machen zu können. Vielleicht auf dem Darß mit seinem großen Naturschutzgebiet. Kraniche beobachten im Herbst, davon hatte ich geträumt.

Und jetzt?

Akquise. Gezielte Briefmailings. Und ich lege wieder Flyer und Visitenkarten aus. Berlin ist groß. Es gibt unzählige Arztpraxen und Kanzleien und Gutachter. Und ich habe eine ansprechend gestaltete Homepage. Kunden werden mich finden. Ich schaffe das. Irgendwie.

Das alles jagte durch meinen Kopf, während ich Rotz und Wasser heulte. Und das Schlimmste war, dass ich mir zwar gut zuredete, aber tief in meinem Inneren eine andere Stimme alles übertönte. Mach dir doch nichts vor, höhnte sie. Die Realität sieht anders aus. Das, was dir in den letzten vierundzwanzig Stunden passiert ist, ist nichts anderes als der Anfang vom Ende.

Kapitel 4

Freitag. Endlich. Der Tag, der mich die ganze grässliche Woche über aufrecht gehalten hatte, während ich meine Aufträge abgearbeitet und mich um die Gewinnung neuer Kunden gekümmert hatte. Gemeldet hatte sich noch niemand. Mit Anke und Dani hatte ich kurz telefoniert wegen unseres Kochabends. Ich hatte überlegt, ob ich ihnen von meinem Kummer berichten sollte, aber beide waren in Eile gewesen, wie üblich, und dann machte es ja auch keinen Sinn, die Geschichte zwei Mal am Telefon zu erzählen, wenn wir einen Abend gemeinsam verbringen würden. Den ich allerdings auch nicht mit einer Jammergeschichte verderben wollte.

Wir hatten uns vor fünf Jahren bei einem Spanischkurs an der VHS kennengelernt und uns über dem gemütlichen Glas Rotwein nach dem Unterricht in der Bodega um die Ecke angefreundet. Als der Kurs zu Ende war, blieben wir in Kontakt und trafen uns ein paarmal in einer Tapas-Bar, bis Dani auf die geniale Idee kam, dass wir doch mal gemeinsam kochen könnten. Spanisch oder lateinamerikanisch, als Erinnerung an unseren Kurs. Der Abend in ihrer Altbauwohnung in Friedenau war ein voller Erfolg. Anke brachte alles mit, woraus sie eine köstliche spanische Tortilla zaubern konnte. Ich kümmerte mich um die Vorspeise – Gazpacho, eine kalte Gemüsesuppe –, und Dani bereitete zum Nachtisch Flan zu, die berühmte Karamellcreme.

«Das machen wir öfter, ja?», sagte Dani, als wir uns zum Abschied leicht beschwipst an ihrer Wohnungstür umarmten.

Auch Anke und ich waren Feuer und Flamme gewesen, und so kam es, dass wir uns fortan einmal im Monat freitags reihum zum Kochen trafen. Für die Getränke war die Gastgeberin zuständig, es gab immer drei Gänge, und vorher sprachen wir ab, wer welchen Gang zubereiten würde. Manchmal schafften wir es zeitlich nicht, dann fiel in einem Monat der Abend aus. Ab und zu brachte eine von uns auch etwas Fertiges mit, weil sie lieber mit einem Glas Wein am Küchentisch sitzen und den anderen beim Kochen zusehen wollte, anstatt selbst am Herd zu stehen. Wir waren da völlig entspannt, hatten auch keinerlei Sterne-Menü-Ambitionen, und das war wohl auch ein wichtiger Grund, warum unser Koch-Trio schon so lange Bestand hatte.

Heute Abend war ich fürs Dessert zuständig. Es würde einen Auflauf mit Himbeeren, Pfirsichen und Heidelbeeren geben, der noch warm aus dem Ofen serviert wurde. *Fruit Cobbler* nannte sich die Köstlichkeit, und ich hatte das Rezept von einer netten Nachbarin bekommen, die Amerikanerin war. Den Teig hatte ich bereits zusammengerührt, die Früchte vorbereitet, alles in Tupperdosen gefüllt und auch ein Stück Butter eingepackt.

Das Rezept hatte ich für uns drei ausgedruckt:

Kochabend bei Anke im August
Dessert: Tilda

FRUIT COBBLER

125 g Butter
4 Tassen frisches Obst, z. B. Beeren, Pfirsiche, Pflaumen, Kirschen
ca. 1 Tasse Zucker
1 Tasse Mehl
2 TL Backpulver
1 Prise Salz
1 Tasse Milch

Zubereitung:
Butter in eine Ofenform geben und bei 180 Grad schmelzen lassen. Gut im Auge behalten, sie sollte nicht braun werden. Inzwischen das Obst mit einem Stabmixer grob zerkleinern, damit es Saft zieht.
Die anderen Zutaten in einer Schüssel zu einem Teig verrühren.
Die Butter aus der Ofenform in den Teig gießen und untermischen.
Dann den Teig in die heiße Form gießen, es sollte so ein bisschen brutzeln beim Einfüllen.
Anschließend das Obst mit dem Saft in die Mitte der Form füllen.
35–40 Minuten bei 180 Grad backen.

PS: Dieses Rezept hat mir meine nette Nachbarin Sheryl aus Amerika verraten.

Meinen Ausdruck heftete ich in dem pinkfarbenen Ordner ab, der für unsere Rezepte bestimmt war. Ich schmökerte ein bisschen herum und musste lächeln. Im Mai hatte Anke Dani und mir Ansichtskarten aus ihrem Wanderurlaub in der Lüneburger Heide geschickt. Auf der Vorderseite tummelte sich eine Herde Heidschnucken in lila blühendem Heidekraut.

MoinMoin! Hier das sehr aufwendige Hauptgericht für Freitag: Ich bade Heidespargel und Heidekartoffeln in kochendem Wasser, bis alles gar ist, schmelze Butter in einem Töpfchen und streue gehackte Petersilie hinein. Dazu serviere ich Katenschinken aus der Heide. Das genaue Rezept folgt selbstverständlich. Total verheidjerte Grüße von eurer Anke

Dani und ich hatten es uns nicht nehmen lassen, ebenfalls Post zu versenden. *Berliner Bären lieben Erdbären mit Vanilleeis und Schlagsahne zum Dessert*, hatte Dani passend zum Motiv ihrer Karte geschrieben, auf der ein mit einem Krönchen geschmückter Bär zu sehen war. Ich schickte ein Foto von Audrey Hepburn im kleinen Schwarzen und Perlenkette los, die einen Cocktail durch einen Strohhalm schlürfte. *Eine Runde Mini-Spargeltartes für alle vorneweg! Liebste Grüße aus dem Feinkostladen von der frühlingsfaulen Tilda*, lautete der Text.

Als Anke mir an diesem Freitag die Tür öffnete, riss sie die Augen weit auf und japste: «Oh mein Gott! AUDREY! Welch ein Glanz in meiner Hütte! Ich glaube, ich muss vor Glück schreien.»

«Bitte nicht!», flehte ich. Wenn Anke vor Glück schreit, hört man es bis nach Potsdam. Mindestens.

«Na gut», sagte Anke lachend. «Komm rein, Audrey. Du siehst umwerfend aus.»

«Danke!» Ich drehte mich einmal um die eigene Achse, damit sie mein schwarzes Kleid, die Pumps, die dreimal um den Hals geschlungene Perlenkette von Woolworth und die riesige schwarze Sonnenbrille noch mal in aller Ruhe bewundern konnte. Der Versuch, meine zu einem stufigen Bob geschnittenen Haare Audrey-mäßig aufzustecken, war kläglich gescheitert, und so hatte ich sie unter einem Strohhut versteckt.

An diesem Freitag im Mai war es abends zum ersten Mal so warm gewesen, dass wir draußen essen konnten. Fliederduft hing in der Luft, gute Laune, ein Hauch von Glamour, den ich auf Audrey Hepburns Einfluss zurückführte, unser Lachen und die Vorfreude auf den Sommer.

Nun war der Sommer dabei, sich zu verabschieden, wie er das im August immer tat, mit kürzeren Abenden und müdem Laub, das sich an etlichen Bäumen schon gelb verfärbte. Die Wolkendecke, die für einen grauen Tag gesorgt hatte, riss auf, während ich mit meinem Korb zur U-Bahn ging. Als ich nach drei Stationen ausstieg, schien die Sonne und tauchte die alten Häuser in ihren gepflegten Gärten in ein goldenes Licht.

Anke und ihr Mann hatten kurz nach der Hochzeit ein Haus in einer Reihenhaussiedlung aus den zwanziger Jahren gekauft, die sich um einen von Ahornbäumen eingefassten Platz gruppierte. Die Fassaden waren in warmen Rot- und Creme- und Ockertönen gestrichen, und schmiedeeiserne Zäune trennten die kleinen Vorgärten von den katzenkopfgepflasterten Gehwegen. Es war eine ruhige Gegend, so gar nicht urban, sondern wie ein verschlafenes Überbleibsel aus einer längst vergangenen Epoche. Wenn ich meine Phantasie ein bisschen anstrengte, sah ich altmodische Automobile über die holprige Straße rollen und Damen im Stil der zwanziger Jahre gekleidet am Arm von Herren in Knickerbockern und Schiebermützen im Schatten der Ahornbäume flanieren.

Wenn mich eine gute Fee gefragt hätte, wie denn mein Traumhaus aussähe, hätte ich geantwortet: genau wie das von Anke und Matthias. Geräumig, aber nicht zu groß; gemütlich eingerichtet; mit einer Terrasse und einem Gärtchen hinter dem Haus, in dem zu jeder Jahreszeit etwas besonders schön blühte. Im Mai war es der Flieder gewesen, jetzt im August würden es süß duftender Phlox und Fette Henne und der Hibiskusstrauch sein. Natürlich passte das Haus nur in meinen Träumen zu mir. In der Realität war es viel zu groß für mich allein. Für Kai und mich wäre es die Erfüllung all unserer Sehnsüchte gewesen, ein Wunder, das wir uns in Berlin niemals hätten leisten können.

Anke und ihr Mann hatten in der Villa Maulwurf, die ihren Spitznamen den pelzigen Dauergästen im Garten verdankte, zwei Söhne großgezogen, die die Räume mit Leben erfüllt hatten. Die Jungs waren schon lange erwachsen, verheiratet und inzwischen selbst Eltern von insgesamt drei Kindern. Ein viertes Enkelchen war unterwegs. Und die ganze Familie wohnte in Berlin, sodass man sich oft sehen konnte. Meine Mutter, die Märchen geliebt hatte, sagte gern: «Manche Leute werden von den Feen bei ihrer Geburt mit einem unsichtbaren vierblättrigen Kleeblatt beschenkt. Einfach so, sie müssen nichts dafür tun. Das sind die Glückspilze dieser Welt.»

Anke und Matthias gehörten in diese Kategorie, da war ich ganz sicher.

Als ich beim Gartentor angekommen war, kam mir Matthias entgegen. An unseren Kochabenden sorgte er dafür, dass wir «Mädels sturmfrei» hatten, wie er es ausdrückte.

«Und, was hast du heute Schönes vor?», erkundigte ich mich, nachdem wir uns begrüßt hatten.

Matthias schwenkte die schwarze Tasche, die er dabeihatte. «Zum Fitness. Anschließend besuche ich meine Geliebte», sagte er lässig, wie immer, wenn wir uns freitags über den Weg liefen, und zwinkerte mir zu, um zu betonen, dass seine Bemerkung nicht ernst gemeint war.

Manchmal fragte ich mich, ob es nicht doch stimmte, dass er es mit der Treue nicht genau nahm. Matthias war auch mit vierundsechzig ein attraktiver Mann, immer wie aus dem Ei gepellt und sehr charmant und kam durch seinen Beruf als Unternehmensberater viel herum. Er warf mir eine Kusshand zu, bevor er in seinen BMW stieg und ein bisschen schneller als nötig davonbrauste.

Kaum war er um die Ecke verschwunden, tauchte Dani auf und winkte mir schon von weitem lachend zu. Sie sah aus wie der personifizierte Sommer in einem grün-weiß gepunkteten Wickelkleid mit weit schwingendem Rock, das ihre schmale Taille betonte. Mit dreiundfünfzig war sie das Küken in unserem Trio und konnte mit ihren blonden, kurz und fransig geschnittenen Haaren und der mädchenhaften Figur gut und gerne für zehn Jahre jünger gehalten werden.

Wie immer küssten wir uns auf beide Wangen zur Begrüßung. «Ich hab mich SO auf heute Abend gefreut!», sprudelte Dani, als wir zur Haustür gingen. «Ich hab euch SO viel zu erzählen!» Sie strahlte übers ganze Gesicht.

«Ich bin gespannt!», sagte ich lächelnd. Danis Begeisterungsfähigkeit war beinahe grenzenlos, und sie hatte das Talent, immer Neues und Interessantes für sich zu entdecken. Beim letzten Kochabend hatte sie vom Stand-up-Paddling auf der Havel geschwärmt, von Süßkartoffelpommes und einem geplanten Wochenend-Retreat in einem buddhistischen Kloster. Alles sozusagen in einem Atemzug.

Ich weiß noch, wie verblüfft ich war, als Dani Anke und mir erzählte, dass sie als Beamtin in der Steuerverwaltung tätig war. Sie hatte gegrinst, als sie unsere ungläubigen Gesichter gesehen hatte: «Da staunt ihr, was? Das hättet ihr mir nicht zugetraut. Normalerweise denken Leute, die mich kennenlernen, ich wäre Yogalehrerin oder Heilpraktikerin oder würde irgendwas mit Werbung oder Mode machen. Ich bin auch schon für eine Schauspielerin und – haltet euch fest – einmal sogar für eine Pfarrerin gehalten worden.»

Sie kicherte, und Anke und ich kicherten mit.

«Du wirkst eben sehr – vielschichtig», sagte ich.

«Genau», ergänzte Anke. «Wobei ich mir unter einer Beamtin in der Steuerverwaltung einen superkorrekten Zahlenmenschen vorstelle. Eine strenge Erbsenzählerin im wadenlangen dunkelblauen Kostüm.»

«Es geht doch nichts über ein gesundes Vorurteil», meinte Dani mit einem breiten Grinsen im Gesicht. «Natürlich würde ich niemals in so einem spießigen Kostümchen rumlaufen. Ein Zahlenmensch bin ich tatsächlich. Aber eben nicht nur, das wäre ja gruselig. Der Sinn des Lebens liegt doch darin, ständig seinen Horizont zu erweitern.»

Das hatte mich damals sehr beeindruckt, auch wenn ich nicht sicher war, ob es so etwas wie den Sinn des Lebens überhaupt gab.

Eine Amsel, die auf dem schmiedeeisernen Zaun gesessen hatte, flatterte davon, als Dani und ich durch das Gartentor schritten. Ich hatte kaum geklingelt, als die Haustür auch schon aufgerissen wurde.

«Tilda! Dani! Kommt rein! Schön, dass ihr da seid.»

Anke, einen Kopf größer als Dani und ich, hatte die dunkelblonden, silbrig gesträhnten Haare im Nacken zusammengebunden und trug eine mit Gemüse bedruckte Schürze über Jeans und einer blau-weiß gestreiften Bluse. Wie immer umarmten wir uns zur Begrüßung, und heute taten mir die Herzlichkeit und die Wärme der beiden Freundinnen besonders gut.

Wenig später stießen wir mit einem Glas Prosecco in der Küche an. Wie immer auf uns, die Köchinnen, und einen schönen Abend. Dann, nachdem Anke uns ebenfalls mit Schürzen aus ihrer Sammlung ausgerüstet hatte (auf meiner prangte eine Gans, die mit ihren Küken über eine Wiese watschelte; Danis war über und über mit Wassermelonenschnitzen garniert), legten wir los. Während mein *Fruit Cobbler* im Ofen vor sich hin buk, schnippelte Dani Gurken, Tomaten und Schafskäse und rührte eine Vinaigrette zusammen, in die noch schwarze Oliven und gehackte Petersilie wanderten.

«Hast du das Rezept mitgebracht?», fragte Anke, die für das Hauptgericht zuständig war und gerade letzte Hand an den Hackfleischteig für die türkischen *köfte* legte. Als Beilage hatte sie mit Zwiebeln und Tomaten geschmorte grüne Bohnen in Olivenöl vorgesehen.

«Ups. Nein. Hab ich vergessen. Aber wir wissen doch alle, wie man einen griechischen Salat mit Schafskäse zubereitet. Oder?»

«Na ja», meinte Anke mit strengem Blick. «Das ist schon

ein bisschen individuell. Ich würde zum Beispiel noch Zwiebelringe und gelbe Gemüsepaprika dazugeben.»

«Ich hasse Paprika», warf ich ein und trank einen Schluck Prosecco. Ich saß am Küchentisch, der bereits liebevoll gedeckt und mit Kerzen und rosa Hortensienblüten aus dem Garten dekoriert war. Die Traurigkeit und Angst vor der Zukunft, die mich die ganze Woche begleitet hatten, waren ein Stück zurückgewichen. Ich war in eine heile Welt eingetaucht, wenn auch nur für einen Abend, und dafür war ich dankbar.

«Ich weiß», sagte Dani. «Deswegen kochen wir ja auch nie damit.»

«Das Rezept für die *köfte* und die Bohnen könnt ihr nachher mitnehmen. Es liegt auf der Kommode im Flur, wie immer. Was ist mit deinem Auflauf, Tilda?»

«Ich habe alles aufgeschrieben», sagte ich und fing an, in meiner Handtasche zu kramen, die über der Stuhllehne hing.

«Super!» Anke schenkte mir ein strahlendes Lächeln. «Am besten legst du die Unterlagen gleich auf die Kommode, damit sie hinterher nicht vergessen werden. Außerdem sind sie da sicher aufgehoben. Wir wollen ja keine Flecken auf dem Papier haben.»

Anke hatte – wie immer – alles im Griff, keine Frage, und sie hatte bestimmt recht. Also tat ich ihr den Gefallen und las bei der Gelegenheit auch schnell ihre Rezepte durch:

Kochabend bei Anke im August
Hauptgericht: Anke

KÖFTE (HACKBÄLLCHEN NACH TÜRKISCHER ART)

Zutaten für 4 Personen:
500 g Rinderhack (wer mag, mischt 50/50 mit Lammhack)
1 mittelgroße Zwiebel
4 EL Olivenöl nativ extra
½ TL Cumin (Kreuzkümmel)
2–3 Scheiben Weißbrot oder Toastbrot, oder Paniermehl nach Bedarf
1 Ei
Salz, schwarzer Pfeffer aus der Mühle
1 Knoblauchzehe
½ Bund glatte Petersilie

Zubereitung:
Fein gehackte Zwiebel, Hackfleisch, Ei, Gewürze, gehackten Knoblauch und Petersilie, 1 EL Olivenöl und das in kleine Stücke zerzupfte Brot und / oder das Paniermehl in eine Schüssel geben. Alles gut miteinander vermischen, bis ein geschmeidiger, aber nicht zu feuchter Teig entsteht.
Kleine Kugeln formen und in dem restlichen Olivenöl knusprig braten.

GRÜNE BOHNEN IN OLIVENÖL NACH TÜRKISCHER ART

500 g frische grüne Bohnen
1 fein gehackte Zwiebel
4 mittelgroße Tomaten, enthäutet und gewürfelt
1 EL Tomatenmark
1 TL Zucker
150 ml Wasser
Salz
5 EL Olivenöl nativ extra

Zubereitung:
Bohnen waschen. Die Enden kappen, Gemüse in ca. 4 cm lange Stücke schneiden. In einem Topf die Zwiebel in etwas Olivenöl und dem Zucker glasig braten. (Nicht braun werden lassen.) Dann Tomatenstücke, Tomatenmark, Wasser und Bohnen zugeben. Aufkochen lassen, dann bei niedriger Hitze ca. 20 Minuten leise köcheln lassen, bis sie gar sind. Zwischendurch den Topf schwenken, das Gemüse aber nicht umrühren.

PS: Die türkische Küche lieben gelernt habe ich während unserer Flitterwochen in Antalya. Ganz schön lange her … Ich wünsche uns guten Appetit – *afiyet olsun!*
Eure Anke

Als ich zurück in die Küche kam, hörte ich: «Wenn du unbedingt willst, Anke, schreib ich die Zutaten auf. Aber vielleicht können wir das nach all den Jahren auch mal lassen mit den Rezepten, es sei denn, jemand kocht etwas Ungewöhnliches, das man selbst nicht im Repertoire hat. So wie dein türkisches Essen und Tildas *Cobbler* zum Beispiel.»

Ankes Gesicht war ein einziger Vorwurf. «Aber wir haben IMMER unsere Rezepte gesammelt. Auch als Andenken an unsere Abende. Das gehört doch dazu.»

Zwei blaue Augenpaare richteten sich auf mich, als ich mich wieder an den Tisch setzte.

«Was sagst du denn dazu, Tilda?», wollte Anke wissen.

«Ich? Darüber hab ich noch nie nachgedacht ...» Und außerdem hab ich ganz andere Sorgen, ging es mir dabei durch den Kopf. «Aber ich finde Danis Vorschlag ganz gut.»

Anke zog die Nase kraus, wie immer, wenn ihr etwas nicht gefiel. «Und wenn ich nun ein *gewöhnliches* Gericht wie den griechischen Bauernsalat à la Dani EXAKT nachkochen will, weil er mir besonders gut geschmeckt hat?»

Dani überlegte einen Moment, dann sagte sie mit einem ergebenen Seufzer: «Okay, Frau Apothekerin. Es geht dir um Zahlen. Das ist ein Argument, das mir einleuchtet. Ich schicke euch morgen eine Mail.»

«Vielen Dank», sagte Anke zufrieden. «Übrigens: Ab April nächsten Jahres verabschiedet sich die Frau Apothekerin von ihrem Beruf. Dann feiere ich ganz groß meinen fünfundsechzigsten Geburtstag und gehe in Rente. Ihr seid natürlich eingeladen. Ich freu mich schon wahnsinnig! Matthias wird wahrscheinlich auch aufhören zu arbeiten, vielleicht aber auch nur kürzertreten. Das steht noch nicht fest. In jedem Fall wollen wir es uns richtig schön machen.»

«Oh toll!», sagte Dani begeistert. «Was habt ihr alles Spannendes vor?»

«Ich erzähl's euch beim Essen. Jetzt muss ich mich erst mal konzentriert um die *köfte* und alles andere kümmern.»

Ich trank noch einen Schluck Prosecco und dachte: Anke wird fünfundsechzig. Sie kommt bestens klar damit, dass sie älter wird. Herrje, sie ist schon seit vier Jahren eine Seniorin und hat kein Problem damit! Sie akzeptiert das Leben, wie es nun mal ist, und freut sich sogar auf den Ruhestand. Daran sollte ich mir ein Beispiel nehmen. Ich sollte … ich müsste …

Aber ich kann's nicht.

Ich bin allein, ich bin traurig, ich habe Angst, weil ich nicht weiß, wie ich über die Runden kommen soll. Es heißt, die besten Dinge im Leben kosten nichts. Mag sein. Frische Luft, Natur, Liebe, echte Freundschaft und Gesundheit und andere Kostbarkeiten kann man nicht kaufen. Es heißt auch, dass Geld nicht glücklich macht. Das ist natürlich kompletter Blödsinn. Wenn ich mir keine Sorgen machen muss, dass es vorne und hinten nicht reicht, macht mich das selbstverständlich glücklich!

Kapitel 5

Über dem Salat, zu dem Dani Baguette servierte, breitete Anke ihre Pläne aus. Ihre Augen glänzten vor Begeisterung, ihre Wangen waren gerötet vor Eifer, vielleicht auch ein bisschen vom Prosecco und der Weißweinschorle, die sie uns eingeschenkt hatte.

«Matthias und ich wollen auf alle Fälle öfter verreisen. Ich habe schon eine Liste angefertigt, die Überschrift lautet: *Wunderbare Regionen der Welt, die wir gemeinsam entdecken wollen* – Südafrika, die *Garden Route*. Namibia. Mit dem Postschiff zum Nordkap. Bali. Wandern in Südtirol. Frühling auf Ischia. Sommerferien mit den Kindern und Enkeln irgendwo in Skandinavien, wo wir noch nicht waren. Australien und Neuseeland. Das wird bestimmt herrlich! Das Schöne ist ja, Matthias und ich sind noch jung und fit genug, dass wir das alles ohne Einschränkungen genießen können. In zehn, zwanzig Jahren sieht das vielleicht anders aus.»

«Ach, das glaube ich nicht», meinte die immer optimistische Dani. «Ihr seid so sportlich und tut so viel für euch, ihr bleibt bestimmt fit wie die Turnschuhe, bis ihr hundert seid.»

Anke lachte. «Das wollen wir hoffen! Ich überlege auch, ob ich noch mal studiere. Es gibt spezielle Gasthörer-Angebote für Senioren an der Uni. Was ich mir noch vorgenommen habe: Ich möchte sämtliche Museen in Berlin besuchen. Und wir wollen öfter ins Theater und zu Konzerten, viel mit den Enkeln und Kindern unternehmen und neue Hobbys entdecken. Ich liebäugele damit, Klavierunterricht zu nehmen. Matthias überlegt, ob er den Bootsführerschein Binnen in Angriff nehmen möchte. Er hat ja immer von einem eigenen Segelboot geträumt. Jetzt hätten wir dann endlich Zeit, die Flüsse und Seen unsicher zu machen.»

«Das klingt alles sehr spannend», sagte ich. Das tat es wirklich, wie ein sorgenfreies, erfülltes Rentnerleben aus dem Bilderbuch. Sozusagen das Gegenstück zu den rosaroten Träumen, die ich als junge Frau gehegt und gepflegt hatte. Ich gönnte Anke und Matthias von ganzem Herzen einen herrlichen Ruhestand mit allem, was sie glücklich machte. Und schämte mich gleichzeitig, weil ich so schrecklich gern in Ankes Haut gesteckt hätte. Wenn mich eine gute Fee gefragt hätte, ob ich mein Leben gegen das von Anke tauschen wollte, jetzt gleich, ich hätte auf der Stelle ja gesagt.

«Absolut gigantisch!», trumpfte Dani auf, für die es immer noch eine Steigerung gab. «Lasst uns anstoßen. Auf den herrlichsten Unruhestand der Welt für Anke und Matthias.»

Vorsichtig ließen wir unsere Weingläser aneinanderklirren. Sie waren ein Hochzeitsgeschenk von Ankes Großmutter gewesen, aus mundgeblasenem, dünnem Glas und daher sehr zerbrechlich. Wir schauten uns aufmerksam in die Augen, bevor wir tranken, denn sonst – das hatte uns Dani an einem Kochabend mal verraten – riskierte man sieben Jahre schlechten Sex.

«Woher hast du denn diese Weisheit?», hatte Anke damals ziemlich konsterniert gefragt.

«Von meinem Vater.»

Anke riss die Augen auf. «Von deinem Vater?! Da staune ich aber. Ich glaube nicht, dass ich dieses Wort mit drei Buchstaben je von meinem Papa gehört habe.»

Dani verschluckte sich fast an ihrem Wein vor Lachen und konnte nicht antworten.

«Wie auch immer – sieben Jahre schlechten Sex können wir nicht riskieren, Mädels», hatte Anke die Sache auf den Punkt gebracht.

«Auf keinen Fall!», stimmte ich zu, denn ich hatte zu diesem Zeitpunkt gerade einen Mann im Internet kennengelernt, der mir sehr gefiel.

Heute war es Dani, die einen Mann kennengelernt hatte (beim Stand-up-Paddling auf der Havel, nicht im Internet), der ihr sehr gefiel. Nicht nur das – sie war frisch verliebt. Während sie *köfte* und mit Tomaten geschmorte grüne Bohnen auf ihren Teller lud, sagte sie mit einem verträumten Lächeln: «Es ist wirklich so: Eine neue Liebe ist wie ein neues Leben … Erinnert ihr euch noch an diesen Schlager? Ich weiß grade nicht, wer der Interpret war.»

«Aber ich!», warf Anke ein. «Das war Jürgen Marcus,

und ich bin dahingeschmolzen, wenn er in der *Hitparade* im Fernsehen auftrat. Lang, lang ist's her ...»

Dani hatte inzwischen von den *köfte* und den Bohnen probiert und beides für absolut genial befunden.

«Wirklich sehr lecker», sagte ich.

Anke strahlte. «Finde ich auch. Aber jetzt erzähl mal weiter, Dani. Wir platzen vor Neugier, oder, Tilda?»

Ich nickte lächelnd. Und ja, es stimmte, dass ich neugierig war und Dani ihre neue Liebe von Herzen gönnte. Gleichzeitig hatte ich das Gefühl, dass in der heilen Welt, in der meine Freundinnen gerade so euphorisch Richtung Zukunft unterwegs waren, kein Platz mehr für mich war mit meinen Sorgen und Ängsten und meiner Traurigkeit. Ich saß zwar mit am Tisch, aß, trank, lächelte und hörte zu. Und doch gehörte ich nicht mehr dazu. So kam es mir jedenfalls vor. Dani und Anke bewegten sich auf der Sonnenseite Richtung Zukunft, während ich im Schatten auf der Stelle trat.

Dani trank einen großen Schluck Wein und schloss einen Moment die Augen, wohl um sich alles genau in Erinnerung zu rufen. Als sie anfing zu sprechen, hatte ihre Stimme einen zärtlichen Klang, den ich noch nie bei ihr gehört hatte: «Stellt euch einen perfekten Sommertag vor. Die Sonne glitzert auf der Havel, es ist heiß, und ihr habt so richtig Spaß auf dem Board. Der Kurs ist super. Alle Teilnehmer sind bestens gelaunt, und da ist dieser Mann, der mir sofort aufgefallen ist, und ich ihm, die Chemie ist einfach da, ein paar Blicke, ein Lächeln, und schon knistert es, und ich habe das Gefühl, wow, das könnte etwas werden. Na ja …» Danis Augen funkelten, sie lachte spitzbübisch und sah auf einmal aus wie ein Teenager. «Nach dem Kurs haben wir dann alle zusammen auf der Sonnenterrasse was getrunken. Nils saß neben mir, und plötzlich fragte er, ob er mich nachher zum Essen einladen darf. In ein sehr nettes italienisches Restaurant mit Blick auf die Havel …»

«Du hast bestimmt nein gesagt», warf Anke mit todernstem Gesicht ein.

Dani tippte sich vielsagend mit dem Zeigefinger gegen die Stirn. «Das hätte ich mir nie verziehen, denn der Abend war ein Traum. Wir hatten uns so viel zu erzählen, es gab keinen einzigen langweiligen Moment. Er ist geschieden, genau wie ich, liebt Sport, ist gern unterwegs, interessiert sich für alles Mögliche. Irgendwann, es war schon spät, hat Nils mich dann zu meinem Auto gebracht. Der Mond war beinahe voll, und er stand genau über uns, als wir uns geküsst haben.»

«Oh, wie romantisch», sagte ich sehnsüchtig. Sofort war sie da, die Erinnerung an eine Mondnacht vor so vielen Jahren, als Kai und ich eng umschlungen auf einem Deich an der Elbe entlangspaziert waren und uns alle paar Meter geküsst hatten.

«Wie sieht er denn aus, dein Nils?», fragte Anke gespannt.

«Mittelgroß, blond, trainiert, zum Glück kein Hipster-Rauschebart, sondern glatt rasiert; Grübchen in der Wange, wenn er lächelt, ein paar Jahre jünger als ich. Zehn, um genau zu sein. Wir haben uns inzwischen öfter getroffen, und es war immer ... einfach wunderschön.»

Dani brachte es fertig, gleichzeitig glückstrahlend und verletzlich auszusehen, als sie hinzufügte: «Ich hoffe, das bleibt so. Kurze Affären hatte ich nach der Scheidung zur Genüge, jetzt würde ich gerne ankommen. Ganz altmodisch in einer festen Beziehung.»

«Das wünsche ich dir von Herzen», sagte ich und musste schlucken, weil ich an Günter und meine einsame Zukunft denken musste.

«Ich schließe mich an.» Anke erhob ihr Glas. «Lasst uns anstoßen. Auf die neue Liebe und das neue Leben!»

Dani lachte, als wir wieder vorsichtig anstießen und uns in die Augen schauten. «Ich habe ein gutes Gefühl. Das hatte ich wirklich schon lange nicht mehr.»

Dani hatte sich scheiden lassen, als ihre beiden Töchter zehn und zwölf gewesen waren. Die beiden Mädchen hatten bei ihr gelebt, waren inzwischen flügge und wohnten ziemlich weit weg. Man sah sich daher nicht oft, aber Dani war nicht der Mensch, der darüber in Depressionen versank. Dafür war ihr Leben viel zu ausgefüllt.

«Wir drücken die Daumen, dass es diesmal die Liebe für immer ist, oder, Tilda?»

«Na klar», sagte ich warm. «Du hast das ganz große Glück verdient.»

Dani war vor Freude rot geworden und strahlte uns an. «Danke, ihr zwei Süßen. Apropos Liebe – Tilda, wie geht's denn mit Günter?»

Die Frage versetzte mir einen schmerzhaften Stich in der Herzgegend. In den letzten Tagen hatte ich mich danach gesehnt, mit meinen Freundinnen über meinen Kummer sprechen zu können. Doch jetzt, als zwei Augenpaare mich besorgt musterten, weil mein Gesicht wohl Bände sprach, fehlten mir die Worte. «Ich … er … hm, also es ist so …», stotterte ich schließlich. «Also, Günter ist in Kanada.»

«Es ist aus zwischen euch», übersetzte Anke korrekt aus dem Stegreif.

Ich nickte. Und dann löste sich die Spannung, und ich konnte erzählen, was sich abgespielt hatte.

«Ich fasse es nicht», sagte Dani schließlich in das Schweigen hinein, das meinem Bericht gefolgt war. «Einen Tag bevor er drei Wochen in Urlaub fährt, muss er noch unbedingt loswerden, dass er nicht mehr in dich verliebt ist und eigentlich sowieso gar keine feste Beziehung will. So ein Depp.» Sie rollte vielsagend mit den Augen. «Willst du meine ehrliche Meinung wissen?»

Ich nickte. Danis ehrliche Meinung war nicht immer das, was man gerne gehört hätte, aber meistens hilfreich.

«Du warst nie so richtig glücklich mit ihm. Das ging mir jedes Mal durch den Kopf, wenn du von ihm erzählt hast. Ich bin fest davon überzeugt, dass du jemanden kennenlernen wirst, mit dem es einfach besser passt. Jemanden, mit dem du dich rundum wohlfühlst.»

Prompt brach ich in Tränen aus. Es war mir schrecklich peinlich, aber ich konnte nichts dagegen tun. «Tut mir leid», stammelte ich, nachdem ich mir die Tränen mit meiner Papierserviette abgewischt hatte. «Ich wollte euch nicht den Abend verderben.»

Anke, die neben mir saß, streichelte meine Schulter. «Ach, Tilda. Das tust du ganz bestimmt nicht. Es ist lange her, seit ich Liebeskummer hatte, aber ich erinnere mich noch gut daran, wie schlimm das war. Ich hab mich wochenlang jede Nacht in den Schlaf geweint.»

«Bei mir ist es noch gar nicht so lange her», sagte Dani leise. «Und es hat mir verdammt gutgetan, dass ihr mir zugehört habt.»

«Es ist ja nicht nur Günter. Es ist … einfach alles», sagte ich. Und dann brach das ganze Elend in einem Wortschwall aus mir heraus.

Kapitel 6

«Hilft es dir, wenn ich dir aus eigener Erfahrung versichern kann, dass es nicht das Ende der Welt bedeutet, wenn man sechzig wird?»

«Nicht wirklich», antwortete ich. «Tut mir leid. Ich weiß, du meinst es gut.»

Ankes aufmunterndes Lächeln ließ sich nicht stören. «Meinst du nicht, du siehst alles viel zu schwarz?»

Ich wollte ihr gerade erklären, dass ich am liebsten sofort ihr Leben gegen meins eintauschen würde, um dann garantiert optimistisch in die Zukunft schauen zu können, als Dani sagte: «Es hat doch keinen Sinn, darüber zu diskutieren, wie Tilda die Dinge *sehen sollte.* Es geht darum, was man tun kann, um die Situation zu verbessern. Ich konzentriere mich jetzt mal auf den dringlichsten Aspekt der Problematik: dass durch den Verlust ihres wichtigsten Kunden eine ernste wirtschaftliche Krise aufgetreten ist.»

Ich hätte sie küssen können für die sachliche und pragmatische Art, mit der sie meine allergrößte Sorge auf den Punkt gebracht hatte. «Genauso ist es.»

«Ich mache gerne Werbung für deinen Schreibservice in unserem Freundes- und Bekanntenkreis», bot Anke an und schenkte uns Weißwein und Mineralwasser nach.

«Danke. Das ist lieb von dir.»

«Sehr gerne», sagte Anke. «Alles wird gut, du wirst schon sehen. *Think pink!*»

«Ich versuch's.» Ich setzte ein Lächeln auf, obwohl meine Gedanken alles andere als pink waren. Aber Anke gab sich solche Mühe, mich zu trösten, dass ich sie nicht enttäuschen wollte, indem ich den Kopf komplett hängen ließ.

«Das ist die richtige Einstellung», fuhr Anke fort. «Wenn man zuversichtlich ist, eröffnen sich Chancen, die man nicht für möglich gehalten hätte.»

Das klang nach einer Weisheit aus den Motivations-Ratgebern, die zu ihrer Lieblingslektüre zählten. Prompt fügte sie hinzu: «Ich hab da übrigens ein paar wirklich inspirierende und Mut machende Bücher im Regal, die dir bestimmt weiterhelfen. Schau doch gleich einfach mal durch und nimm dir ein paar mit nach Hause. Du liest doch so gern.»

Ja, ich las gerne. Schon als Kind hatte ich Bücher in rauen Mengen verschlungen, und dieser Liebe war ich treu geblieben. Ein Highlight für mich war die rollende Bibliothek: der Bücherbus, der einmal die Woche in der Siedlung hielt. Es war jedes Mal eine Freude, meine Tasche mit einer bunten Auswahl zu füllen. Lyrik, Krimis, Sachbücher, zeitgenössische Romane, Klassiker, ganz egal, sie alle hielten Geschenke für mich bereit. Sie spendeten Trost in schwierigen Zeiten, entführten mich in fremde Länder und andere Welten, erweiterten meinen Horizont, berührten mein Herz, brachten mich zum Lachen und zum Weinen.

Doch heute sträubte sich alles in mir. Neue Kunden fanden sich nicht zwischen Buchdeckeln.

«Vielen Dank. Vielleicht später einmal. Im Moment ist mir nicht danach.»

«Ach, schade. Aber du meldest dich, wenn du ein paar Anregungen brauchst, ja?»

«Ganz bestimmt. Danke.» Vielleicht würde ich das wirklich tun, obwohl ich skeptisch war, was angeblich kinderleichte Strategien von selbsternannten Experten anging, mit denen sich alles im Leben endlich so gestalten ließ, wie man es gerne hätte.

Dani legte ihr Besteck zusammen und sagte: «Was Tilda braucht, ist ein Nebenjob. Einen Vierhundertfünfzig-Euro-Job.»

Es dauerte einen Moment, bis mein Gehirn ihre Worte verarbeitet hatte: vierhundertfünfzig Euro! Regelmäßig! Jeden Monat! Hoffnung regte sich in mir, leise, aber deutlich zu spüren.

«Das wäre wirklich eine große Hilfe», sagte ich dankbar. Dann fiel mir ein, dass ich ja meinen Schreibservice gegründet hatte, weil die Jobsuche aussichtslos gewesen war. «Aber … wer wird mich einstellen in meinem Alter?»

«Du bist nicht alt», schaltete sich Anke ein. «Das ist nur eine Blockade in deinem Kopf. Man ist so jung, wie man sich fühlt.»

«Und wenn ich dir jetzt sage, dass ich mich wie hundertneunundfünfzig fühle?»

Dani hob die Hand. «Mädels. Bleiben wir doch bei konkreten Zahlen. Ein Vierhundertfünfzig-Euro-Job ist etwas anderes als eine Vollbeschäftigung. Viele Unternehmen suchen sogar gezielt nach Mitarbeitern im Rentenalter.»

«Da siehst du's!», trumpfte Anke auf. «Man wird sich alle Finger nach dir lecken!»

Ich musste lachen. Anke hatte es wieder mal geschafft, das letzte Wort zu haben. «Hoffentlich!»

«An deiner Stelle würde ich als Erstes bei eBay-Kleinanzeigen suchen», riet Dani. «Du wirst staunen, was dort auf dem Jobmarkt los ist.»

Anke nickte und strich eine Haarsträhne aus dem Gesicht, die sich aus ihrer Frisur gelöst hatte. «Das kann ich bestätigen. Ich hab meine neue Haushaltshilfe bei eBay aufgetan und bin sehr zufrieden.»

«Ich schaue mich gleich morgen früh um. Danke für den Tipp!» Ich warf Dani eine Kusshand über den Tisch zu und drückte Ankes Hand. «Ihr seid wirklich lieb. Ich fühle mich schon ein bisschen besser.»

«Wir werden uns alle noch besser fühlen, wenn du uns jetzt den *Cobbler* servierst», meinte Anke schmunzelnd.

Der *Cobbler* schmeckte nach Sommer. Saftig und süß und säuerlich gingen eine Verbindung ein, die mich an Ferien bei meiner Oma auf dem Land erinnerten. Die heile Welt meiner Kindertage, als ich in ihrem großen Nutzgarten Beeren vom Strauch naschte, das reife Obst von den Bäumen pflückte und beim Einkochen und Backen half.

«Sehr köstlich, dein Auflauf», lobte Anke. «Wir erwarten Gäste am übernächsten Wochenende. Jetzt weiß ich, was ich zum Dessert servieren werde. Wer möchte einen Espresso?»

«Ich nicht, danke», gab ich zurück.

«Ich auch nicht», sagte Dani. «Sonst stehe ich nachher senkrecht im Bett.»

Es folgte ein Moment, der sich mir unauslöschlich ins Gedächtnis einbrannte. Wir drei schauten uns in die Augen. Es war, als hätte eine innere Stimme uns gleichzeitig dazu bewogen, den Blickkontakt herzustellen. Wir lächelten alle drei, und ich fühlte mich warm eingehüllt in die Zuneigung meiner Freundinnen. Egal, was passieren würde, hier waren zwei Menschen, denen ich am Herzen lag und die für mich da waren. Auch wenn ich nicht wie sie auf der Sonnenseite unterwegs war.

Kapitel 7

eBay-Kleinanzeigen war ein Universum, in dem ich mich am nächsten Morgen zum ersten Mal im Leben bewegte. Neugierig klickte ich ein paar der zahlreichen Kategorien an – Dienstleistungen, Haustiere sowie Freizeit, Hobby und Nachbarschaft –, merkte aber schnell, dass man sich im Dschungel der Anzeigen hoffnungslos verlieren konnte. Es war unglaublich, was Leute alles kaufen, verkaufen, tauschen oder verschenken wollten, suchten oder anboten.

Entschlossen, meine Zeit nicht zu vertrödeln, wählte ich in der Kategorie «Jobs» (insgesamt 40 878 Einträge allein für Berlin!) Mini- und Nebenjobs aus. Dazu gab es satte 6197 Inserate, aufgeteilt in Gesuche und Angebote. Ob wohl etwas für mich dabei war?

Auf einmal war ich richtig aufgeregt und konnte es kaum erwarten, mich durch die Angebote zu arbeiten. Was ich dazu unbedingt brauchte, war mehr Kaffee, heiß und schwarz. Geradezu beschwingt ging ich in die Küche, um Nachschub zu holen. Ich füllte meinen Becher an der Kaffeemaschine, dann trat ich hinaus auf den Balkon. Der Morgen war noch jung; die Luft klar und frisch. Bis auf ein paar Schäfchenwolken war der Himmel blau, die Sonne schien, ein leichter Wind strich durch die Zweige der Buche vor dem Haus. Ein Eichelhäher landete auf einem Ast und flog gleich wieder mit einem lauten Alarmruf auf, als meine amerikanische Nachbarin sich mit ihrem Rauhaardackel Harvey näherte.

«Hi, Tilda!», rief sie mir zu. «*Good morning!* Du bist früh auf am Samstag!»

«Du auch! Guten Morgen! Dein *Cobbler* war übrigens super. Alle waren begeistert.»

«Das freut mich!» Sie strahlte übers ganze Gesicht.

Sheryl und Harvey waren vor drei Jahren in die Wohnung über mir gezogen, nachdem die unfreundliche alte Frau, die dort gewohnt hatte, ihre Zelte in einer Seniorenresidenz aufgeschlagen hatte. Seither herrschte herrliche Ruhe. Kein lautes Fernsehergedudel mehr, kein Getrampel, kein Staubsaugerlärm morgens um halb sieben. Harvey, sein Frauchen und ihr Freund Simon, mit dem sie eine Wochenendbeziehung führte, waren nicht nur sehr sympathische, sondern auch leise und rücksichtsvolle Nachbarn.

Sheryl und ich wünschten uns einen schönen Tag, winkten uns noch einmal zu, dann ging sie weiter Richtung Park. Harvey, der ohne Leine unterwegs war, trabte fröhlich vorneweg. Er hatte es gut, er durfte unter der Woche mit ins Büro, in dem Sheryl als Social-Media-Managerin arbeitete. Ich trank einen Schluck Kaffee und dachte an unsere erste Begegnung, als Sheryl gerade eingezogen war und bei mir geklingelt hatte, um sich vorzustellen. Erstaunt hatte ich die junge Frau mit den langen kupferroten Locken angestarrt, die mich strahlend angelächelt und mir zwei Muffins auf einem Papptellerchen entgegengestreckt hatte. «Hi! Ich bin die neue Nachbarin!»

So etwas hatte ich in Berlin noch nie erlebt, und mir ging jedes Mal das Herz auf, wenn Sheryl und ich uns begegneten.

Ich wanderte zurück ins Arbeitszimmer und setzte mich an den Schreibtisch. Auf dem Monitor breitete sich meine Zukunft aus.

> *Verdiene ganz leicht 10 Euro in 5 Minuten Hausarbeit,* las ich. *Wenn du mind. 18 Jahre alt bist, ein Android- oder Apple-basiertes Smartphone und eine stabile Internetverbindung besitzt.*

Berufserfahrung war nicht nötig, man sollte verschiedene Produkte diverser Apps testen.

Nichts für mich. Das klang einfach ... unseriös.

Ich scrollte weiter. Eine «stylische Bowlinglounge» suchte eine «flippige, verantwortungsbewusste Person» für den Service. Auch nichts für mich. Des Weiteren wurden jede Menge Reinigungskräfte für Seniorenheime, Bäckereien, Privathaushalte und Kitas gesucht. Spüler, Küchenhilfen und Mitarbeiter im Service in diversen Restaurants. Pizzaauslieferer mit eigenem Pkw. Warenverräumer in Drogeriemärkten. Nachhilfelehrer. Junge, weibliche Models. Aushilfen für Kasse und Verkauf. Studenten für Promotions und Einsätze auf Messen. Pflegehelfer. Telefonisten. Komparsen für Dreharbeiten. Interviewer. Probanden für wissenschaftliche Studien. Betreuer für Kinder und Senioren.

Ich hatte gerade die Anzeige eines alleinerziehenden Vaters gelesen, der stundenweise eine Nanny für seine siebenjährige Tochter suchte. Ob so etwas eine Option für mich war? Eine angenehme Abwechslung zu den Schreibarbeiten? Vielleicht.

Ich lehnte mich im Schreibtischstuhl zurück und schloss einen Moment die Augen. Meine anfängliche Euphorie war verflogen, denn die Realität hatte mich eingeholt. Ja, es gab tatsächlich viele Minijob-Angebote bei eBay. Auch ich würde etwas finden, wenn ich flexibel war. Wie flexibel ich sein konnte oder wollte, war eine andere Sache. Ich war gesund, körperlich, aber sicher nicht so belastbar wie eine Vierzigjährige. Als ich die Augen mit einem tiefen Seufzer wieder öffnete, fiel mein Blick auf das Foto von Kai, das auf dem Schreibtisch stand. Es war ein Schnappschuss, den ich auf einem Ausflug in die Schorfheide geschossen hatte. Er war ein bisschen unscharf, und die Farben waren verblasst. Aber Kai lächelte darauf so verschmitzt, dass mir jedes Mal warm ums Herz wurde, wenn ich es anschaute.

«Hast du Zeit?» Meine Stimme klang laut in dem stillen Raum.

Kais Antwort kam sofort. *Für dich immer. Das weißt du doch.*

«Danke. Liest du bitte mit bei eBay? Vier Augen sehen mehr als zwei.»

Ich bildete mir ein, sein Lachen zu hören. *Ach, Tilda. Mach dir nicht so viele Sorgen. Du weißt doch: Et hätt noch immer jot jejange …*

Kai war in Köln geboren und aufgewachsen und geprägt gewesen vom sogenannten «Kölsche Grundgesetz», einer Art philosophischem Leitfaden, bestehend aus zehn Paragraphen mit pragmatischen Lebensweisheiten. *Et hätt noch immer jot jejange* – es ist noch immer gutgegangen auf Preußisch – war sein Favorit gewesen, wenn sich Probleme abzeichneten.

«Hoffentlich», sagte ich zu Kai und lud kurz entschlossen die Seite neu. Vielleicht waren in der Riesenstadt Berlin ja inzwischen neue Inserate hinzugekommen? So war es tatsächlich. Eine Sushi-Bar in Neukölln suchte Küchenkräfte und wollte dafür den Mindestlohn bezahlen. Eine freundliche Studentin für die Anmeldung in einer Arztpraxis wurde gewünscht, ein- bis zweimal nachmittags für vier Stunden. In meinem Kiez! Vorkenntnisse waren nicht erforderlich. Das klang gut – nur leider war ich keine Studentin. Und wenn sie ausdrücklich eine suchten, machte es keinen Sinn, wenn ich mich trotzdem bewarb.

Hoffnungsvoll lud ich wieder die Seite neu. Jetzt wurde für eine Kneipe in Spandau eine Bardame gesucht. Bitte nur telefonische Bewerbungen! Ein Hausmeister für ein Bürogebäude. Eine junge, dynamische, gründliche, fleißige und kinderliebe Putzfrau für ein Haus mit zweihundert Quadratmetern Wohnfläche und drei Katzen. Zehn Euro die Stunde wurden geboten.

Dann las ich:

Frau im besten Alter (84), stark eingespannt, sucht stundenweise verschwiegene/n Privatsekretär/in und Personal Assistant für diverse Aufgaben. Auch als Reisebegleitung. Führerschein Kl. B unverzichtbar. Sehr gute Bezahlung.

Sich mit vierundachtzig Jahren als Frau im besten Alter zu bezeichnen, war mehr als ungewöhnlich. Auch die Vokabeln «stark eingespannt» brachte man nicht automatisch mit dieser Lebensphase in Verbindung. In meiner Vorstellung saßen Leute, die zwanzig oder dreißig Jahre älter waren als ich, gemütlich auf Parkbänken herum, wenn es die Witterung erlaubte. Sie waren froh, wenn sie ohne Rollator und ein halbes Dutzend Medikamente auskamen, und beschäftigten sich zu Hause mit Fernsehen und Kreuzworträtseln. Wer vom Glück begünstigt war, hatte Kinder und Enkel, die sich kümmerten. Unternehmungslustige Charaktere gingen zu Senioren-Treffs in ihrem Kiez, nahmen an Hockergymnastik-Kursen teil oder an Canasta-Nachmittagen. Die einzige Seniorin, von der ich mir vorstellen konnte, dass sie eine verschwiegene Privatsekretärin zur Erledigung diverser Aufgaben und als Reisebegleiterin engagierte, war jemand wie die berühmte Amateurdetektivin Miss Marple alias Margaret Rutherford, mir noch bestens bekannt aus den Verfilmungen der Kriminalromane von Agatha Christie.

Würde ich für Miss Marple arbeiten wollen?

Auf alle Fälle!

Also gab ich eine Nachricht an R. W. ein, die als private Nutzerin bei eBay registriert war. Jetzt hieß es abwarten. Bestimmt gingen sehr viele Bewerbungen bei der Dame ein, es würde dauern, bis sie eine Vorauswahl getroffen hatte, und es konnte gut sein, dass jemand anders die Stelle bekam. Vielleicht jemand wie der nette ältere Herr, der Miss Marple bei ihren Ermittlungen unterstützt hatte. Sogar sein Name fiel mir ein: Mr. Stringer. Erstaunlich, was ein Gedächtnis, beflügelt von viel Phantasie, nach vielen Jahren plötzlich freigeben kann, dachte ich. Und scrollte mich seufzend weiter durch den Anzeigendschungel.

Kapitel 8

Als die Glocken der nahe gelegenen Michaeliskirche am Mittag läuteten, hatte ich insgesamt drei Bewerbungen rausgeschickt. An Miss Marple, den Vater mit der siebenjährigen Tochter und an ein Unternehmen in Pankow, das eine Büroassistenz auf Minijobbasis suchte. Bis nach Pankow war es zwar eine halbe Weltreise, aber vom Anforderungsprofil her rechnete ich mir gute Chancen aus.

Von Dani war eine Mail mit dem Rezept eingetroffen, die ich gleich ausdruckte:

Kochabend bei Anke im August
Vorspeise: Dani

MEIN GRIECHISCHER LIEBLINGSSALAT

1 Salatgurke, geschält, in kleine Stücke geschnitten
500 g Tomaten, gewürfelt, Kerne rauskratzen
1 rote Zwiebel, in feine Ringe geschnitten
6 Stängel Petersilie, fein gehackt (es dürfen auch ein paar mehr sein)
250 g Feta, gewürfelt
100 g schwarze Oliven ohne Stein

Für das Dressing:
3 EL Zitronensaft
6 EL Olivenöl nativ extra
Salz und Pfeffer nach Geschmack

Dass alles in eine Schüssel gefüllt und vorsichtig miteinander vermischt wird, ist klar, oder?

PS: Es war wieder schön mit euch. Viel Erfolg, Tilda! Alles wird gut.

Et hätt noch immer jot jejange … Alles wird gut. Kai und Dani lagen auf einer Wellenlänge, das war nicht zu verkennen. Lächelnd heftete ich die Mail in meinem Rezeptordner ab.

Eine Viertelstunde später war ich unterwegs. Ich hatte mir eine Stulle geschmiert und Mineralwasser, Kaffee und einen Apfel eingepackt und wanderte durch den Park bis zu der Bank, auf der ich am liebsten meine Mittagspause verbrachte. Sie wurde von einem Ahornbaum beschattet, sodass es sich auch bei großer Hitze gut dort aushalten ließ. Heute war es angenehm warm, aber nicht heiß, und ich genoss den Wind, der durch die Bäume strich. Während ich mein Mittagessen verspeiste, kamen Spaziergänger mit und ohne Hund und ein paar Radfahrer vorbei, vielleicht auf dem Weg zum See.

Wie immer, wenn ich hier saß, breitete sich Frieden in

mir aus. Um mich herum zwitscherten die Vögel. Jetzt im Spätsommer klangen sie schläfriger als im Frühling, wenn sich alles um das Brutgeschäft drehte und die Küken flügge wurden. Ein Eichhörnchen huschte einen Baum empor, und eine Amsel raschelte auf der Suche nach Futter durchs Unterholz. Ich wohnte seit zwanzig Jahren in der Siedlung, einer Oase am Waldrand, an der mein Herz hing. Der Gedanke, dass ich mein Zuhause verlieren könnte, weil ich es mir nicht mehr leisten konnte, war unerträglich.

«Et hätt noch immer jot jejange», flüsterte ich dem Buntspecht zu, der gerade an einem Kiefernstamm gelandet war und sogleich versuchte, ein Loch ins Holz zu hämmern. Dann machte ich mich auf den Heimweg.

Ich hatte gerade meine Schuhe im Flur ausgezogen, als das Telefon klingelte. Barfuß lief ich zum Schreibtisch. Die Nummer auf dem Display war mir unbekannt.

«Mathilde Richter, guten Tag!»

«Hier ist Ruth Wellentin», sagte eine Stimme am anderen Ende der Leitung. Sie klang selbstsicher, so als setzte die Anruferin voraus, dass ich sie kannte. Was nicht der Fall war.

«Ja?», gab ich vorsichtig zurück. «Wie kann ich Ihnen helfen, Frau Wellentin?»

«Indem Sie sich möglichst bald auf den Weg zu mir machen.» Jetzt schwang Belustigung mit. «Ich möchte Sie nämlich kennenlernen.»

Dazu fiel mir erst mal nichts ein.

Frau Wellentin fing an zu kichern. Es war ein mädchenhaftes Kichern, ganz anders als die Sprechstimme, die ich vom Timbre her einer Frau zugeordnet hatte, die mindestens in meinem Alter war.

«Jetzt sind Sie erstaunt, Frau Richter, stimmt's?»

«Ähm ... ja.» Was sollte ich auch anderes sagen?

«Sie haben sich vorhin über eBay bei mir beworben. Erinnern Sie sich noch?»

Jetzt fiel der Groschen. Am Apparat war Miss Marple, und sie schien sich gerade köstlich zu amüsieren.

«Selbstverständlich erinnere ich mich», sagte ich in meinem seriösesten Geschäftston. «Sie suchen eine Privatsekretärin und Reisebegleiterin mit Führerschein Klasse B.»

«Exakt. Also, wie ist es: Haben Sie heute noch Zeit für mich?»

Auf einmal hatte ich Herzklopfen vor Aufregung. «Ich kann es einrichten ...»

«Wunderbar. Ich schiebe nichts mehr auf die lange Bank. In meinem Alter macht das keinen Sinn, finde ich. Aber mehr dazu später. Haben Sie etwas zu schreiben zur Hand? Ich gebe Ihnen die Adresse durch.»

Was anziehen, wenn man sich bei einer alten Dame als Privatsekretärin vorstellt? Viel Auswahl hatte ich nicht, mein Kleiderschrank war schon immer eher sparsam bestückt gewesen. Ich entschied mich für eine weiße Bluse und eine schwarze Hose aus leichtem Stoff und legte die Perlenkette um, die Kai mir zur Hochzeit geschenkt hatte. Die Haare sahen gut aus, ich hatte sie gestern gewaschen. Ich frischte mein Make-up auf und trug Lippenstift auf. Ein letzter prüfender Blick in den Spiegel zeigte mir eine Frau, der man ohne weiteres eine Menge anvertrauen konnte. Auch die kompetente Erledigung diverser Aufgaben als Personal Assistant.

Kapitel 9

Ruth Wellentin wohnte in einer Villa mit Fachwerkfassade in der Nähe des S-Bahnhofs Lichterfelde-West. Mit den Erkern, Zinnen und Türmchen und den üppigen rosa Kletterrosen an der Hauswand erinnerte sie mich an ein kleines Märchenschloss. Es hätte mich nicht gewundert, wenn mir Dornröschen die Tür zur Wohnung im Hochparterre geöffnet hätte.

Doch es empfing mich eine Dame mit sorgfältig frisierten weißen Locken, die ein fliederfarbenes Hemdblusenkleid und Perlohrringe trug und mich freundlich anlächelte.

«Frau Richter! Schön, Sie zu sehen. Kommen Sie rein.»

Frau Wellentins Händedruck war fest, und sie musterte mich aufmerksam aus blauen Augen hinter einer randlosen Brille.

«Guten Tag», gab ich zurück, ein bisschen verlegen unter ihrem durchdringenden Blick.

«Kommen Sie mit. Wir gehen ins Wohnzimmer.» Mit einer Handbewegung bedeutete mir Frau Wellentin, ihr zu folgen. Sie war klein, knapp ein Meter sechzig schätzungsweise, ein wenig rundlich und hielt sich kerzengerade. Definitiv eine Frau mit Präsenz.

Das Wohnzimmer ging auf den Garten hinaus und war

auf einer Seite mit einer weiß lackierten Schiebetür abgeteilt. Der Raum wirkte gemütlich mit seinen antiken Möbeln aus Nussbaum, den bunten Perserteppichen, zwei ledergepolsterten Stühlen mit Armlehne, einem runden Couchtisch mit Marmorplatte und einem bequem aussehenden Sofa. An den blassgolden gestrichenen Wänden hingen großformatige Ölgemälde: streng aussehende Damen und Herren in altmodischer Kleidung; zwei Kinder an einem Strand, die sich an den Händen hielten; und ein gigantisches Stillleben. Es zeigte einen Hummer auf einer Silberplatte, umgeben von Früchten und Gemüse, einer Weinflasche und zwei Gläsern.

«Setzen Sie sich doch», sagte Frau Wellentin und wies auf einen der Stühle. «Möchten Sie etwas trinken? Wasser? Orangensaft? Es ist auch noch Eistee da. Mit Minze aus dem Garten.»

«Nein, vielen Dank, im Augenblick nicht.»

Frau Wellentin nahm auf dem anderen Stuhl Platz. Sie saß sehr aufrecht, die Beine, die in Nylonstrumpfhosen steckten, damenhaft an den Knöcheln gekreuzt. Sie trug nicht etwa Hausschuhe, sondern Sandalen mit einem kleinen Absatz. Ihre Hände waren im Schoß gefaltet. Sie erinnerte mich an jemanden, und nein, es war nicht Margaret Rutherford alias Miss Marple. Es war … es war … plötzlich blitzte das Bild einer sehr berühmten, sehr alten Dame vor meinem geistigen Auge auf. Einer blaublütigen Lady mit wohlfrisierten weißen Locken, immer perfekt geschminkt, die mit Vorliebe maßgeschneiderte Mantelkleider in leuchtenden Farben und extravagante Hutkreationen trug, die immer ein bisschen an eine Torte erinnerten … Ich schwenkte ihr zu Ehren im Geiste ein Fähnchen mit dem Union Jack und hätte beinahe losgekichert, so begeistert war ich, dass ich Frau Wellentins Doppelgängerin identifiziert hatte.

Die Stimme meines Gegenübers riss mich aus meinen Gedanken. «Haben Sie schon mal etwas von *Döstädning* gehört?»

«Dö … bitte was?»

«*Dö-städ-ning*. Das ist schwedisch, und ich habe keine Ahnung, wie man es korrekt ausspricht. Das Wort setzt sich aus *död* für ‹Tod› und *städning* für ‹aufräumen›, ‹sauber machen› zusammen.» Frau Wellentin schaute mich erwartungsvoll an.

«Nein, tut mir leid», sagte ich. «Dieser Begriff ist mir völlig neu.»

«Das ist schön. Denn dann darf ich Ihnen alles erklären, ohne Sie zu langweilen. Also, bekannt geworden ist Döstädning durch eine Schwedin. Eine Frau, die von sich sagt, sie sei zwischen achtzig und hundert Jahre alt!» Frau Wellentin grinste übers ganze Gesicht. «Eine großartige Altersangabe! Also, diese Frau hat ein Buch über die alte schwedische Kunst, die Dinge des Lebens zu ordnen, geschrieben. Grob gesagt geht es darum, Wesentliches von Unwesentlichem zu trennen … Was sich einfacher anhört, als es ist.»

Sie hielt inne und atmete tief durch. Ihr Gesicht war

traurig, als sie fortfuhr, und sie war ein wenig auf ihrem Stuhl zusammengesackt. «Wissen Sie, inzwischen sind so viele Leute in meinem Umfeld gestorben. Freunde, Nachbarn, alte Bekannte ... allein in diesem Jahr war ich auf fünf Beerdigungen. Diese Abschiede von lieben und vertrauten Menschen haben mich sehr mitgenommen. Von meinem alten Kreis bin nur noch ich übrig. Manchmal fühle ich mich wie der letzte Dinosaurier in einer Welt, die mir fremd geworden ist und sich immer schneller dreht. Ich habe viel nachgedacht. Und ich habe mich gefragt: Was wird von mir bleiben, wenn ich eines Morgens nicht mehr aufwache?»

Sie straffte die Schultern und schaute mir fest in die Augen. «Na, was denken Sie? Was wird von mir bleiben, wenn ich tot und begraben bin?»

Was für eine Frage an einem sonnigen Augustnachmittag!

Der Tod hatte Kai geholt, viel zu früh, und vor zehn Jahren meine Eltern, die kurz hintereinander an Krebs gestorben waren. Irgendwann würde er auch zu mir kommen. Niemand entging ihm, und man wusste nie, wann und wie er zuschlagen würde, das war eine traurige Tatsache. Grund genug für mich, ihn möglichst aus meinem Bewusstsein auszublenden. Das Leben war schwierig genug, ich musste mich nicht noch zusätzlich mit solch düsteren Gedanken quälen. Doch nun hatte es mich erwischt, ausgerechnet der Tod war Thema bei diesem Vorstellungsgespräch, und ich durchforstete mein Gehirn nach angemessenen Worten. Frau Wellentin wartete geduldig. Schließlich sagte ich: «Sie haben erwähnt, dass Sie einen Sohn haben. Er und andere Menschen, die Sie liebhaben, werden sicher die Erinnerung an Sie für immer in ihren Herzen tragen.»

Ein Lächeln huschte über das Gesicht meines Gegenübers. «Das haben Sie schön gesagt. Wie in einer Trauerrede. Und ich hoffe natürlich, dass Sie recht haben. Aber was von mir bleibt, wenn ich jetzt tot umfalle, ist hauptsächlich … eine ganze Menge Zeug.» Ihre kleine, von Altersflecken übersäte Hand, an der sie zwei goldene Eheringe übereinandertrug, zeigte mit schwungvollen Gesten auf die Möbel und Bilder. «Was Sie hier sehen, ist natürlich längst nicht alles. Die Wohnung ist groß. Den Keller hat mein Sohn zum Glück schon vor ein paar Jahren entrümpelt.»

«Sie suchen also jemanden, der Ihnen beim Aufräumen hilft?»

Sie seufzte. «Es ist viel mehr als das. Ich habe vor, Ordnung in mein *Leben* zu bringen. Das Materielle ist nur ein Aspekt, wenn auch ein wichtiger. Alte Leute denken fast immer, dass ihre über die Jahrzehnte angehäuften Besitztümer so besonders sind, dass ihre Erben unbedingt alles behalten wollen. Oder dass sie Kostbarkeiten wie die selbstgehäkelte Kaschmir-Stola, den Taufring oder das Bernsteinkettchen der Oma gewinnbringend verkaufen können. Oder sie denken etwas anderes, das sie daran hindert, ihren Haushalt auszumisten. Nur das zu behalten, was wirklich wichtig für sie ist … Was schön ist. Woran das Herz hängt. Was Freude macht, positive Erinnerungen weckt. Viele Leute sind auch schlicht zu bequem, sie wollen sich die Arbeit nicht antun. Oder sie sagen sich: Alles prima, so wie es ist. Ich hänge nun mal an meinen Sachen. Auch an den dreihundert Damastservietten mit den passenden Tischdecken im Schrank, die ich nie benutze, und den fünfzig Blumenvasen und meiner Streichholzschachtelsammlung und den Stapeln mit alten Zeitschriften und den unmodernen, viel zu engen Kleidungsstücken, in die ich in diesem Leben nie mehr reinpassen werde. Wenn ich irgendwann mal tot bin (und es wird noch sehr, sehr lange dauern, bis es so weit ist – vielleicht bin ich ja auch der erste Mensch auf diesem Planeten, der unsterblich ist), wird sich schon irgendwer um alles kümmern. Unter die Erde komme ich allemal, der Rest ist mir egal … Nach mir die Sintflut … Puh. Jetzt habe ich einen trockenen Mund vom vielen Reden bekommen. Ich hole mir mal ein Glas Eistee. Möchten Sie jetzt etwas trinken?»

Ich hatte zwar kaum etwas gesagt, aber durstig war ich trotzdem geworden. «Gern. Danke.»

«Kommen Sie doch mit in die Küche. Dann zeige ich Ihnen was.»

Ich folgte ihr durch den langen Flur in eine große, moderne Küche. Sie war picobello aufgeräumt, die weißen Fronten und die anthrazitfarbenen Arbeitsflächen glänzten. Frau Wellentin zog Schubladen auf und öffnete Schranktüren. «Hier. Schauen Sie. Alles rammelvoll. Ich besitze fünf Dosenöffner, hab ich letztens festgestellt, und ein halbes Dutzend Korkenzieher. Geschirr in Massen. Eine

Armee von Gläsern, Töpfen, Tupperdosen, leeren Marmeladegläsern. Dabei hab ich überhaupt keine Lust mehr, Marmelade zu kochen. Für wen denn auch? Mein Sohn ist erwachsen und verdient gut, er kann sich Marmelade im Supermarkt kaufen so wie ich. Besteck ist auch reichlich vorhanden. Brauche ich den hässlichen Edelstahlkram, den mir meine Schwägerin mal vor zig Jahren geschenkt hat, wirklich? Damit hab ich nur den Tisch gedeckt, wenn sie zu Besuch kam. Und sie ist vor zehn Jahren gestorben …»

Ihre Art zu erzählen war unterhaltsam, ich hatte gerne zugehört und oft genug in mich hineingeschmunzelt. Doch es schwang noch etwas anderes in ihren Worten mit, zwischen den Zeilen, das mich rührte, ohne dass ich es hätte benennen können.

Frau Wellentin nahm jetzt eine halbvolle Glaskaraffe aus dem Kühlschrank, in der Zitronenscheiben und Minzblätter schwammen, und füllte zwei Gläser.

«Aufgepeppter Ingwertee», erklärte sie. «Den trinke ich im Sommer am liebsten.» Sie nahm einen großen Schluck aus ihrem Glas.

«Wirklich lecker», sagte ich, nachdem ich probiert hatte. «Sehr erfrischend.»

Sie schenkte uns beiden nach, dann winkte sie mich zum Fenster. Auch von der Küche aus blickte man in den Garten, der von Sträuchern und bunt blühenden Rabatten eingefasst war. Obstbäume, eine große Kräuterspirale aus Natursteinen und eine alte Blutbuche verliehen ihm etwas Ländliches. Der Rasen sah frisch gemäht aus.

«Mein Sohn kümmert sich. Wir haben aber auch einen Gärtner, der öfter kommt. Jonas hat nicht viel Zeit. Und der Arzt, der seine Praxis hier im zweiten Stock hat, auch nicht.»

Einen Moment standen wir schweigend nebeneinander und schauten hinaus ins Grüne. Dann hörte ich: «Es sind nicht nur die Dinge. So viele sind es gar nicht, und ich möchte auch nicht alles loswerden. Minimalismus um jeden Preis finde ich ungemütlich. Es sind auch die Menschen.»

«Wie meinen Sie das?», fragte ich erstaunt.

«Was glauben Sie, wieso ich eine Privatsekretärin und Reisebegleiterin suche? Ich habe große Pläne. Wennschon, dennschon. Keine halben Sachen. Briefe müssen geschrieben werden. Es gibt Leute, denen ich etwas schenken möchte. Und ich plane Besuche innerhalb und außerhalb von Berlin. In der Garage steht der Wagen meines verstorbenen Mannes. Er ist alt, aber tipptopp in Schuss.»

«Respekt. Sie haben wirklich eine Menge vor», sagte ich voller Bewunderung. Die alte Dame strahlte eine Energie und Entschlossenheit aus, von der sich Leute, die viel jünger waren als sie, eine Scheibe abschneiden konnten. Zum Beispiel ich. Wann hatte ich zum letzten Mal meinen Haushalt entrümpelt? Beim letzten Umzug, und der war zwanzig Jahre her. Und hatte ich je ins Auge gefasst, in meinem ganzen Leben für Ordnung zu sorgen? Ja. Schon. Teilweise. Zumindest um mein Testament, eine Patientenverfügung und eine Vorsorgevollmacht hatte ich mich nach dem Tod meiner Eltern kümmern wollen. Dabei war es dann geblieben. Was auch daran lag (so hatte ich vor mir selbst argumentiert), dass ich allein war. Ich hatte keinen Mann, keine Kinder, keine Verwandten. Ich hatte Freunde und Bekannte, aber niemand stand mir so nahe, dass ich mir vorstellen konnte, ihn für den Fall des Falles als Bevollmächtigten für meine sämtlichen Angelegenheiten einzusetzen.

«Das findet mein Sohn auch. Genau genommen findet er, dass ich viel zu viel vorhabe, um alles alleine durchzuziehen.» Seufzend schüttelte Frau Wellentin den Kopf. «Das ist natürlich Unsinn. Aber er hat so lange auf mich eingeredet, bis ich mich habe breitschlagen lassen, jemanden zur Unterstützung zu engagieren. Er lebt in ständiger Sorge, mir könnte etwas passieren. Nur, weil ich ein paar kleine, harmlose Unfälle mit dem Auto hatte und nicht mehr ganz so fit wie eine Dreißigjährige bin, will er mich in Watte packen. Er ist ein alter Angsthase. Aber er kann ungeheuer hartnäckig und überzeugend sein.»

«Ich denke mir, dass er seine Mutter liebhat und möchte, dass es Ihnen gutgeht», warf ich ein.

«Hm», machte Frau Wellentin und räusperte sich. Aber sie widersprach mir nicht. «Na, jedenfalls haben wir dann die Anzeige bei eBay aufgegeben. Schon vor Wochen. Jonas schaltet sie immer neu, damit sie aktuell ist. Keine Ahnung, wie er das anstellt. Ich kümmere mich nur um die Zuschriften und entscheide, wen ich kennenlernen möchte. Wollen wir wieder rübergehen? Langes Stehen finde ich nicht so gemütlich.»

Wir begaben uns also wieder ins Wohnzimmer. Nachdem wir uns gesetzt hatten, fragte ich neugierig: «Wie war denn das Echo auf Ihre Anzeige? Haben Sie viele Bewerbungen erhalten?»

«Allerdings. Kunterbunt gemischt. Ich war wirklich erstaunt, wer so alles auf mich zugekommen ist. Besonders spannend war der Herr mit dem Schwarzen Gürtel in Karate aus dem Security-Bereich. Aber einen Leibwächter brauche ich eher nicht ...»

«Das habe ich von der Stellenbeschreibung her auch vermutet», sagte ich amüsiert.

«Können Sie sich eine Zusammenarbeit mit mir vorstellen?» Diese Frage kam so unvermittelt, dass mir erst mal nichts dazu einfiel.

Ein leises Lächeln spielte um Frau Wellentins Lippen. «Das kommt jetzt überraschend, ich weiß. Antworten Sie einfach aus dem Bauch raus. Mir reicht ein Ja oder ein Nein. Alles andere findet sich. Oder eben nicht.»

Unsere Augen trafen sich. Einen Wimpernschlag lang stand die Zeit still. Ich spürte, wie sich mein Herz für das öffnete, was ich hinter dieser starken Persönlichkeit spürte, und jetzt konnte ich es in Worte fassen. Hier war jemand, der Kummer mit sich herumtrug, der um Menschen trauerte, die gestorben waren; der verletzlich und wohl auch einsam war und sich vielleicht heimlich vor dem Tod fürchtete. Jemand, zu dem ich mich hingezogen fühlte und dem ich gerne zur Seite stehen würde. Außerdem war meine Neugier geweckt. Ich wollte zu gerne miterleben, wie Frau Wellentin die Dinge des Lebens ordnete.

«Ja», sagte ich fest. Und kam mir in diesem Moment – ein bisschen erschrocken – vor wie eine Braut auf dem Standesamt.

«Das freut mich! Ich kann mir nämlich ebenfalls eine Zusammenarbeit gut vorstellen. Aber das letzte Wort in Personalfragen hat meine beste Freundin. Ich vertraue ihr völlig.»

«Oh. Ach so.» Wieder hatte die alte Dame es mit wenigen Worten geschafft, mich aus dem Gleichgewicht zu bringen. «Kommt sie noch vorbei? Oder möchten Sie einen weiteren Termin mit mir vereinbaren, bei dem sie anwesend ist?»

«Sie wartet nebenan. Ich bitte sie rasch dazu», sagte mein Gegenüber und stand auf. Fasziniert sah ich zu, wie sie zur Schiebetür ging und sie öffnete.

Die beste Freundin war sofort zur Stelle. Vorsichtig nahm sie einen Leckerbissen entgegen, den Frau Wellentin aus der Tasche ihres Hemdblusenkleides hervorzauberte. Dann spazierte sie ins Zimmer und kam zielstrebig auf mich zu. Ich saß da wie erstarrt und wusste nicht, ob ich über die gelungene Überraschung meiner potenziellen Arbeitgeberin lachen oder mich fürchten sollte. Aber zum Fürchten sah die große, langhaarige Schäferhündin mit den schwarzen Abzeichen nicht aus. Sanfte hellbraune Augen schauten mir freundlich entgegen, und dann stand sie auch schon schwanzwedelnd vor mir. Ohne nachzudenken, ließ ich sie an meiner Hand schnuppern; und ehe ich mich's versah, streichelte ich ihren Kopf und die flauschigen Ohren.

«Das ist Adelheid. Wir nennen sie Heidi. Sie gehört Jonas, aber sie ist fast jeden Tag bei mir. Nun schon seit elf Jahren. Genau wie ich ist sie eine Frau im besten Alter. Wie die Zeit vergeht ... ich erinnere mich noch gut an den Tag, als ich sie zum ersten Mal geknuddelt habe. Zehn Wochen war sie alt, ein kleines Fellbündel mit Knickohren und zum Fressen niedlich.» Frau Wellentins Augen leuchteten. Dass ihr ganzes Herz an diesem Hund hing, war nicht zu verkennen.

«Hallo, Heidi. Schön, dich kennenzulernen.»

Heidis ergraute Schnauze stupste sanft gegen mein Knie. Dann legte sie sich neben einen der Stühle auf den Teppich.

Entzücken breitete sich auf Frau Wellentins Gesicht aus. «Oh! Das ist großartig! Herzlichen Glückwunsch! Sie wurden soeben engagiert.»

Bei dieser erstaunlichen Neuigkeit war ich unwillkürlich von meinem Stuhl hochgeschossen. «Wirklich? Woran haben Sie das erkannt?»

Mit ein paar Schritten war Frau Wellentin bei mir und schüttelte voller Begeisterung meine Hand. «Das fragen Sie noch? Heidi ist sofort zu Ihnen gelaufen und hat Sie begrüßt. Das hat sie bei sonst niemandem gemacht, der sich hier vorgestellt hat. Und dann hat sie sich ganz entspannt auf ihren Platz gelegt. Neben diesem Stuhl steht sonst nämlich ihr Körbchen. Das ist ein ganz klares JA. Ach, ich freu mich so!»

Bei ihren Worten war mir ganz warm ums Herz geworden. «Ich freue mich auch!»

Nachdem meine neue Arbeitgeberin wieder auf ihrem Stuhl Platz genommen hatte, sagte sie: «Ich bin übrigens Ruth. Darf ich Sie beim Vornamen nennen? Und wollen wir du sagen? Passend zum Döstädning? In Schweden sagen alle Leute du zueinander. Ich finde das nett.»

Einen Moment lang war ich unsicher, ob das nicht zu viel Vertrautheit auf einmal war mit einem Menschen, den ich eben erst kennengelernt hatte. Andererseits – was war schon dabei? Also sagte ich: «Ja … gern.»

«Sie klingen nicht so begeistert», gab Ruth mit einem Augenzwinkern zurück. «Es ist kein Muss. Wir können uns damit auch Zeit lassen.»

«Nein, es ist in Ordnung. Wirklich. Ich heiße Mathilde … Tilda. Ich bin nur ein bisschen … na ja, sagen wir, noch nicht so ganz angekommen. Es ist auf einmal alles so schnell gegangen.»

«Gott sei Dank!», rief Ruth voller Inbrunst aus. «Meine Zeit ist kostbar. Wer weiß, wie viel ich davon noch habe, um alles zu erledigen, was ich erledigen möchte.»

Heidi, die friedlich geschlummert hatte, hob den Kopf und schaute aufmerksam zu ihrer Herrin hinüber. Beruhigt, dass trotz der erhobenen Stimme offenbar alles in Ordnung war, legte sie sich mit einem leisen Grunzen wieder bequem hin und schloss die Augen.

«Du siehst aus wie ein personifiziertes Fragezeichen», fuhr Ruth fort. «Was hast du auf dem Herzen? Nur Mut, raus damit.»

Ich musste lächeln. Ich hatte keine Ahnung, was meine

Arbeitgeberin einmal von Beruf gewesen war – ich konnte sie mir jedoch gut als Theaterschauspielerin vorstellen, die die Bühne mit ihrer Präsenz erfüllt und das Publikum in ihren Bann gezogen hatte. «Wie viele Stunden wirst du mich denn in der Woche brauchen? Und wir haben auch noch nicht über die Arbeitszeiten gesprochen.»

«Das ist unterschiedlich, Tilda. Eine hübsche Abkürzung für Mathilde übrigens. Sehr ungewöhnlich. Ich kenne nur Hilde, Hildi oder Tilly. Was ich sagen wollte: Mir ist eine gewisse Flexibilität wichtig. Es geht ja auch um Begleitung auf Reisen. Die Details – Vertrag, Gehalt und so weiter – verhandelt mein Sohn. Es ist eine Vertrauensstellung, die ich finanziell entsprechend honoriere. Bitte sprich mich an, wenn du mit irgendetwas nicht zufrieden sein solltest.»

Das klang ziemlich vage, fand ich. Unvermittelt platzte ich mit der Frage heraus, die mir gerade durch den Kopf ging: «Bist du wirklich sicher, dass ich die richtige Wahl für diese Vertrauensstellung bin? Die Entscheidung war ja … sehr ungewöhnlich. Heidis Spürnase in allen Ehren, aber es könnte doch sein, dass sie sich verschnüffelt hat, oder?»

Ruth fing an zu kichern und klappte mit einer mädchenhaften Geste die Hand vor den Mund. Verlegen trank ich einen Schluck Eistee. Machte sie sich etwa über mich lustig? Das wäre kein guter Anfang.

«Verschnüffeln ist ein tolles Wort», erklärte sie, als der Lachanfall vorbei war. «Aber so etwas würde Heidi nie passieren. Und selbst wenn wir beide uns tatsächlich nicht vertragen sollten – wozu gibt es eine Probezeit? Wir können uns doch jederzeit wieder voneinander verabschieden. Das fände ich zwar sehr schade, aber es ist auch eine Beruhigung, oder? Ich spreche nachher mit Jonas. Er wird sich bei dir melden, und dann regelt ihr erst mal die ganze Bürokratie, und danach sehen wir beide uns wieder, und wenn alles stimmig ist, können wir loslegen. Was hältst du davon?»

«Das hört sich gut an.» Das tat es wirklich, und es gab nichts, was dagegensprach, nun alles entspannt auf mich zukommen zu lassen.

Lächelnd erhob sich Ruth von ihrem Stuhl. «Wunderbar! Dann verabschieden wir uns jetzt. Wenn es dir recht ist, begleiten Heidi und ich dich noch bis zu deinem Auto.»

«Ich bin mit der Bahn gekommen. Mein Auto hab ich vor zwei Jahren verkauft und kein neues angeschafft», sagte ich. In meinem Kopf herrschte ein munteres Durcheinander. Ruth Wellentin hatte mich ordentlich herumgewirbelt in diesem Gespräch. Und dann war ich auch noch von einer Schäferhündin engagiert worden. So ganz fassen konnte ich mein Glück noch nicht. Zumal ja auch noch Verhandlungen mit Ruths Sohn bevorstanden.

«Dann bringen wir dich zur Bahn. Heidi freut sich immer über eine Gassirunde.»

Vor dem S-Bahnhof schüttelten wir uns die Hand zum Abschied. Heidi saß neben uns und schaute mit gespitzten Ohren aufmerksam zu. Ich streichelte ihr über den Kopf und schaute ihr in die sanften, klugen Augen. Dass diese

Hündin Ruths beste Freundin war, konnte ich gut verstehen. «Tschüs Heidi», sagte ich. «Bis bald.»

Heidi öffnete ihr Maul und ließ die lange rosa Zunge heraushängen. Es sah aus, als ob sie lächelte.

Am Eingang des Bahnhofsgebäudes blieb ich stehen und schaute den beiden nach. Ruth und die große Hündin gingen langsam ihrer Wege, ein wenig steifbeinig. Sie wirkten entspannt, Heidis Leine hing locker durch. Ein eingespieltes Team, das war nicht zu übersehen. Vielleicht würde ich sie nie wiedersehen, schoss es mir plötzlich durch den Kopf. Vielleicht waren dieses Gespräch und die Zusage etwas, womit sich Ruth Wellentin einen Samstagnachmittag angenehm vertrieben hatte?

Aber das konnte und wollte ich nicht glauben.

Kapitel 10

Am Montag saß ich um siebzehn Uhr im Wartebereich der Kanzlei von Rechtsanwalt Jonas Wellentin. Leider würde es noch ein paar Minuten dauern, hatte die freundliche Mitarbeiterin gesagt, die mich in Empfang genommen hatte. Ein Telefongespräch sei dazwischengekommen. Nervös rutschte ich auf meinem rot gepolsterten Lederstuhl hin und her und blätterte dabei in einer Zeitschrift. Obwohl die *Landlust* zu meinen Lieblingslektüren zählte, konnte sie mich heute mit ihren stimmungsvollen Fotos und Rezepten der Saison nicht in ihren Bann ziehen, ich war viel zu aufgeregt. Herr Wellentin hatte heute Morgen um halb neun angerufen und um ein Gespräch gebeten. Er hatte sehr höflich und sachlich geklungen – und kühl. Was, wenn Ruth es sich anders überlegt hatte und ich eine Absage zu erwarten hatte?

Als Wellentin schließlich vor mir stand, in einer dunkelgrauen Anzughose und einem weißen Hemd mit offenem Kragen, war mein erster Gedanke, dass er seiner Mutter überhaupt nicht ähnlich sah. Er war groß, schlank, hatte grau melierte Haare mit korrektem Seitenscheitel und trug eine Hornbrille. Ich schätzte ihn auf Mitte fünfzig. Live wirkte er genauso reserviert und unpersönlich wie am Telefon. Sein Händedruck war fest, und er entschuldigte sich mit wohlgesetzten Worten für die Verspätung, während wir in sein Büro gingen.

Der Raum war modern in Weiß und Grau eingerichtet. Für ein bisschen Farbe sorgten ein gerahmter Kunstdruck, der eine abstrakte Meereslandschaft zeigte, sowie ein Sommerstrauß aus rosa Rosen, Rittersporn und Schleierkraut.

«Bitte, nehmen Sie Platz, Frau Richter», sagte Wellentin und deutete auf einen der beiden Stühle vor dem Schreibtisch. Er selbst ließ sich dahinter auf einem Bürosessel aus schwarzem Leder nieder. «Möchten Sie etwas trinken? Kaffee, Tee, Wasser, Saft?»

«Im Moment nicht, vielen Dank.»

Er rückte seine Brille zurecht, mit einer Geste, die mich an seine Mutter erinnerte. Es gab auch ein Foto von ihr auf dem Schreibtisch, das sie etliche Jahre jünger als heute, in einem eleganten Abendkleid am Arm eines hochgewachsenen Mannes im Smoking, zeigte. Das musste Herrn Wellentins Vater sein, die Ähnlichkeit war unverkennbar.

Eine Weile herrschte Schweigen im Raum, während Jonas Wellentin raschelnd Papiere ordnete. Draußen war es warm und sonnig. Hier drin schien mir die Temperatur gefühlt knapp über dem Gefrierpunkt zu liegen, und ich zog fröstelnd die Schultern hoch.

Schließlich schaute er von seinen Papieren auf und fing meinen Blick auf. Seine Augen waren graugrün und hätten mir gefallen können, wenn sie mich freundlicher angeschaut hätten.

«Meine Mutter freut sich sehr auf die Zusammenarbeit mit Ihnen», sagte er. Dass seine eigene Begeisterung sich in Grenzen hielt, war unverkennbar, was mich wunderte. Er war es ja gewesen, der seine Mutter überredet hatte, jemanden zur Unterstützung einzustellen.

«Sie berichtete, dass Heidi Sie engagiert hat.» Ich hörte einen leisen, resignierten Seufzer und dachte: Vielleicht ist das der Grund, warum er so skeptisch wirkt. Weil er glaubt, dass seine Schäferhündin nicht kompetent ist, wenn es um Personalfragen geht. Verübeln konnte ich es ihm nicht.

«Ja. Das ist korrekt», gab ich zurück und setzte mich noch ein bisschen gerader hin. Dabei merkte ich erst, wie angespannt ich war. Mein ganzer Körper fühlte sich steif an. Sozusagen tiefgefroren.

«Ich habe Ihre Bewerbung gelesen. Sie sind Bürokauffrau und selbständig tätig mit einem Schreibservice. Haben Sie denn mindestens fünfzehn Stunden Zeit in der Woche? Meine Mutter bietet Ihnen ein sozialversicherungspflichtiges Arbeitsverhältnis an. Einen Midijob.»

Als er das Gehalt nannte, merkte ich, wie meine Anspannung dahinschmolz wie Butter in der Sonne. Hätte ich gestanden, hätte ich mich hinsetzen müssen, so weich fühlten sich meine Knie an.

Wellentin rückte seine Brille zurecht. «Frau Richter? Gibt es ein Problem?»

«Nein. Gar nicht. Alles ist in bester Ordnung. Eine Arbeitszeit von mindestens fünfzehn Wochenstunden kann ich gerne einrichten.» Ich schenkte ihm das strahlendste

Lächeln, das ich in diesem erschütternden Moment zustande bringen konnte, während es in meinem Kopf jubelte: Krankenversichert! Rentenversichert! Arbeitgeberbeiträge! Gutes Geld, viel mehr als vierhundertfünfzig Euro! Und das in meinem Alter! Oh, ich könnte ihn küssen. Beziehungsweise seine Mutter.

«Haben Sie Fragen bis hierher?», erkundigte sich Herr Wellentin.

Ich verneinte.

«Wirklich nicht?» Er wirkte ein wenig aus der Fassung geraten, soweit ein Eiszapfen aus der Fassung geraten konnte. Vermutlich war er als Rechtsanwalt daran gewöhnt, dass seine Mandanten ihn mit Fragen überschütteten. Als ich nur stumm den Kopf schüttelte, fuhr er fort: «Gut. Ich lese Ihnen jetzt den Arbeitsvertrag vor, anschließend können Sie ihn in Ruhe selbst durcharbeiten. Oder möchten Sie ihn mit nach Hause nehmen und sich mit der Unterzeichnung noch Zeit lassen, falls doch noch Fragen auftauchen, die geklärt werden sollten?»

«Das ist nicht nötig, denke ich.»

Ich konnte es kaum erwarten, einen Stift in die Hand zu nehmen, um Nägel mit Köpfen zu machen.

Mit einem seligen Lächeln hörte ich zu, durch Wellentins angenehme Stimme und das Juristendeutsch geradezu eingelullt. Was mich nicht daran hinderte, alle Herrlichkeiten zu registrieren. Überstunden wurden entlohnt. Zuschläge für den Einsatz an Sonn- und Feiertagen. Ich würde in den Genuss von bezahltem Urlaub kommen – davon konnte man als Selbständige nur träumen. Dreizehntes Monatsgehalt. Ich kam mir vor wie im Paradies. Wenn es gleichzeitig mit meinen Bestandskunden so weiterging wie bisher, würde sich meine finanzielle Situation deutlich verbessern. Dann hörte ich: Probezeit sechs Monate, Stelle befristet auf ein Jahr.

«Danach sehen wir weiter», sagte Herr Wellentin. «Es kommt auf die Pläne meiner Mutter an, ob der Vertrag verlängert wird.»

«Ja. Natürlich.» Ich fühlte mich nicht mehr ganz so euphorisch, denn natürlich konnte eine Menge schiefgehen. Theoretisch konnte ich schon bald arbeitslos werden – oder ich würde ein Jahr später wieder vor den gleichen Schwierigkeiten stehen. Vielleicht sogar vor noch größeren, wenn ich noch mehr Kunden verlor ... *Stopp!*, sagte ich mir energisch. Daran will ich einfach nicht denken. Nicht jetzt. Alles – na ja, wenigstens das Geschäftliche – fühlt sich gerade so märchenhaft an, so als habe eine gute Fee ihren Zauberstab über mir geschwungen. Das möchte ich einfach mal genießen.

Wellentin beugte sich vor. «Haben Sie Fragen? Einwände? Wünsche?»

Sein kühler, durchdringender Blick hatte etwas Habichtartiges.

«Im Augenblick nicht. Ich bin voll und ganz zufrieden», gab ich zurück.

Der Hauch eines Lächelns glitt über sein Gesicht, was ihn beinahe freundlich aussehen ließ. «Das können Sie auch sein. Meine Meinung. Meine Mutter ist sehr großzügig, und dieses Dö…das…stad… nun, dieses schwedische Ordnen der Dinge … der letzten Dinge … ist ihr sehr wichtig.» Wieder ein Seufzen, diesmal deutlich vernehmbar.

«Diesen Eindruck habe ich auch», sagte ich. Mein Blick fiel auf das Foto, und ehe ich mich's versah, sprach ich aus, was ich dachte: «Ein schönes Bild von Ihrer Mutter. Der Herr daneben ist bestimmt Ihr Vater?»

Sein Blick wurde weicher, als er nun die Hände auf der Schreibtischplatte faltete. «Ja. Er ist nun schon über vier Jahre tot. Das Schriftliche hatten meine Eltern ja schon längst geregelt. Erbe, Testament, Patientenverfügung und so weiter. Ich frage mich, wieso meine Mutter nun unbedingt diese Aktion durchführen will. Ich weiß nicht mal genau, was sie alles vorhat. Als ich nachgehakt habe, bekam ich zu hören, dass es sich, wie bei jeder Kunst, um einen komplexen Prozess handelt, der alle Bereiche ihres Lebens betrifft.»

Er schaute mich fragend an, aber ich nickte und lächelte nur verständnisvoll, denn viel mehr wusste ich auch nicht. Als von mir nichts kam, fuhr er ein Stück mit dem Bürosessel nach hinten, wie um Distanz zu gewinnen. «Sie war einmal sehr krank. Das ist länger her, aber ich habe es nicht vergessen. Mein Vater, meine Schwester und ich und alle anderen Verwandten … Die ganze Familie hat damals mit dem Schlimmsten gerechnet.»

«Sie haben noch eine Schwester?», fragte ich erstaunt.

Der Schreibtischsessel rollte wieder nach vorn, und sein

Insasse saß mit vor der Brust verschränkten Armen und seinem besten Habichtblick vor mir. «Hat Mutter nicht erwähnt, dass sie eine Tochter hat?»

Ich schüttelte den Kopf. Und ärgerte mich über mich selbst, dass ich nachgefragt hatte. Das war nicht diskret, sondern neugierig gewesen. Und ich musste zugeben, dass ich immer noch neugierig war und ein bisschen enttäuscht, als Wellentin nicht auf seine Schwester einging, sondern übergangslos erklärte, dass er sich große Sorgen machte.

«Meine Mutter gilt als geheilt. Aber das heißt nichts bei einer Krebserkrankung, es gibt keine Garantien. Sie kam mir in den letzten Monaten verändert vor. Niedergeschlagen, gleichzeitig besessen davon, sich auf ihren Tod vorzubereiten. Ich frage mich, ob sie eine schwere Diagnose erhalten hat. Die sie mir verschweigt, weil sie mich nicht belasten will. So ist sie. Am liebsten macht sie alles mit sich allein ab.»

Das konnte ich mir gut vorstellen.

«Ihre Mutter erwähnte, dass mehrere gute Bekannte und Freunde verstorben sind und dass sie das sehr mitgenommen hat …», warf ich ein.

Wellentin fuhr sich mit der Hand durchs Haar, das danach erstaunlicherweise immer noch ordentlich aussah. «Das ist richtig. Es leuchtet auch ein, dass die Trauer um liebe Menschen meine Mutter antreibt. Und natürlich rückt mit vierundachtzig die eigene Sterblichkeit näher. Und doch habe ich den Eindruck, dass noch mehr dahintersteckt. Sie ist … nicht mehr so konzentriert wie früher. Ich bin sehr froh, dass sie jetzt meinem Rat folgt, nicht mehr selbst Auto zu fahren ... Sie werden mich doch informieren, wenn Ihnen etwas auffällt, das ich wissen sollte?»

«Wie meinen Sie das?» Mit dieser Gesprächswendung hatte ich nicht gerechnet. Wie seine Mutter hatte Herr Wellentin die Gabe, für Überraschungen zu sorgen.

«Wenn Ihnen Medikamente auffallen. Wenn meine Mutter über Beschwerden klagt. Wenn sie Termine bei ihrem Arzt vereinbart. Zum Beispiel.»

Seine Augen bohrten sich in meine. Für Sekundenbruchteile hätte ich ihm alles versprochen, nur damit er aufhörte, mich zu fixieren. Aber dann setzte meine Vernunft ein. «Das kann ich nicht so ohne weiteres. Ihre Mutter müsste damit einverstanden sein. Sie erwartet Verschwiegenheit von mir, das hat sie ja auch im Inserat betont. Das muss ich als ihre Angestellte respektieren.»

«Und wenn es um Leben und Tod ginge? Meinen Sie nicht, dass ich als ihr Sohn das Recht habe, informiert zu werden, wenn sie sterbenskrank wäre?»

Ich starrte ihn erschrocken an. «Dazu kann ich derzeit gar nichts sagen. Außer, dass ich von ganzem Herzen hoffe, dass Ihre Sorgen unbegründet sind.»

«Ich verstehe», sagte Wellentin, obwohl ihm anzusehen war, dass er sich eine andere Antwort gewünscht hatte. «Und ich versuche jetzt einfach mal, davon auszugehen, dass ich wirklich ein überbesorgter Helikopter-Sohn bin, der sich viel zu viele Gedanken macht. Das behauptet jedenfalls meine Mutter.»

Amüsiert dachte ich, dass diese Einschätzung zu Ruth passte wie das Tüpfelchen auf dem i.

Unvermittelt breitete sich ein Grinsen auf seinem Gesicht aus. Es verwandelte ihn völlig. Am liebsten hätte ich gesagt: Sie sollten viel öfter lächeln, dann sehen Sie richtig menschlich aus. Aber das ging natürlich gar nicht.

Zwanzig Minuten später verabschiedete ich mich von Herrn Rechtsanwalt Wellentin. Das «Schriftliche» war von meiner Seite aus erledigt. Um alles Weitere würde er sich kümmern. Offizieller Beginn des Arbeitsverhältnisses war morgen.

«Meine Mutter ruft Sie an, nachdem ich mit ihr gesprochen habe», sagte er, als er mich zur Tür der Kanzlei begleitete.

Als ich die Treppe hinunterging, dachte ich voller Dankbarkeit an meine neue Arbeitgeberin. Ob sie zu Hause war? Einen Moment lang war ich versucht, bei ihr zu klingeln. Einfach so, um hallo zu sagen. Aber das kam mir dann doch zu aufdringlich vor.

Kapitel 11

Als ich in der Bahn saß, schickte ich per WhatsApp eine Nachricht an die Gruppe «Kochen am Freitagabend»:

Tilda: *Hi! 3x dürft ihr raten, was ich in der Tasche habe.*
Dani schrieb sofort zurück: *Etwas Süßes? Gut für die Nerven, kann ich heute gebrauchen. Scheißtag im Büro. Nix zu essen im Haus, bin auf dem Weg zum Supermarkt. Und Nils hat noch nicht zurückgeschrieben.*
Tilda: *Es ist schon süß. Also im weiteren Sinne. Aber nicht essbar.*
Dani: *Liebesbrief von einem unbekannten Verehrer?*

Ich musste lachen. Ob die anderen Fahrgäste die Seniorin, die kichernd auf ihr Handy starrte, komplett durchgeknallt fanden? Ein Blick genügte, um diese Frage verneinen zu können. Alle anderen starrten auch auf ihr Handy, und die meisten waren noch zusätzlich durch Kopfhörer abgeschottet.

Tilda: *Viel, viel besser.*
Jetzt schaltete sich Anke dazu.
Anke: *Ein Lottoschein? Und du hast sechs Richtige?*
Tilda: *Fast richtig. Es ist ein Arbeitsvertrag.*

Dani: *Waaaaaas? Das ist ja der Hammer. Glückwunsch!*

Sie feuerte eine Salve fröhlicher Emojis ab.

Anke: *Ich hab doch gleich gesagt, dass du alles viel zu schwarz siehst! Ich gratuliere! Nun ist alles wieder gut.*

Tilda: *Alles nicht. Das ist unmöglich. Aber ab morgen helfe ich gut bezahlt einer 84-jährigen Dame dabei, ihr Leben zu ordnen. Döstädning nennt sich das.*

Dani: *Cool!! Letztens in einer Zeitschrift darüber gelesen. Swedish death cleaning.*

Anke: *Oh Gott. Das klingt ja gruselig auf Englisch. Ist die Dame schwer krank?*

Tilda: *Den Eindruck hat sie nicht auf mich gemacht.*

Dani: *Ist ja nachvollziehbar, dass man in dem Alter aufräumen will. Ballast abwirft. Ausmistet. Sich bewusst auf seinen Tod vorbereitet. Den Nachlass ordnet.*

Anke: *Genau. Sehr lobenswert und rücksichtsvoll. In jedem Alter übrigens, wenn ich so überlege. Ist ein schöner Gedanke, dass unsere Kinder klar Schiff vorfinden, wenn Matthias und ich irgendwann sterben.*

Dani: *Genau. Darüber nachzudenken, macht auch deutlich weniger Arbeit und mehr Spaß als entrümpeln und aufräumen.*

Tilda: *Stimmt. Bin gespannt, was da auf mich zukommt.*

Anke: *Ich auch. Kann mir einen Motivationsschub dadurch bei mir vorstellen. Vielleicht lese ich auch ein paar Bücher zum Thema.*

Dani: *Hä?*

Tilda: *Zum Death Cleaning?*

Anke: *Ich mag das Wort nicht. Es weckt … unschöne Assoziationen bei mir. Ich muss an Beerdigungen und Särge denken. Klar*

Schiff machen finde ich gut. Wo Matthias doch den Segelschein in Angriff nehmen will.

Von Dani und mir kamen nun ein paar Emojis, die Tränen lachten.

Tilda: *Ich halte euch auf dem Laufenden.*

Dani: *Das will ich hoffen! Sollte dann ein Anfall von Ordnungswut über mich kommen, setz ich mich ins nächste Café und trinke in Ruhe einen Latte macchiato.*

Tilda: *Lädst du uns ein?*

Dani: *Muss ich mir noch überlegen.*

Anke: *Ich bin ja SO froh, dass du so schnell was gefunden hast, Tilda!*

Tilda: *Und ich erst. Am nächsten Kochabend wird gefeiert!*

Kapitel 12

Zur Feier des Tages kaufte ich mir Prosecco und beim Asia-Imbiss eine Portion Ente kross gebacken mit Gemüse. Zu Hause angekommen, legte ich die Flasche ins Gefrierfach. Während mein Abendessen in einer feuerfesten Form im Ofen erhitzt wurde, duschte ich und zog ein luftiges Hängerkleid an. Es tat gut, die dünne Baumwolle auf der nackten Haut zu spüren. Ich überlegte, ob ich auf dem Balkon essen sollte, entschied mich aber dagegen. Zu viele Wespen waren um diese Jahreszeit unterwegs. Aber später würde ich es mir draußen gemütlich machen.

Das Entengericht war ein echter Festschmaus, ich genoss jeden Bissen. Nachdem ich das Geschirr in die Spülmaschine geräumt hatte, nahm ich eine der Sektflöten aus dem Schrank, die Kai und ich zur Hochzeit geschenkt bekommen hatten. Als ich die Proseccoflasche öffnete, sagte ich zu ihm: «Ich weiß, dass du deine schützende Hand über mich gehalten hast. Erst mal bin ich gerettet. Auch wenn es natürlich sein kann, dass …»

Stopp, Tilda, sagte ich mir. *Think pink.*

Und dann hörte ich Kais vertraute Stimme in meinen Gedanken: *Et hätt noch immer jot jejange …*

«Danke», sagte ich leise und goss den schäumenden Prosecco ins Glas.

In der Buche herrschte Hochbetrieb, als ich mich im Balkonsessel niederließ. Ein Schwarm Kohlmeisen flatterte von Zweig zu Zweig, und in der mittleren Etage des Baums entdeckte ich das Ringeltaubenpaar, das immer so liebevoll miteinander schnäbelte. Am Baumstamm übte sich ein junger Buntspecht in der Kunst, eine Bruthöhle ins Holz zu hämmern. Scharf beobachtet wurde das Treiben von einem Eichelhäher, der ganz oben auf einem Ast hockte.

Ich hielt mein Glas in die Sonne. Bläschen stiegen in der durch das sanfte Abendlicht vergoldeten Flüssigkeit nach oben. «Auf dein Wohl, Tilda. Auf deinen neuen Job. Auf Ruth Wellentin. Auf eine gute und hoffentlich lange Zusammenarbeit mit ihr.»

Da niemand zum Anstoßen da war, klopfte ich mit dem Fingernagel gegen das Glas. Der zarte Ton schwang noch lange nach in der warmen Sommerluft und trug in meiner Phantasie meine Hoffnungen zu einem Ort, an dem sie sich erfüllen konnten.

Der erste Schluck Prosecco prickelte auf der Zunge, herb und frisch, aber noch zu warm. Ich lehnte mich in meinem Sessel zurück und schloss die Augen. Die sinkende Sonne wärmte mein Gesicht. Vögel zwitscherten ihre Abendlieder. Irgendwo bellten Hunde. Ob Sheryl und Harvey auch unterwegs waren? Von der großen Allee, die die Siedlung im Osten begrenzte, drang das Geheul von Motorrädern herüber. Vom übrigen Verkehr bekam ich hier nur ein Rauschen oder Brummen mit, je nachdem, wie der Wind stand. In der Wohnung links neben mir wurde gerade gekocht: Bratkartoffeln und Fisch, unverkennbar. Essensgeruch breitete sich immer großzügig in der Umgebung aus, wenn gelüftet wurde. Rechts von mir plätscherte Wasser in die Balkonkästen mit den Fleißigen Lieschen. Ich wusste, dass die erwachsene Tochter sich um die Pflanzen und die Post kümmerte, solange ihre Eltern verreist waren. Die Nachbarn in der Häuserzeile gegenüber saßen mit Gästen auf ihrem Balkon im ersten Stock. Gesprächsfetzen und Gelächter mischten sich in die Symphonie von Geräuschen und Gerüchen, die seit über zwanzig Jahren Heimat für mich bedeuteten.

Meine Gedanken wanderten zu Günter, der jetzt irgendwo in Kanada unterwegs war. Vermisste ich ihn? Manchmal, wenn die Erinnerung an schöne Stunden auftauchte, die wir miteinander verbracht hatten. Doch viel stärker war das Gefühl, dass ich viel zu oft unglücklich in dieser Beziehung gewesen war. Am meisten zu schaffen machte mir die fiese Art und Weise, wie er mich abserviert hatte. Das tat weh und drückte auf den schmerzenden Winkel in meinem Herzen, der einsam war, liebevolle Zweisamkeit vermisste und wusste, dass ich für den Rest meines Lebens allein bleiben würde. Mein Geburtstag türmte sich immer noch wie ein Schreckgespenst vor mir auf, auch wenn mein Verstand wusste, dass Anke recht hatte, wenn sie sagte, dass mit Ü60 nicht alles vorbei war. Mit einem Arbeitsvertrag in der Tasche – auch wenn er befristet war – sah die Lage entspannter aus. Und im Gespräch mit Ruth hatte ich erlebt, wie viel Charisma und Energie man auch mit Mitte achtzig haben konnte.

Und doch, und doch, und doch …

… konnte ich das Empfinden nicht abschütteln, dass das Beste, was das Leben zu bieten hatte, hinter mir lag. Dass, auch wenn man noch so sehr versuchte, es zu beschönigen, der körperliche und oft auch geistige Verfall unaufhaltsam war und das Ende immer näher rückte. Dass es keine scheinbar unendliche Zukunft mehr gab wie in jüngeren Jahren; mit vielen Chancen und Begegnungen und Wegkreuzungen, an denen man neue Richtungen einschlagen konnte. Es gab so unendlich vieles, was ich nie mehr erfahren würde: eine andere Ausbildung und damit eine andere berufliche Laufbahn. Partnerschaften, Ehe, Kinder. In einer anderen Stadt zu wohnen. Die Erfüllung von Wünschen, für die mir die finanziellen Mittel immer fehlen würden. In diesem Leben würde ich es nicht mehr zu einem eigenen Haus bringen, und Reisen, wie sie Anke und Matthias planten, würden für immer ein Traum bleiben.

Im Geiste hörte ich Anke heftig protestieren: «Du siehst alles viel zu schwarz!»

Sie mochte recht haben. Aber das änderte nichts an meinen Gefühlen.

Mit einem Seufzer öffnete ich die Augen. Und ärgerte mich über mich selbst, dass ich es zugelassen hatte, mir mit trüben Gedanken die Stimmung zu verhageln. An einem Abend, an dem ich eigentlich vor Freude Luftsprünge auf dem Balkon machen sollte. Ich trank noch einen Schluck

Prosecco, der jetzt endgültig viel zu warm war. Als ich vor dem Kühlschrank stand, um mir aus der jetzt hoffentlich besser durchgekühlten Flasche nachzuschenken, klingelte das Telefon.

Am Apparat war Ruth, und sie klang sehr vergnügt. «Guten Abend, Tilda! Eben habe ich auch den Vertrag unterschrieben, du kannst dir morgen deine Ausfertigung mitnehmen. Ach, ich freu mich, dass alles klar ist und es nun losgeht.»

«Guten Abend! Ich freu mich auch. Um wie viel Uhr erwartest du mich?»

«Um neun. Da ist es noch kühler, und wir können besser denken. Ich brauche Ideen. Arbeit gibt es auch.»

«Das hört sich spannend an», sagte ich lachend. «Ich bin um neun bei dir.»

«Fein. Einen schönen Abend noch. Ich lege jetzt die Füße auf der Couch hoch und lese Zeitung.»

Als das Gespräch beendet war, machte ich wild entschlossen einen Luftsprung. Es war nur ein kleiner Hopser, nichts Weltrekordverdächtiges. Aber er hatte etwas Befreiendes.

Kapitel 13

Pünktlich ist, wer mindestens fünf Minuten zu früh an Ort und Stelle ist. Das hatten mir meine Eltern mitgegeben. Zu zeitig durfte man aber auch nicht auftauchen, da man ungelegen kommen konnte. In meinem Eifer, bloß nicht zu spät zu meinem ersten Arbeitstag zu erscheinen, stand ich um Viertel vor neun vor dem Haus meiner Chefin, entschied mich aber, noch eine kleine Runde zu drehen. Es war ein herrlicher Spätsommermorgen mit einem klaren tiefblauen Himmel. Für den Nachmittag wurden dreißig Grad erwartet, aber jetzt war die Luft noch angenehm frisch. Ich schlenderte den baumbestandenen Gehweg entlang und freute mich, dass die Anwohner im Rahmen einer Nachbarschaftsaktion die Baumscheiben mit insektenfreundlichen Sommerblumen bepflanzt hatten. Dazu hatten sie kleine Schilder aufgestellt, auf denen Bienen, Hummeln und Schmetterlinge abgebildet waren, mit dem Slogan: *Unsere Straße summt.*

Vor einer Birke, zu deren Füßen Kapuzinerkresse und Ringelblumen gelb und orange leuchteten und Katzenminze ihre blauen Blüten der Sonne entgegenstreckte, blieb ich stehen. Am Stamm kletterten Feuerbohnen an einer Rankhilfe nach oben. Hier hatte jemand eindeutig einen grünen Daumen, die Pflanzen blühten besonders üppig.

So versunken war ich in den Anblick, dass ich zusammenzuckte, als jemand sagte: «Guten Morgen, Frau Richter.»

Vor mir standen Herr Wellentin und Heidi, die mit dem Schwanz wedelte und mich mit heraushängender Zunge anzulächeln schien. Auch Herr Wellentin lächelte, allerdings deutlich verhaltener. «Haben Sie sich verlaufen?»

Obwohl es mir ein bisschen peinlich war, dabei erwischt worden zu sein, wie ich eine bepflanzte Baumscheibe anhimmelte, strahlte ich ihn an und sagte: «Guten Morgen! Bei dem herrlichen Wetter macht es Spaß, unterwegs zu sein. Sehr schöne Idee übrigens, diese Aktion *Unsere Straße summt.*»

«Das finde ich auch», gab er zurück. «Sie sind doch sicher unterwegs zu meiner Mutter. Wollen wir das letzte Stück zusammen gehen?»

«Gern.» Ich streichelte Heidi, die ihren Kopf an mein Bein schmiegte.

«Sie mag Sie wirklich», kommentierte Herr Wellentin, während wir nebeneinander hergingen. Es klang erstaunt. «Sie ist sonst sehr zurückhaltend Fremden gegenüber. Niemals unfreundlich, sondern schlicht desinteressiert. Haben Sie einen Hund?»

«Nein. Aber die Nachbarin, die über mir wohnt, besitzt einen Dackel. Er heißt Harvey. Vielleicht liegt es daran?»

Er grinste über das ganze Gesicht. Als er meinen Blick bemerkte, brachte er seine Miene mit bewundernswerter Schnelligkeit unter Kontrolle und sagte ernst: «Möglicherweise.»

Jetzt grinsten wir beide, und ich dachte bei mir: Er hat Sinn für Humor. Wer hätte das gedacht.

«Ich wünsche Ihnen einen angenehmen ersten Arbeitstag», sagte Jonas Wellentin, als wir vor Ruths Wohnungstür standen. Er nahm Heidi das Halsband ab und drückte es mir mitsamt der Leine in die Hand. «Sie bleibt unter der Woche immer tagsüber bei meiner Mutter. Die beiden sind ein tolles Team.»

Er drückte auf den Klingelknopf. Ruth öffnete beinahe sofort, sie hatte sich wohl ganz in der Nähe aufgehalten. Mutter und Sohn begrüßten sich mit einer Umarmung und einem Kuss auf beide Wangen. Wellentin musste sich tief hinunterbeugen, was er mit einer Eleganz tat, die von langjähriger Übung sprach. Es rührte mich, wie liebevoll Mutter und Sohn miteinander umgingen. So, als hätten sie sich lange nicht gesehen, nicht erst gestern Abend zum letzten Mal.

«Ich habe dir jemanden mitgebracht, Mutter. Und jetzt verschwinde ich nach oben, ich habe gleich einen Termin mit einem Mandanten.»

«Dann aber schnell, Jonas.» Ruth machte scheuchende Handbewegungen, wovon sich Heidi nicht stören ließ. Sie trabte bereits zielstrebig durch den Flur.

«Heidi ist unterwegs in die Küche», erklärte Ruth. «Sie weiß genau, dass dort ein Leckerli auf sie wartet. Und auf uns beide wartet Kaffee. Aber erst mal: Guten Morgen, Tilda!»

«Guten Morgen, Ruth!»

Wir schüttelten uns feierlich die Hände. Auch heute trug Ruth ein Kleid, kobaltblau, mit einem fröhlichen Blumenmuster. Dazu, wie es bei den britischen Royals Sitte war, eine Feinstrumpfhose. Doch sie hatte Zugeständnisse ans Schuhwerk gemacht: Statt der Sandalen mit kleinem Absatz hatte sie bequem aussehende Pantoletten gewählt. Ansonsten sah sie mehr nach einem Bummel am Ku'damm aus als nach der angekündigten Arbeit. Ihre Haare waren perfekt frisiert, sie hatte ein dezentes Make-up aufgetragen und eine Perlenkette umgelegt.

Wenig später hatte Ruth Heidi mit Knabberstreifen aus getrocknetem Hühnchenfleisch versorgt und Kaffee in zwei Becher mit Rosenmuster eingeschenkt. Wir tranken ihn in dem mir schon vertrauten Wohnzimmer. Die Schiebetür war diesmal weit geöffnet und gab den Blick frei auf Bücherregale, einen kleinen Schreibtisch mit Laptop, eine Anrichte und einen Esstisch aus Nussbaum mit vier passenden Stühlen. An den Raum – eine Kombination aus Arbeits- und Esszimmer – grenzte ein Balkon an. Die Türen standen offen, Sonnenlicht fiel auf den Perserteppich und ließ die warmen Farben auf dem Parkettboden leuchten. Eine frische Brise wehte einen Hauch vom Garten herein.

«Erzähl doch mal von dir. Wie ist dein Leben denn so verlaufen?» Wir saßen auf dem Sofa, Heidi hatte es sich auf einem Hundebett neben dem Stuhl, auf dem ich gestern gesessen hatte, bequem gemacht und blinzelte schläfrig zu uns herüber.

Ich musste schlucken. Das war eine gute Frage. Wie fasste man beinahe sechzig Jahre zusammen, ohne auszuufern oder zu persönlich zu werden? Ich entschied mich dafür, sachlich die wichtigsten Stationen aufzuzählen, so wie in einem Lebenslauf für eine Stellenbewerbung. Nur ein einziges persönliches Detail kam zur Sprache.

«So jung verwitwet … ach, das tut mir leid», sagte meine Arbeitgeberin mitfühlend. «Ich habe ja auch meinen Mann verloren. Aber es war uns vergönnt, eine lange Zeit miteinander zu haben. Und …» Sie zögerte einen Moment, dann fügte sie hinzu: «Und Kinder.»

Ich ließ die Gelegenheit, mehr über die geheimnisvolle Tochter herauszufinden, nicht ungenutzt verstreichen. «Du hast noch mehr Kinder?», sagte ich munter. «Das ist ja nett.»

Ruth trank einen Schluck Kaffee. Ihr Blick war in die Ferne gerichtet, auf einen Punkt irgendwo im Nachbarzimmer. Erst dachte ich, sie hätte meine Frage nicht gehört. Aber nach einer Weile, in der im Raum nichts zu vernehmen war als Heidis leises Schnarchen, wandte sich Ruth mir zu. Ihre Augen hinter der Brille waren traurig. «Ich habe noch eine Tochter. Marion. Ich erzähle dir später mehr. Fangen wir erst mal mit den einfacheren Sachen an. Bist du bereit?» Sie straffte die Schultern und setzte ein entschlossenes Lächeln auf.

«Ich bin startklar.»

«Gut. Legen wir los. Als Erstes möchte ich mit dir klar Schiff in der Wohnung machen.» Das klang jetzt energisch, ihre Augen blitzten. Was immer zwischen Ruth und ihrer Tochter los war, es war völlig in den Hintergrund getreten. Bei dem Ausdruck «klar Schiff» musste ich an Anke denken und lächelte in mich hinein.

«Ich habe mir natürlich schon Gedanken gemacht. Es gibt Dinge, die will ich wegwerfen. Ab in den Müll damit und fertig. Anderes will ich behalten. Und dann gibt es Gegenstände, die sind viel zu schade zum Wegwerfen, aber behalten will ich sie auch nicht. Hast du eine Idee, was wir damit anstellen könnten?»

«Wie wäre es, wenn wir sie bei eBay verkaufen würden?»

Ruth winkte ab. «Bloß nicht. Ich will keine fremden Leute in der Wohnung haben, die womöglich auskundschaften, was es bei mir zu holen gibt, wenn sie den nächsten Einbruch planen. Natürlich ist nicht jeder Käufer bei eBay kriminell, das ist mir schon klar. Aber da sind die Leute, die den angegebenen Preis nicht zahlen wollen. Andere wollen, dass man sie in Pusemuckelheim kostenlos beliefert. Wieder andere vereinbaren einen Termin zum Abholen und erscheinen dann nicht. Das ist mir viel zu anstrengend.»

«Das hört sich so an, als hättest du schon Erfahrungen gesammelt.»

«Ich nicht, aber Jonas. Die Krönung war wohl ein Herr, der mit einem Transporter vorfuhr und alles Mögliche mitnehmen wollte, nur nicht das Möbelstück, das Jonas eingestellt hatte.»

«Oje», sagte ich lachend. «Gut. Das fällt also flach. Wie

wäre es denn, wenn wir erst mal sichten und sortieren, und dann überlegen wir weiter? Es gibt viele Möglichkeiten, wenn man Dinge abzugeben hat.»

«Das klingt vernünftig. Es gibt auch noch eine andere Kategorie … vielleicht können wir sie Schätze nennen? Schätze, die ich an besondere Menschen verschenken möchte. Und ich möchte diesen Menschen auch etwas schreiben. Einen Brief. Kein Mensch schreibt heute mehr Briefe von Hand. Ich auch nicht.» Ein verschmitztes Grinsen breitete sich auf ihrem Gesicht aus. «Ich hab mal einen Artikel über eine berühmte englische Autorin gelesen, die sehr erfolgreiche Liebesromane verfasst hat. Das ging so: Sie lag auf dem Sofa, futterte Pralinen und trank Champagner und diktierte ihrer Privatsekretärin die Texte. So ähnlich machen wir das auch, ja?»

«Von mir aus gerne», sagte ich. Und dann fingen wir beide an zu kichern, und Ruth klappte mit der Geste, die mir jetzt schon vertraut war, eine Hand vor den Mund.

Kapitel 14

Als Erstes führte mich Ruth durch die ganze Wohnung, um mir, wie sie sagte, «einen Überblick zu verschaffen». Da war die Küche, die ich schon kannte. Ein Badezimmer, eine Gästetoilette. Ruths Schlafzimmer mit dem breiten Bett und dem antiken Kleiderschrank aus Mahagoniholz sowie einem zierlichen Schminktisch mit Spiegelaufsatz, vor dem ein gepolsterter Hocker stand. Die Tagesdecke hatte ein Rosenmuster in Rosé, Weiß und Zartgrün, das sich in den Vorhängen am Fenster wiederholte. Auf einer Kommode gruppierten sich Fotos in Silberrahmen um eine üppige Flamingoblume. Die Hochblätter um die Blütenkolben leuchteten intensiv rosa. An der hellgrün gestrichenen Stirnwand hingen zwei silbergerahmte Drucke von Edgar Degas über dem Bett, die anmutige Balletttänzerinnen zeigten. Die restlichen Wände waren tapeziert, in weißen und silbrigen Nuancen, die ein zartes florales Muster bildeten. Zusammen mit der hohen, stuckverzierten Decke sorgte die Gestaltung für eine luftige, ein wenig verspielte Atmosphäre. Unwillkürlich hatte ich die Assoziation eines Jungmädchenzimmers aus längst vergangenen Zeiten.

«Was für ein entzückender Raum!», entfuhr es mir unwillkürlich.

Ruth strich sich lächelnd übers Haar. «Ja, nicht wahr? Ich

habe alles ganz neu herrichten lassen, nachdem mein Mann gestorben war. Nur der Schrank ist geblieben. Heinrich liebte alte Massivholzmöbel, und ich kann und will mich auch nicht davon trennen. Sie begleiten mich seit vielen, vielen Jahren. Trotzdem wollte ich nach seinem Tod einen Neuanfang …» Sie hielt einen Moment inne, wie um den Worten nachzuspüren. «Ja. Einen Neuanfang. Das trifft es gut. Um mich daran zu erinnern, dass noch ganz viel Leben vor mir liegt.»

Ganz viel Leben. Eine erstaunlich kühne Erwartung für einen Menschen, der damals immerhin schon achtzig Jahre alt gewesen war.

Ruth musste meine Gedanken gelesen haben, denn sie lächelte ein bisschen spöttisch und fügte hinzu: «Viel Leben misst sich nicht in vielen Jahren. Es kann an jedem beliebigen Tag mit mir zu Ende gehen, das ist nun mal eine Tatsache. Selbst wenn ich ganz viel Glück haben sollte, gehe ich davon aus, dass ich an meinem hundertsten Geburtstag nicht mehr hier sein werde. Den feiere ich dann auf einer Wolke mit allen lieben Menschen, die mir vorausgegangen sind. Vielleicht aber lieber ohne Heinrich … das entscheide ich, wenn es so weit ist. Wir hatten gute Zeiten. Und schlechte. Und auch wenn es hart klingt: Ich wünschte, er hätte seine letzten Worte auf diesem Planeten verdammt noch mal für sich behalten.»

Ruths Augen blitzten zornig, und sie hatte die Lippen zu einem Strich zusammengepresst.

Natürlich hätte ich liebend gerne nachgefragt. Aber

mein Gefühl sagte mir, dass ich wohl die gleiche Antwort bekommen hätte wie vorhin, als es um ihre Tochter gegangen war: *Ich erzähle dir später mehr …*

Ruths Döstädning folgte ihren eigenen Regeln, und das musste ich respektieren.

Jetzt war sie zu den Fotos auf der Kommode getreten und winkte mich mit der schon vertrauten Handbewegung zu sich.

«Schau …» Sie deutete auf ein großes Bild. «Das sind Heinrich und ich und die Kinder an meinem vierzigsten Geburtstag. Jonas war acht, Marion zehn. Was für eine Siebziger-Jahre-Löwenmähne ich da hatte.» Wieder strich sie sich behutsam über die weißen Locken. «Haare und was man alles mit ihnen anstellen kann, haben mich immer fasziniert, deshalb bin ich Friseurin geworden. Eine Ausbildung zur Kosmetikerin habe ich auch gemacht. Nachdem ich Heinrich geheiratet hatte, musste ich nicht mehr arbeiten. Er war Fabrikant und kam aus einer vermögenden Familie. Aber als die Kinder aus dem Gröbsten raus waren, hab ich wieder in einem Salon angefangen, in Charlottenburg. Nur ein paar Stunden die Woche, einfach weil es mir Freude machte, für meine Kundinnen da zu sein. Es ist ein ungeheurer Luxus, das tun zu dürfen, was einem Spaß macht, ohne auf den Verdienst angewiesen zu sein. Heinrich war großzügig. Und großherzig. Ich habe ihm in jeder Hinsicht sehr viel zu verdanken.»

«Dein Sohn sieht seinem Vater sehr ähnlich», sagte ich.

«Das stimmt.» Ruth nahm ein anderes Foto in die Hand.

«Heinrich, Jonas, Marion und ich am fünfundsiebzigsten Geburtstag meines Mannes vor fünf Jahren. Er war ein bisschen jünger als ich.»

Alle vier Wellentins waren festlich angezogen und lächelten in die Kamera. Neugierig betrachtete ich Ruths Tochter. Sie war kleiner als die Männer, aber ein ganzes Stück größer als ihre Mutter. Schlank, ein eher herbes Gesicht mit leicht schräg stehenden Augen und hohen Wangenknochen. Die blond gesträhnten Haare trug sie in einem glatten, akkuraten Pagenschnitt. Die Lippen und das Lächeln erinnerten mich an Ruth.

«Deine Tochter kommt ein bisschen nach dir», sagte ich.

«Ein bisschen. Ja. Sie ist Ärztin für Allgemeinmedizin und hat eine eigene Praxis in Hildesheim.»

«Da war ich schon mal. Anlässlich eines Betriebsausflugs meiner ehemaligen Firma. Wir haben eine sehr interessante Führung mitgemacht. Hildesheim, die Stadt der Kirchen! Die Michaeliskirche fand ich ganz wundervoll, sie thront wie eine Burg auf einer kleinen Anhöhe. Und im Westwerk des Mariendoms brüten Uhus.»

Ruth zog vor Überraschung die Augenbrauen hoch. «Tatsächlich? Das wusste ich nicht. Was ich hauptsächlich mit dieser Stadt verbinde, ist das Glockengeläut. Ständig bimmelt etwas.»

«Daran erinnere ich mich auch. Und an den sagenumwobenen tausendjährigen Rosenstock. Das ist eine unverwüstliche, wilde Heckenrose, die sich an der Apsis des

Doms emporrankt und jedes Jahr üppig blüht. Sie hat sogar einen Bombenangriff im Zweiten Weltkrieg überlebt, bei dem der Dom komplett zerstört wurde. Aus den unter den Trümmern begrabenen Wurzeln wuchsen nur wenige Wochen später neue Triebe.»

Ruth schien nicht sehr beeindruckt. «Ach was … Und hat sie geblüht, als ihr da wart?»

«Leider nicht. Es war Herbst. Und ein besonders trister und verregneter dazu.»

«Das war ja Pech.» Ruth wandte sich wieder ihrer Galerie zu. Sie zeigte mir eine Aufnahme von Marion, ihrem Mann Lutz und den beiden erwachsenen Söhnen, die sich glichen wie ein Ei dem anderen. «Dreiundzwanzig sind die Zwillinge jetzt. Einer studiert in Freiburg, der andere in Wien.» Ruth seufzte. Es klang sehnsüchtig. «Sie sind liebe Jungs. Ab und zu rufen sie ihre Oma an oder schicken eine WhatsApp. Und sie versuchen, jedes Jahr an meinem Geburtstag in Berlin zu sein. So wie früher, als wir alle zusammen hier gefeiert haben …» Wehmütig strich Ruth über den breiten Silberrahmen. «Du kannst dir ja denken, wie es ist. Phillip und Rafael wohnen weit weg. Und sie leben ihr eigenes Leben. Und das ist auch in Ordnung so.»

«Möchtest du, dass wir hinfahren und sie besuchen?» Im Geiste sah ich mich schon durchs schöne Freiburg spazieren. Und Wien! Ich kannte die Stadt nicht, aber Dani, die schon mehrmals dort gewesen war, hatte in den höchsten Tönen geschwärmt.

Ruth überlegte einen Moment, dann schüttelte sie den

Kopf. «Ich glaube nicht. Aber ich habe Schätze für sie. Und wir werden Briefe schreiben, du und ich.»

«Sehr gerne!» Wie sie da so stand, traurig und sehnsüchtig, hätte ich am liebsten sofort eine Reise nach Freiburg und Wien für uns organisiert. Oder sie wenigstens tröstend in den Arm genommen.

«Dieses Foto hat Jonas geschossen, hier im Garten. Da habe ich eine Sonntagnachmittagssommerparty für meine Nachbarn, Freunde und Bekannten gegeben. Valentina hat mir geholfen. Wir haben Kuchen und Schnittchen gegessen und Champagner getrunken. Ich liebe Champagner. Und Partys.» Sie seufzte. «Es wäre so schön, wenn alle Lieben noch da wären.»

Gerührt betrachtete ich die Gruppe, die sich um zwei Gartentische versammelt hatte. Lauter ältere, sichtlich gutgelaunte Damen, nur ein einziger Mann war darunter. Eine kräftige Frau in den Vierzigern stand im Hintergrund und hielt lachend eine Magnum-Flasche in die Höhe.

«Wer ist Valentina?», wollte ich wissen.

Ruths Finger zeigte auf die Frau mit der Flasche. «Meine Haushälterin, schon seit vielen Jahren. Du wirst sie noch kennenlernen. Sie wird uns beiden tatkräftig unter die Arme greifen.» Ruth warf mir einen schnellen Blick zu. «Jetzt fragst du dich, wozu ich dich brauche, wenn ich Valentina habe?»

Ertappt.

«Schon ein bisschen …», gab ich zu.

«Valentina ist mehr der zupackende Typ. Hier ist alles so

aufgeräumt und sauber, dass ich vom Boden essen könnte. Na ja, beinahe. Valentina grummelt, weil Heidi haart und Schmutz hereinträgt. Das ignoriere ich natürlich.» Ruth schmunzelte. «Tatsache ist: Valentina würde MIR diktieren, was ich schreiben soll, wenn es um die Korrespondenz geht. Und dann ist es so, dass Diplomatie nicht ihre Stärke ist. Für diffizile Missionen halte ich sie nicht geeignet.»

Das ließ ich einfach mal so stehen, obwohl ich mich fragte, woher Ruth – von Heidis Spürnase mal abgesehen – ihr Vertrauen nahm, dass *ich* die richtige Frau für solche Aufgaben war.

Wir gingen weiter ins Gästezimmer. Es war sparsam möbliert mit einer blauen Bettcouch, neben der eine Lampe auf einem Beistelltischchen stand, einem Kleiderschrank aus hellem Holz und einer Kommode im selben Stil. Liebevoll strich Ruth über das glänzende Holz. «Fichte massiv aus der Gründerzeit. So um 1880. Schlicht und schön. So was baut heutzutage niemand mehr.»

«Das stimmt», sagte ich.

Der Raum wirkte seltsam leblos, wie alle Räume, die nur selten betreten werden. Die Tapete war die gleiche wie in Ruths Schlafzimmer, und von der Decke baumelte ein Kristalllüster. Vorhangschals mit einem blau-weißen Vergissmeinnichtmuster rahmten das Fenster ein. Ruth zog die Kommodenschubladen auf. «Leer», sagte sie zufrieden. «Und der Schrank ist auch leer, soweit ich weiß. Ich schaue sicherheitshalber noch mal nach.»

Tatsächlich herrschte überall gähnende Leere. «Ich

dachte mir, das wird unser Aufbewahrungszimmer. Da bringen wir die Schätze unter und die Briefe und alles, was ich verschenken oder verkaufen will.»

«Gute Idee. Und was an Müll und Sperrmüll anfällt, können wir zum Recyclinghof bringen. Oder abholen lassen.»

«Ich glaube, das ist gar nicht so viel», meinte Ruth. «Aber ich lasse mich überraschen.»

«In welchem Zimmer möchtest du anfangen mit dem Ordnen?», erkundigte ich mich.

«Mit der Küche», sagte Ruth wie aus der Pistole geschossen. «Damit ich endlich die vier Dosenöffner loswerde. Hast du zufällig Bedarf?»

«Ich nehme dir gerne einen ab. Oder auch noch einen, zur Reserve. Meiner tut es nicht mehr so richtig.»

Wir lachten uns an, und wieder musste ich dem Impuls widerstehen, Ruth einfach mal in den Arm zu nehmen. Sie berührte einen Platz in meinem Herzen, von dem ich gar nicht gewusst hatte, dass er existierte.

Kapitel 15

Ruth saß auf einem Stuhl an dem ausziehbaren, kleinen Küchentisch, vor sich ein Glas Orangensaft, und hatte alles im Auge. Mein Werkzeug bestand aus großen Müllsäcken und einer Trittleiter. Außerdem aus Kartons und Wäschekörben, in denen all das Platz fand, was Ruth nicht behalten wollte, aber nicht weggeworfen werden sollte. Nach zwei Stunden, in denen ich mich systematisch durch die Schränke und Schubladen gearbeitet hatte, war einiges zusammengekommen. Ruth fackelte nicht lange. Zeigte ihr Daumen nach unten bei einem Gegenstand, landete er im Müllsack. Wies er nach oben, in einem Wäschekorb oder Karton.

«Die Guten ins Töpfchen, die Schlechten ins Kröpfchen», freute sich Ruth, als ich eine Pause einlegte, um einen großen Schluck Mineralwasser zu trinken. «Na ja, so ähnlich. Aus welchem Märchen war das noch mal?»

«Aschenputtel», gab ich zurück und wischte mir den Schweiß von der Stirn. Der Tag hatte sich inzwischen aufgeheizt, und trotz der dicken Wände der alten Villa war es ganz schön warm in der Küche.

Ruth krähte vor Vergnügen. «Das bist du. Und ich bin die böse Stiefmutter! Die Rolle hat was.»

«Na ja … Nahm es im Märchen nicht ein schlimmes Ende mit ihr? Ich kann mich nicht erinnern.»

«Ich mich auch nicht», meinte Ruth gleichmütig und warf einen Blick auf ihre Armbanduhr. «Mittag. Ich esse um diese Zeit immer eine Kleinigkeit und lege mich dann ein halbes Stündchen hin. Wie ist es – möchtest du auch eine Pause einlegen, und wir sehen uns in einer Stunde wieder, und du bleibst noch bis fünfzehn Uhr? Dann müssten wir durch sein hier, oder?»

«Bestimmt. Es geht ja alles ganz fix.»

«Gut. Heidi möchte gegen drei nämlich einen kleinen Spaziergang machen.» Ruth erhob sich mit einem leisen Ächzen. «Valentina kann morgen die Müllsäcke zum Recyclinghof bringen. Wir zwei nehmen uns dann das nächste Zimmer vor. Und jetzt schmeiße ich dich erst mal raus. Oder möchtest du in der Wohnung Pause machen? Das geht natürlich auch. Sie ist ja groß genug, dass wir uns nicht ins Gehege kommen.»

«Danke, nein. Ich gehe mittags gerne an die frische Luft.»

Die Hitze traf mich mit voller Wucht, als ich ins Freie trat. Langsam spazierte ich zum S-Bahnhof Lichterfelde und aß dabei die Stulle, die ich mitgebracht hatte. In der belebten Gegend um den Bahnhof, der im Stil der für Lichterfelde typischen «Türmchenvillen» erbaut worden war, gab es etliche Geschäfte und Lokale. Ich bummelte ein bisschen herum, wobei ich darauf achtete, möglichst im Schatten zu bleiben, dann setzte ich mich an einen Kaffeehaustisch unter einen Sonnenschirm und bestellte einen Espresso.

Auch Dani und Anke machten Mittagspause. Das schloss ich jedenfalls aus der Tatsache, dass beinahe zeitgleich WhatsApp-Nachrichten von den beiden eintrafen.

Dani: *Und? Bin extrem gespannt!!!*
Anke: *Bestimmt ist alles super, oder? Aber ganz schön heiß heute.*
Tilda: *Alles fein. Heute ist die Küche dran. Habt ihr eine Idee, was man mit Sachen anstellen kann, die man nicht behalten will, die aber zu schade zum Wegwerfen sind und für die eBay nicht in Frage kommt?*
Anke hatte gleich Ideen: *Sozialkaufhaus. Spendenwarenhaus. Flohmarkt. Zum Beispiel am Rathaus Schöneberg. Findet jedes Wochenende statt. Meine Kinder lieben ihn.*
Tilda: *Super Vorschläge!*
Dani: *Genau. Ich überlege auch noch mal. So, muss weiter, Arbeit ruft.*

Meine Arbeit rief auch. Gestärkt von Stulle, Espresso und den vielen neuen Eindrücken rund um den Bahnhof, machte ich mich auf den Rückweg zum Haus meiner Chefin.

Am Ende meines ersten Arbeitstages waren wir tatsächlich mit der Küche durch. Es war einiges an Geschirr, Töpfen, Besteck und Gläsern zusammengekommen. Außerdem hatte sich Ruth von einer Küchenmaschine, einem Wassersprudler, einem Waffeleisen, einem Schnellkochtopf, einem Brotbackautomaten und einem Sandwichmaker getrennt. «Das Zeug steht hier nur rum und staubt vor sich hin», meinte sie.

Von Ankes Ideen war sie angetan. Nur von einer nicht.

«Das hört sich gut an. Aber keine zehn Pferde kriegen mich auf einen Flohmarkt.»

Sie sah entsetzt, geradezu empört aus. Zuerst dachte ich, dass sie scherzte, aber ich merkte schnell, dass es ihr bitterernst war. Grimmig sagte sie: «Wenn ich das Wort nur höre, kriege ich einen Anfall. Es gab eine Zeit, da war Heinrich ganz verrückt nach Flohmärkten. Weil er die Atmosphäre so toll fand ...» Ruths Augen funkelten zornig, und ihre Wangen glühten. «Sonntags nach dem Frühstück zog er los und war dann verschollen. Manchmal kam er erst zum Abendessen zurück. Gekauft hat er nie was.» Ruth schnaubte verächtlich durch die Nase. «Ich hab es einfach nicht verstanden. Wieso klappert ein Mann jahrelang sonntags Trödelmärkte ab, anstatt den Tag mit der Familie zu verbringen? Es war ja nicht so, dass er unter der Woche viel Zeit für uns gehabt hätte. ‹Ich brauche das›, sagte er immer. ‹Unterwegs in Berlin sein, in alten Dingen herumstöbern, ohne sie besitzen zu müssen. Andere Besucher beobachten. Wofür interessieren sie sich? Wer kauft was? Seit ich nicht mehr Tennis spiele, ist das mein einziges Hobby. Und es nutzt gar nichts, wenn du deswegen Streit anfängst, Puschel, ich lasse mir das nicht nehmen. Punkt. Denk immer an den Tag, an dem ich dich gefragt habe, ob du meine Frau werden willst.›»

Plötzlich schimmerten Tränen in Ruths Augen. Tränen der Trauer, weil sie sich an alte Zeiten erinnerte? Des Zorns? Des Schmerzes? Alles zusammen? Oder schwang noch etwas anderes mit?

«Damit konnte er mich in die Schranken weisen. Das wusste er natürlich.» Ruth atmete tief durch und wischte vorsichtig mit dem Zeigefinger eine Träne fort.

Verlegen trank ich einen Schluck Wasser. Was sollte ich dazu sagen? Erwartete Ruth überhaupt einen Kommentar? Eine Weisheit des Dalai Lama fiel mir ein: *Manchmal ist Schweigen die beste Antwort.*

Das schien hier der Fall zu sein. Ruth starrte eine Weile traurig vor sich hin, offensichtlich tief eingetaucht in die Vergangenheit. Dann straffte sie die Schultern und schien Kraft aus dieser Bewegung zu schöpfen. «Einmal … ein einziges Mal brachte er tatsächlich etwas mit. Eine handbemalte Vase von Villeroy & Boch. Sie fiel mir ein paar Tage später versehentlich herunter und zerbrach in tausend Scherben. Das geschah nach einem Gespräch mit einem Menschen, der es gut mit mir meinte.»

Ruth ging zum Kühlschrank und schenkte sich Orangensaft ein. «Möchtest du auch ein Glas?»

«Nein danke, ich bleibe beim Wasser.»

«Es gibt Dinge, die verzeiht man nicht.» Ruth war ans Fenster getreten und drehte mir den Rücken zu. «Ich habe ihr nicht verziehen. Bis heute nicht. Ilse war meine beste Freundin. Und ging hinter meinem Rücken mit meinem Mann ins Bett. Jahrelang. So gut wie jeden Sonntag.»

Ich hielt die Luft an. Das also steckte hinter der Flohmarktallergie! Eine tiefe Wunde, die Ruth auch heute noch schmerzte.

«Oh ...», stotterte ich. «Das ... das tut mir sehr leid.»

Während ich noch überlegte, ob es zu neugierig war, wenn ich Fragen stellte, fuhr Ruth fort: «Ihre Schwester Henny kam ihr auf die Schliche. Sie hatte sich während Ilses Urlaub um ihre Katzen und die Wohnung gekümmert. Heinrich war übrigens zur gleichen Zeit ein paar Tage auf Geschäftsreise ... Henny hatte Briefe gefunden. Sie lagen offen auf dem Nachttisch herum. Sie war so indiskret, sie zu lesen. Na ja. Hätte ich wohl auch gemacht, ich gebe es zu.»

«Ich auch», sagte ich leise wie ein Echo.

«Henny war ein wirklich lieber Mensch, ich war sehr traurig, als sie starb. Viel zu früh, mit gerade mal sechsundsechzig. Sie war sehr religiös, ging jeden Sonntag in die Kirche und hatte strenge moralische Grundsätze. Ehe sie sich dazu durchrang, mit mir zu sprechen, versuchte sie, Ilse davon zu überzeugen, die Affäre mit Heinrich zu beenden. Der ja nicht nur ein verheirateter Familienvater war, sondern der Mann ihrer ältesten und besten Freundin. Jedenfalls war ICH davon überzeugt, dass wir beste Freundinnen waren. Ich habe ihr blind vertraut, ich dumme Kuh.» Ruths Stimme brach. «Dabei hätte ich ahnen können, dass etwas nicht stimmte, wenn ich nicht so blöd und naiv gewesen wäre. Sie hat ja immer so von Heinrich geschwärmt ... und mir erzählt, wie glücklich ich mich schätzen könnte, dass ich ihn mir geangelt hatte. Wenn sie sich nach ihrer gescheiterten Ehe mal ernsthaft verlieben würde, dann in jemanden wie Heinrich. Er sei ihr absoluter Traummann … Und dieser Traummann schrieb ihr Briefe, die ich als pornographisch bezeichnen würde. Unfassbar. Das passte gar nicht zu dem nüchternen, zurückhaltenden Heinrich, den ich kannte. Mir stieg die Röte ins Gesicht, so sehr habe ich mich geschämt beim Lesen. Für Heinrich und Ilse und für mich, weil ich las, was er einer anderen Frau geschrieben hatte. Danach fühlte ich mich so beschmutzt, dass ich die Briefe verbrannt habe. Ich hätte es nicht ertragen, sie in meiner Nähe zu haben.»

Wieder starrte sie eine Weile vor sich hin. Ich lehnte an der Arbeitsplatte und wagte kaum zu atmen, vor lauter Angst, dass Ruth mitten in dieser spannenden Geschichte abbrechen und mich auf später vertrösten würde.

Aber Ruth sprach weiter, die Worte purzelten förmlich aus ihrem Mund, als hätten sie sich über viele Jahre angestaut, und nun gab es kein Halten mehr.

«Ilse bekam einen Wutanfall, als Henny ihr auf den Kopf zusagte, dass sie eine Affäre mit Heinrich hatte, und stritt alles ab. Einen noch größeren Wutanfall bekam sie, als Henny ihr erklärte, dass sie Beweise hätte … Es muss eine fürchterliche Szene gewesen sein. Die Henny, wie sie sagte, nur überlebte, weil sie eine heilige Mission verfolgte und unter dem Schutz der Muttergottes stand. Die Heilige Maria war ihre Schutzpatronin und hatte ihr schon oft in schwierigen Situationen geholfen, davon war Henny überzeugt. Und diese Situation war verdammt schwierig und erforderte Mut … Es gehört schon etwas dazu zuzugeben, dass man Liebesbriefe gelesen hat, die an die Schwester adressiert waren. Und sie auch noch zu fotokopieren! Und die Schwester damit unter Druck zu setzen! Der reinste Krimi. Nur ließ sich Ilse nicht unter Druck setzen. ‹Ich gebe Heinrich nicht auf›, sagte sie zu Henny. ‹Warum sollte ich? Du traust dich ja doch nicht, Ruth zu erzählen, dass ihr Mann mich liebt. Ja, liebt! Leidenschaftlich! Er hat auch Gefühle für Ruth, er würde sich nie trennen. Das habe ich immer akzeptiert, auch wenn es mir nicht leichtgefallen ist. Ruth gegenüber habe ich kein schlechtes Gewissen. Ihr geht ja nichts ab, und wir waren immer absolut diskret. Noch was: Selbst wenn du dich trauen solltest, Ruth die Briefe zu zeigen – es wird nichts bringen, denn es gibt etwas ganz Besonderes zwischen Heinrich und mir, das niemand zerstören kann. Man kann es Schicksal nennen …› Henny war entsetzt, als sie das hörte. Sie erkannte ihre eigene Schwester nicht wieder. ‹Schämst du dich eigentlich nicht?›, fragte sie. ‹Deine beste Freundin so zu belügen und zu betrügen?› Henny hat richtig gezittert, als sie mir das erzählte. Ich gleich mit bei Ilses Antwort, die da lautete: ‹In der Liebe und im Krieg ist alles erlaubt.›»

«Das ist … das ist einfach grausam. Ich hasse den Spruch», sagte ich, ganz erschüttert von diesem Drama.

«Ich auch. Wie gewissenlos und widerlich kann man sein? Wie konnte sie mir in die Augen sehen? Ihrer angeblich besten Freundin? Und Heinrich, der mir vor dem Altar Treue geschworen hatte – wie konnte er es fertigbringen, mich so zu belügen und zu betrügen?»

Ruth schaute mich an, als erwarte sie eine Antwort. Aber ehe ich etwas sagen konnte, sprach sie schon weiter. «Ich habe Ilse nie mehr gesehen oder mit ihr gesprochen. Nachdem Henny gegangen war und ich die Briefe gelesen hatte, hatte ich überlegt, ob ich am Abend einfach bei Ilse klingeln und sie zur Rede stellen sollte. Aber ich konnte es nicht über mich bringen. Mein Hass auf sie war zu groß. Ich wollte nie, nie mehr etwas mit ihr zu tun haben.»

Eine Frage drängte sich in mein Bewusstsein und ließ mich nicht los. «Und dein Mann … was hast du für ihn empfunden?»

Ruth stieß einen tiefen Seufzer aus. «Ich konnte ihn nicht hassen. Vielleicht, weil ich nie in ihn verliebt war? Ich weiß es nicht. Was uns verband, war eine Freundschaft. Wir waren immer eine gute Lebensgemeinschaft, wir haben füreinander gesorgt. Die Familie war uns heilig, die Kinder … damals schon erwachsen und aus dem Haus … und, wie ich schon sagte, ich habe ihm sehr viel zu verdanken. Das habe ich nie vergessen. Auch damals nicht, als die Sache mit Ilse ans Licht kam. Das bedeutet nicht, dass ich nicht wütend auf ihn war. Ich habe vor Wut gekocht. Aber ich wusste auch ganz genau, was ich wollte: Weiterhin mit Heinrich verheiratet bleiben und ein angenehmes Leben mit ihm führen.»

«Das klingt sehr abgeklärt. Und pragmatisch», warf ich ein.

Ruth betrachtete ihre kleinen, von Altersflecken übersäten Hände und drehte dabei an den beiden goldenen Eheringen, die sie übereinandertrug. «Pragmatisch war ich immer. Und ich konnte anpacken. Musste ich ja. Meinen Vater hab ich nie kennengelernt. Meine Mutter hat mich alleine durchgebracht. Als ich zehn war, brachte der Storch noch ein Baby – meine jüngere Schwester. Die hatte einen Vater. Für mich war er der ‹Onkel Bert›, und das blieb er auch, als er schließlich unsere Mutter heiratete. Väterliche Gefühle für mich konnte er nicht aufbringen.» Ruth stieß einen tiefen Seufzer aus. «Lassen wir das. Es ist wirklich verdammt lange her. Was Heinrich betrifft: Beim Abendessen hab ich Tacheles geredet. Er fiel aus allen Wolken, als ich ihm sagte, dass ich Bescheid weiß über ihn und Ilse. Dass es mich verletzt und empört, dass er mich seit Jahren belügt und betrügt. Dass ich Ilse nie im Leben wiedersehen will. Dass es seine Aufgabe ist, sie davon in Kenntnis zu setzen. Er war kreidebleich geworden und stotterte rum, versuchte, alles abzustreiten. Das hab ich mir nicht gefallen lassen. Ich habe mit der Faust auf den Tisch gehauen – buchstäblich!» Ruth ließ ihre Faust niedersausen, aber stoppte ab, bevor sie auf die Tischplatte krachte. Ich zuckte trotzdem unwillkürlich zusammen. Ein Grinsen huschte über Ruths Gesicht. «Heinrich hat sich auch erschreckt. Das tat mir gut. ‹Rede mit Ilse›, sagte ich, ‹jetzt gleich. Danach sind dieser Name und diese Person für immer und ewig aus meinem Leben gestrichen. Ich will nie wieder etwas von ihr hören. Ich will sie nie wiedersehen. Was du von nun an sonntags machst, ist mir egal. Ich will es nicht wissen. Hast du das verstanden?› Er war so schockiert, dass er nur nicken konnte. Dann bin ich gegangen. Also aus der Wohnung. Ohne ein einziges Wort. Hab mir meine Handtasche und den Mantel geschnappt und fuhr mit der Bahn zu Henny. Zum Glück war sie daheim. Ich hab sie ins Kino eingeladen, ich brauchte unbedingt Ablenkung. Danach sind wir noch in ein Lokal gegangen, haben eine Kleinigkeit gegessen und ziemlich viel Wein getrunken. Es tat mir gut, dass sie für mich da war, obwohl wir nie eng befreundet gewesen waren. Sie war auf meiner Seite, obwohl Ilse ja ihre Schwester war. Allerdings haben sich die beiden nie wirklich gut verstanden. Henny war Ilse zu fromm und zu langweilig. Als ich kurz nach Mitternacht nach Hause kam, bin ich gleich zu Bett gegangen. Wir hatten schon lange getrennte Schlafzimmer, weil Heinrich so schnarchte. Auch in dieser Nacht konnte ich ihn im Flur hören. Offensichtlich hatte ihm das Drama nicht den Schlaf geraubt. Mir schon, ich lag wach, grübelte, vergoss bittere Tränen um eine Freundschaft, die keine gewesen war. Am nächsten Morgen taten Heinrich und ich so, als sei nichts gewesen. Ich stand früher auf als er und machte Frühstück, wie immer. Wir redeten ein bisschen über die Schlagzeilen in der Zeitung, wie immer. Und dann ging er in die Fabrik, wie immer. Ein Meisterwerk der Schauspielkunst.»

«Ich glaube nicht, dass ich das geschafft hätte», sagte ich.

Ruth zuckte mit den Schultern. «Wir gehören zu einer Generation, die daran gewöhnt war, Konflikte unter den Teppich zu kehren. Wenn ich so zurückschaue, war das

Theaterstück, das wir von nun an aufführten, gespenstisch … Die Flohmarktbesuche am Sonntag hatten ein Ende. Ob Heinrich sich weiterhin mit Ilse traf – Gelegenheit dazu gab es genug –, ich wusste es nicht. Ich wollte es auch nicht wissen. Ilse war für mich gestorben. Dabei war sie ein Geist, der uns bis zu Heinrichs Tod auf Schritt und Tritt begleitete.» Ruth seufzte tief. «Ach, was rede ich da. Noch über seinen Tod hinaus. Kurz bevor Heinrich starb, wurde er unruhig. Obwohl er keine Kraft mehr hatte, wollte er unbedingt aufstehen, um Ilse im Heim zu besuchen …»

Ich schnappte nach Luft. Ruth blieb das nicht verborgen. «Ja. Da kann einem schon der Atem stocken. Ilse – die Flotte, Sportliche, Hübsche – im Heim. In meiner Erinnerung ist sie jung – na ja, sagen wir, jugendlich. Eine Frau Ende vierzig, die immer jünger aussah, als sie war. Top gepflegt und zurechtgemacht. Ilse und Altenheim, das war einfach unvorstellbar. Und doch ist es eine Tatsache. Heinrichs Testament bewies es schwarz auf weiß: Solange Ilse lebt, wandern fünfhundert Euro im Monat als Zuschuss für ihre Heimkosten auf das Konto des Seniorenheims Haus Aurora in Steglitz.»

«Oh …», hauchte ich. Zu mehr war ich gerade nicht fähig.

Ruth faltete ihre Hände auf dem Tisch und atmete tief durch. «Ja. Oh … Mehr fiel mir dazu auch nicht ein bei der Testamentseröffnung. Jonas kümmert sich um alles. Er ist … sehr diskret. Wir haben nie darüber geredet. Ich gehe davon aus, dass er sich seinen Teil denkt, er ist ja nicht dumm, oder dass Heinrich mit ihm gesprochen hat. Ich weiß es nicht. Es ist mir auch egal.»

Ruth sah nicht so aus, als sei ihr alles gleichgültig. Sie wirkte aufgewühlt und traurig.

Vorsichtig sagte ich: «Es stimmt nicht, dass es dir egal ist. Oder?»

Ruth nahm ihre Brille ab und wischte behutsam ein paar Tränen fort. «Die meiste Zeit kümmert es mich wirklich nicht. Ich denke gar nicht dran. Dann wieder – so wie heute – weckt irgendetwas die Erinnerung, und, zack, ist die Wut wieder da, die Traurigkeit, der Schmerz. Und ich spule im Geist ab, was ich zu Ilse gesagt hätte, wenn ich sie damals zur Rede gestellt hätte, Hass hin oder her. Ich habe mir sogar verschiedene Gesprächsversionen ausgemalt, aber sie enden alle gleich: Ilse ist voller Reue und bittet mich tränenüberströmt um Verzeihung. Die ich ihr verweigere. Und jedes Mal denke ich dabei: Was ist es doch für ein gutes Gefühl, dass das in meiner Macht steht! Wie gesagt, es gibt Dinge, die verzeiht man nie.»

Das klang so hart, dass ich schlucken musste. Und mich fragte: Stimmte das so? Auch für mich? Wenn ich an Ruths Stelle wäre – würde ich meinen Hass und meine Verachtung auch über Jahrzehnte hinweg pflegen? Wahrscheinlich nicht. Versöhnlichkeit war mir immer wichtig. Aber wie man in einer bestimmten Situation reagierte, konnte man erst mit Bestimmtheit sagen, wenn man selbst drinsteckte. Und Gott sei Dank hatte mich im Leben bisher niemand so verletzt, dass Vergebung undenkbar schien.

«Darf ich dich etwas fragen, Ruth?»

«Nur zu.» Unser Gespräch hatte sie mitgenommen, das war nicht zu verkennen. Sie war blass, und ihre Haltung wirkte nicht ganz so königlich wie sonst.

«Gehört Ilse auch zu den Menschen, denen du einen Brief schreiben möchtest?»

Ruth überlegte einen Moment und strich sich dabei übers Haar. Ich bemerkte, wie ihre Hand zitterte, und es gab mir einen Stich. Wir alle waren so verletzlich, und manche Wunden heilten nie. «Ich habe darüber nachgedacht», gab sie zu. «Und den Gedanken wieder verworfen. Ilse ist für mich gestorben. Ein für alle Mal.»

«In deiner Erzählung eben klang sie noch sehr lebendig», wandte ich ein. «Vielleicht liegt es daran, dass du keinen Abschluss gefunden hast? Du hast zwar den Kontakt abgebrochen, aber deine Gefühle und Gedanken ihr gegenüber für dich behalten.»

«Ja. Das habe ich wohl. Ich habe gehandelt, nicht palavert.»

Krallen klackten über den Boden, eine imposante vierbeinige Gestalt betrat die Küche. Heidi war aus ihrem Schlaf erwacht und begrüßte ihre Freundin mit einem Nasenstüber. Ruth vergrub leise lächelnd ihre Finger im seidigen Fell der Schäferhündin und sagte: «Heidi weiß genau, wann es Zeit für ihre Gassirunde ist. Und du freust dich sicher auf deinen Feierabend.»

«So ganz Feierabend ist bei mir noch nicht. Ich habe noch Aufträge abzuarbeiten.»

«Dann will ich dich nicht aufhalten. Morgen wieder um neun? Dann lernst du auch Valentina kennen. Es wäre schön, wenn wir uns dann das Schlafzimmer vornehmen.»

Ruth erhob sich mit einem leisen Ächzen. «Ich bin ganz steif. Höchste Zeit für ein bisschen Bewegung.» Heidis eifrig wedelnder Schwanz zeigte deutlich, dass sie der gleichen Meinung war.

Unvermittelt kam Ruth auf mich zu und streckte mir ihre Hand entgegen. Ihr Griff war fest. «Danke fürs Zuhören. Und jetzt schau doch schnell mal nach, was du von den Sachen gebrauchen kannst, die wir aussortiert haben. Da sind ja schon mal die Dosenöffner …»

Kapitel 16

Auf dem Nachhauseweg hatte ich ganz schön zu schleppen. Das lag daran, dass es nicht bei den Dosenöffnern geblieben war. Ruth hatte es mühelos geschafft, mich davon zu überzeugen, dass ein Sandwichmaker meinen Haushalt ebenso bereichern würde wie die Kristallgläser und noch ein paar andere Kleinigkeiten. Eierlöffel aus Horn, zum Beispiel, und Kaffeebecher aus Bone China und ein paar Vorratsdosen.

«Damit das klar ist», hatte Ruth mit zufriedenem Lächeln beim Abschied gesagt. «Du und Valentina, ihr habt natürlich jederzeit die freie Wahl. Bestimmt könnt ihr das eine oder andere gebrauchen. Das ist dann schon mal gut untergebracht.»

Als ich in der Bahn saß, fragte ich mich, ob ich wirklich brauchte, was ich da mitgenommen hatte. Die Antwort lautete: Nicht wirklich, bis auf den einen Dosenöffner. Und doch hatte ich mich über Ruths Angebot gefreut und es nicht über mich gebracht, mit leeren Händen zu gehen. Ein geheimnisvoller Hamstertrieb hatte sich gemeldet, der in krassem Gegensatz zu Ruths entschlossenem Döstädning stand. Und na ja, auch wenn ich bisher bestens ohne Sandwichmaker ausgekommen war: Ich würde ihn gleich heute ausprobieren. Aber zuerst war die Arbeit dran.

Nachdem alles erledigt war und ich meine wohlverdiente Mahlzeit genossen hatte, schrieb ich eine WhatsApp an meine Gruppe:

Tilda: *Hey, ihr! Das war ein interessanter 1. Arbeitstag. Und Ruth hat mir ihren Sandwichmaker geschenkt. Sehr leckeres Abendessen vorhin.*

Es dauerte eine Weile, bis sich jemand meldete. Ich nutzte die Zeit, um ein bisschen aufzuräumen, die Waschmaschine in Gang zu setzen und mir ein Glas Rotwein einzuschenken.

Dani: *Hast du den Sandwichmaker gefuttert? Hahaha. Das war ein Witz.*

Tilda: *Sehr lustig. Soll ich euch mein neues Lieblingsrezept verraten?*

Dani: *Ich hab zwar keinen SM, aber schieß los.*

Tilda: *Zwischen die Toastscheiben wandern ein bisschen Olivenöl, frische gehackte Kräuter, dünn geschnittene Tomatenscheiben, Serranoschinken und Manchegokäse. Könnte ich als Vorspeise an unserem nächsten Kochabend machen.*

Anke: *Au ja. Ich hab auch noch so ein Teil im Schrank. Könnte ich mal wieder rauskramen.*

Tilda: *Ruth hat sich gefreut, dass noch ein paar andere hübsche Sachen bei mir in guten Händen sind. Morgen lerne ich Valentina kennen, die Haushälterin. Mit der Küche sind wir durch. Jetzt ist das Schlafzimmer dran.*

Dani: *Wie wäre es mit einer Flohmarktparty bei deiner Chefin für Nachbarn, Freunde etc. und natürlich Anke und mir. Eine Kollegin hat das vor ihrem letzten Umzug gemacht. Wir hatten viel Spaß.*

Anke: *Da wäre ich sofort dabei! Und ich könnte bestimmt ein paar Freunde und Bekannte begeistern.*

Tilda: *Klingt wunderbar! Schlage ich gleich morgen vor!*

Lächelnd legte ich das Handy beiseite und machte es mir mit meinem Glas Wein und einem wunderbar gefühlvollen Buch über eine Frau, die sich in der Lebensmitte als Landärztin auf einer Nordseeinsel niederließ, auf dem Balkon gemütlich. Für einen Moment schloss ich die Augen und atmete tief den Frieden dieses Sommerabends ein. Unvermittelt tauchte in meinem Gedächtnis das Foto von Ruths Sonntagnachmittagsgartenparty auf, und ein Lächeln breitete sich auf meinem Gesicht aus. Ich sah die glücklichen Gesichter der Gäste vor mir, und Valentina, die eine riesige Champagnerflasche in die Höhe hielt. Meine Phantasie arbeitete gleich weiter: Lauter gutgelaunte Leute trafen sich in Ruths Wohnung und kauften ihr ab, was viel zu schade zum Wegwerfen war. Die Vokabel «Flohmarkt» würden wir wegen Ruths trauriger Geschichte nicht erwähnen – es würde eine SchöneDingeParty werden. Vielleicht fiel uns auch noch eine andere Bezeichnung für das Event ein. Ruth würde in ihrem Reich charmant das Zepter schwingen, strahlen wie die Sonne persönlich und jede Minute der Party genießen. Valentina, mit der ich mich auf Anhieb großartig verstanden hatte, und ich würden selbstgebackenen Kuchen und leckere Schnittchen sowie Getränke anbieten und eine Kasse aufstellen.

Mit einem glücklichen Seufzer ließ ich einen Schluck Wein auf der Zunge zergehen und schlug mein Buch auf. Ich war müde von der Arbeit, aber so zufrieden wie lange nicht. Nach dem heutigen Arbeitstag ging ich optimistisch davon aus, dass Ruth und ich auch weiterhin gut miteinander auskommen würden. An Günter hatte ich den ganzen Tag nicht gedacht. Als ich jetzt in mich hineinhorchte, begegnete ich der Trauer um das, was hätte sein können, aber nicht realisierbar gewesen war. Weitaus schwerer zu akzeptieren war die Gewissheit, dass das Thema Partnerschaft für immer abgeschlossen war. Einen neuen Mann in meinem Leben würde es nicht geben. Und im nächsten Monat stand immer noch der Geburtstag des Grauens an. Aber was war die Alternative zum Altwerden? Kai fiel mir ein, der so jung gestorben war. Was würde er wohl dazu sagen? Vielleicht auf gut Kölsch: *Et es, wie et es.*

Es ist, wie es ist.

Das zu akzeptieren, war vielleicht die schwierigste Übung überhaupt im Leben.

Pünktlich um fünf vor neun klingelte ich am nächsten Morgen bei Ruth. Jonas Wellentin und Heidi, die, wie ich erfahren hatte, ein paar Straßen weiter wohnten, war ich heute nicht begegnet. Unwillkürlich prallte ich zurück, als die Tür von einer mir unbekannten Person aufgerissen wurde, die mich mit zusammengekniffenen Augen kritisch von oben bis unten musterte. Das musste Valentina sein. Aber irgendwie sah sie anders aus als auf dem Foto. Die stämmige Figur kam hin – aber auf dem Foto hatte sie eine Hochsteckfrisur und ein langes Blümchenkleid getragen. Die Frau, die vor mir stand, hatte raspelkurze weißblonde Haare und trug einen goldenen Ring im linken Nasenflügel. Ein schwarzes Träger-Shirt gab den Blick frei auf ihre tätowierten Oberarme. Die Beine steckten in schwarzen Capríleggings.

«Guten Morgen!», sagte ich mit meinem strahlendsten Lächeln. «Sie sind bestimmt Valentina. Ich bin Tilda. Schön, Sie kennenzulernen.»

Valentina ergriff meine Hand, die ich zur Begrüßung ausgestreckt hatte, und drückte sie so fest, dass ich um meine Knöchel fürchtete.

«Morgen», sagte sie, ohne eine Miene zu verziehen. «Komm rein. Ruth und Heidi sind im Wohnzimmer. Ist ja eine Überraschung, dass es ab sofort eine *Sekretärin* und *persönliche Assistentin* in diesem Haushalt gibt. Für *besondere* Aufgaben, die einer alten schwedischen Tradition folgen.»

Die Ironie in Valentinas Stimme war nicht zu überhören. Dass sich ihre Freude über ihre neue Kollegin sehr in Grenzen hielt, war auch sonnenklar. Sogar ihr Rücken schien eine Wolke von Missbilligung zu verströmen, als ich hinter ihr her ins Wohnzimmer trappelte.

Ruth und Heidi begrüßten mich hingegen herzlich. «Erst mal trinken wir alle drei einen Kaffee», sagte unsere

Chefin fröhlich. «Dann entsorgt Valentina die Müllsäcke. Und während sie sich um den Rest der Wohnung kümmert, sind wir zwei im Schlafzimmer zugange. Du siehst, der Tag ist schon bestens organisiert. Oh, und, Valentina, ehe ich's vergesse, bitte schau, ob du etwas siehst, was dir gefällt, wenn wir mit dem Sortieren durch sind. Ihr beiden habt als Erste die freie Wahl.»

Ruth strahlte. Freigebigkeit war ganz offensichtlich etwas, das zu ihrem Naturell gehörte und ihr Freude bereitete.

«Ich glaube nicht, dass ich was brauche», meinte Valentina mürrisch. «Und mir ist es zu warm für Kaffee heute Morgen. Ich nehme jetzt den Benz und bringe das Zeug weg.»

«Wunderbar, vielen Dank», gab Ruth mit einem sonnigen Lächeln zurück und schenkte mir Kaffee aus einer Warmhaltekanne ein.

Als sich die Tür hinter Valentina geschlossen hatte, sagte Ruth: «Valentina ist ein Schatz. Ich weiß gar nicht, was ich ohne sie anfangen würde.»

«Ich habe den Eindruck, dass sie nicht so ganz glücklich ist, dass ich nun auch für dich arbeite.»

Mit einer schwungvollen Handbewegung winkte Ruth ab. «Ach, sie ist bloß ein bisschen überrascht. Ich hab ihr nämlich erst heute Morgen vom Döstädning erzählt. Dass das eine alte, schwedische Tradition ist und du eine ausgebildete Spezialistin in dieser Art von Arbeit bist.»

Sie grinste mich so spitzbübisch an, dass ich lachen

musste. «Eine ausgebildete Spezialistin … soso … vielen Dank für die Blumen! Was hältst du eigentlich von einer Party, wenn wir mit dem Sortieren in der Wohnung durch sind?»

«Ich liebe Partys! Was hast du vor?»

Ich erklärte ihr Danis Idee, ohne das Wort «Flohmarkt» in den Mund zu nehmen. Ruth war Feuer und Flamme, genau wie ich gehofft hatte. Ein bisschen Sorge hatte sie auch: «Würden wir denn genügend Gäste hier versammeln können? Also Leute, die etwas kaufen möchten?»

«Meine Freundinnen machen bestimmt Werbung in ihrem Bekanntenkreis. Und ich auch. Dein Sohn hat doch sicher auch Kontakte?»

«Er unterstützt uns garantiert. Und zu viele Gäste sollen es ja auch nicht werden. Das wird dann ungemütlich.» Ruth war so aufgeregt, als ginge es jede Minute los. «Den Erlös werde ich natürlich spenden. Ans Tierheim. Hach! Das wird ein ganz großartiger Nachmittag, wetten?»

«Ich wette nicht dagegen», sagte ich lachend. Ruth freute sich wie ein Kind, und das war ansteckend.

Als sich mein zweiter Arbeitstag dem Ende zuneigte, hatten wir die «Schatzkammer» (so hatten wir das Gästezimmer getauft) mit allerlei Kleinoden aus dem Schlafzimmer gefüllt. Darunter war auch Ruths Hochzeitskleid aus dem Jahr 1964: ein hellblaues Kleid im Empirestil mit einem passenden Mantel.

«Maßgeschneidert», sagte Ruth und strich liebevoll über

den feinen Georgettestoff. «Marion war schon unterwegs, als wir geheiratet haben. Ich war im siebten Monat.»

«Und dieses Kleid willst du wirklich weggeben? Ich glaube, ich könnte das nicht.»

Tatsächlich hing mein eigenes Hochzeitskleid, ordentlich in eine Hülle verpackt, immer noch in meinem Schrank, und ich konnte mir nicht vorstellen, mich je von ihm zu trennen.

Ruth schaute mich erstaunt an. «Warum denn nicht? Die Erinnerungen bleiben doch. Wenn niemand Interesse haben sollte, gebe ich es ins Sozialkaufhaus. Oder in die Altkleidersammlung. Zusammen mit dem Täschchen, den Schuhen und dem Hut.»

Ich hatte mich sofort in das niedliche Pillbox-Hütchen im Stil von Jackie Onassis, die Lederpumps mit Blockabsatz und einer dekorativen Metallschnalle am Riemen sowie das Handtäschchen in Krokoleder-Optik verliebt. Auch heute noch eine schicke Garderobe für eine standesamtliche Trauung, fand ich. Allein der Gedanke, dass Ruth dieses Ensemble in bester Qualität gegebenenfalls im Container entsorgen wollte, tat weh.

«Die Sachen sind sehr schön. Und zeitlos. Bestimmt wird sich auf der Party jemand dafür begeistern», sagte ich und hoffte, dass es stimmte.

Wieder strich Ruths Hand über den Stoff. «Das wäre schön. Lass uns ein Briefchen schreiben. Für die zukünftige Besitzerin. Das binden wir an einen Mantelknopf.»

Heidi folgte uns auf dem Fuß, als wir ins Wohnzimmer

gingen. In der Wohnung war es still, Valentina war schon längst nach Hause gegangen. Ich hatte sie nur noch einmal kurz zu Gesicht bekommen, als sie sich um kurz vor zwölf verabschiedet hatte und darauf hinwies, dass sie einen Imbiss für Ruth zubereitet hatte, der im Kühlschrank auf sie wartete.

Ausgestattet mit Briefblock und Kugelschreiber, nahm ich auf dem Sessel neben Heidis Körbchen Platz. Ruth legte sich aufs Sofa. Stilecht, wie die berühmte Schriftstellerin, die ihrer Privatsekretärin ihre Bestseller diktiert hatte. Nur heute leider ohne Pralinen und Champagner, wie Ruth bedauernd feststellte. Sie dachte einen Moment nach, dann diktierte sie:

Glückskleid in Blau sucht neue Heimat, am liebsten zusammen mit den passenden Accessoires.
An meinem Hochzeitstag am 11. März 1964 habe ich meine Tochter unter dem Herzen und darüber dieses Kleid mit dem Mantel getragen. Heinrich, mein Bräutigam, hatte es bei seinem Schneider für mich anfertigen lassen. In Himmelblau wie der siebte Himmel, in den ich dich ab heute entführe, das waren seine Worte. Ich hatte viel Glück in meinem langen Leben, und das gebe ich gerne weiter mit meiner Hochzeitsgarderobe.
Alles Liebe, Ruth Wellentin

«Ach, wie schön», sagte ich gerührt. «Soll ich dir den Text noch mal vorlesen?»

«Ja, bitte.»

«Wirklich hübsch», meinte Ruth anschließend zufrieden. «Ich glaube, ich bin schriftstellerisch begabt. Vielleicht hilft diese Bestsellerautorin aus dem Jenseits nach. Auch ohne Champagner und Pralinen.»

«Wer weiß ...»

Ruth gähnte und schob ihre Brille nach oben. «Wir waren sehr fleißig, und ich bin ein bisschen müde. Trotz Mittagsschläfchen. Morgen sichten wir den wertvollen Schmuck und Heinrichs Uhren und Manschettenknöpfe. Ich möchte den Zwillingen etwas schenken. Und meinem Schwiegersohn. Und Marion ...» Mit einem Ächzen setzte sich Ruth auf. «Ich hoffe so sehr, dass sie ... aber das besprechen wir ein anderes Mal. Wir machen alles in Ruhe und der Reihe nach. Morgen früh gehen wir erst mal nach oben zu Jonas in die Kanzlei. Mein Schmuck liegt dort im Safe.»

«Gerne», sagte ich.

Zum Abschied begleitete ich Ruth auf ihren Wunsch hin noch mal in die Schatzkammer.

«Gibt es irgendetwas, das du gern mitnehmen möchtest?», fragte sie. «Schau dir alles noch mal in Ruhe an.»

Ich bewunderte Hüte in Hutschachteln. Beinahe neu aussehende Handtaschen, Gürtel und Handschuhe aus feinem Leder. Einen schwarzen Persianermantel. Ein cremefarbenes Nerzjäckchen und eine Nerzstola. Mehrere elegante Kostüme, Kleider, Mäntel, Abendroben und Seidenblusen sowie Twinsets aus Kaschmir. Alles ein Traum für die Liebhaberinnen von Retro- und Vintagemode.

Ruth deutete auf ein rotes Kostüm mit kurzem, kastenförmigem Jäckchen und schmalem Rock. «Das war viele Jahre lang mein Liebling. Jackie Onassis hatte ein ganz ähnliches. Den Stil dieser Frau habe ich immer sehr bewundert.»

«Die Sachen sind zauberhaft. Aber leider viel zu klein für mich.»

Ruth lächelte. «Konfektionsgröße 36 / 38. Da passe ich schon lange nicht mehr rein. Vielleicht möchtest du dir etwas vom Schmuck aussuchen? Oder ein Seidentuch? Ich würde mich freuen.»

Als ich zögerte, weil es ja nicht zu meiner Stellenbeschreibung passte, beschenkt zu werden, fügte sie hinzu: «Was ich beim Weggeben besonders schön finde, ist die Tatsache, dass etwas von mir bleibt und ein anderes Leben bereichert. Etwas, das ich gerngehabt habe, was mich lange begleitet hat.»

«Du bist wirklich sehr großzügig …»

«Lady Fortuna persönlich», sagte Ruth schmunzelnd und klatschte in die Hände, um anschließend imaginäre Reichtümer in die Luft zu streuen wie Konfetti. «Und jetzt such dir etwas aus meinem Füllhorn aus.»

Aus einer großen Glasschale, die mit echtem Schmuck, Modeschmuck und allerlei kleinem Schnickschnack, die meine Mutter als «Stehrümchen» zu bezeichnen pflegte, gefüllt war, fischte ich einen kunstvoll aus Speckstein geschnitzten Elefanten heraus. Ein Schmuckstück zu wählen, das meine Arbeitgeberin getragen hatte, erschien mir zu persönlich.

«Ist das alles?», erkundigte sich Ruth ungläubig.

«Ja. Vielen Dank! Der Dickhäuter wird sich gut auf meinem Schreibtisch machen.»

«Na denn ... viel Freude damit! Jonas hat ihn mir einmal von einer Reise mitgebracht.» Sie ging zu dem Stapel ordentlich gefalteter Schals und zog zielsicher ein Teil heraus. Als sie es entfaltete, sah ich ein großes, rechteckiges Seidentuch in Blau-, Türkis- und Pinktönen.

«Dieses schöne Stück habe ich aus Kopenhagen mitgebracht. Ich war vor Jahren mit meiner Tochter dort. Eine Woche lang, nur wir zwei ... wir haben so viel erlebt und so viel gelacht ... Puh.» Sie holte tief Luft und atmete mit einem Seufzer wieder aus. «So was Dummes. Mir kommen fast die Tränen, wenn ich daran denke. Ist gleich vorbei. Warst du schon mal in Kopenhagen?»

Ich schüttelte den Kopf. «Leider nicht.»

«Dann solltest du unbedingt mal hin. Allein der Hafen und die eiscremefarbenen Häuser sind schon eine Reise wert. Übrigens ... das Tuch würde dir wunderbar stehen. Blautöne und Pink sind genau deine Farben.»

Ihr Eifer, mir etwas Gutes zu tun, ging mir ans Herz. Da war kein Bedauern, kein Anhaften an Dingen, so gar kein Zögern oder Nachdenken, ob sie etwas vielleicht doch behalten wollte. Sie wollte geben, aus vollen Händen, damit etwas von ihr blieb. Ein Vermächtnis, schon zu Lebzeiten.

«Es ist wirklich wunderschön. Ich werde es in Ehren halten», sagte ich feierlich. «Vielen Dank!»

Ruth strahlte auf. «Leg es doch mal um. Ich zeige dir, wie man es elegant knotet.»

Ich gehorchte. Die Seide glänzte herrlich, die Farben ließen mich frisch aussehen und passten gut zu meinem blauen Poloshirt und dem Jeansrock. Mit ein paar Griffen verwandelte Ruth das Tuch in eine kunstvolle Kreation, etwas, das ich noch nie so richtig hinbekommen hatte.

Auf meine Bitte hin zeigte sie mir noch mal die Technik. «Es ist wirklich ganz einfach!», meinte sie und strahlte dabei übers ganze Gesicht.

Auf dem Weg nach Hause hatte ich das Gefühl, ein wenig in nordischen Sphären zu schweben. Ich stellte mir vor, wie Ruth mit ihrer Tochter durch die dänische Metropole gebummelt war. Bestimmt hatten sie die kleine Meerjungfrau, Schloss Amalienborg und noch viele andere Sehenswürdigkeiten besichtigt. Sie hatten sich frischen Fisch und Smörrebröd schmecken lassen und ihre gemeinsame Woche in vollen Zügen genossen. Die Welt, die sie miteinander teilten, war in Ordnung gewesen, davon ging ich aus, sonst wären sie wohl nicht zusammen in Urlaub gefahren.

«Hoffentlich wird alles wieder gut …» Dass ich laut gesprochen hatte, merkte ich erst am irritierten Blick meiner Sitznachbarin in der U-Bahn. Der einzigen Person außer mir, die im Abteil nicht auf ihr Handy starrte.

Kapitel 17

Am nächsten Morgen begrüßten mich meine Arbeitgeberin und Heidi wie immer herzlich. Ungewöhnlich war, dass Ruth es eilig hatte und unsere gemeinsame Tasse Kaffee ausfiel. «Lass uns gleich nach oben gehen. Jonas hat den Schmuck schon aus dem Tresor genommen.»

Heute trug sie ein blau-weiß getupftes Sommerkleid und war wie immer perfekt frisiert und geschminkt. Doch sie wirkte aufgeregt, beinahe fahrig, als sie nach dem Hausschlüssel suchte, der sich schließlich in der Tasche ihres Kleides fand.

Jonas Wellentin empfing uns an der Tür und umarmte seine Mutter liebevoll. Er schüttelte mir die Hand und streichelte Heidi, die ihren Kopf an sein Knie schmiegte.

«Du weißt ja, heute haben wir viel vor», sagte Ruth und strahlte zu ihm auf.

«Genau so seht ihr auch aus», meinte Wellentin trocken und bat uns am Empfang und dem Wartebereich vorbei in sein Büro.

Auf dem Schreibtisch standen ein Schmuckkoffer und zwei Uhrenboxen mit Glasdeckel.

«Möchtet ihr euch nicht setzen? Für einen Kaffee habe ich noch Zeit vor dem ersten Termin.»

Ruth schüttelte den Kopf. «Ein anderes Mal gerne.

Heute bin ich zu zappelig. Aber ein kleines Anliegen habe ich noch: Bitte sagt doch du zueinander, ihr beiden. Wie die Leute in Schweden.»

Möglicherweise lag es Wellentin auf der Zunge, dass Schweden weit weg war, aber er bemerkte lächelnd, dass es sich um eine sympathische Sitte handelte, und schüttelte mir nochmals die Hand.

«Ich bin Tilda», murmelte ich, verlegen, weil Wellentin und ich von selbst sicher nie auf die Idee gekommen wären, es mit dem Du zu halten wie die Schweden.

«Jonas», sagte er.

«Sogar eure Namen klingen schwedisch», meinte Ruth fröhlich.

«Eigentlich heiße ich Mathilde», murmelte ich. «Nach meiner Großmutter väterlicherseits.»

Jonas räusperte sich. «Ist Jonas nicht die griechische Form des biblischen Namens Jona?»

«Das vielleicht auch …» Ruth fing an zu kichern und klappte eine Hand vor den Mund.

Jonas grinste. Wieder berührte es mich, wie viel Liebe in seinen Augen zu lesen war, als er seine Mutter anschaute.

Wenig später saßen Ruth und ich in ihrer Wohnung am Esstisch. Wir waren bestens vorbereitet für unseren Arbeitseinsatz: Während ich den Laptop hochgefahren hatte, war Ruth kurz in der Küche verschwunden, um mit zwei Sektflöten, in der eine goldene Flüssigkeit perlte, und einer geöffneten Pralinenschachtel auf einem Tablett zurückzukehren.

«Oh … ist das etwa Champagner?», erkundigte ich mich.

«Exakt. Den hat uns Jonas spendiert, weil ich keinen mehr im Haus hatte. Die Pralinen sind auch von ihm. Er ist gestern Abend extra noch mal einkaufen gegangen, weil er sofort verstanden hat, dass eine spezielle Inspiration für unsere Arbeit heute das A und O ist.»

«Wie lieb von ihm …» Jonas Wellentin wurde mir immer sympathischer.

«Das finde ich auch.»

Wir stießen an auf eine Reise ins Unbekannte. Denn Ruth hatte den Schmuckkoffer schon viele Jahre nicht mehr geöffnet und wusste nicht mehr genau, was sich alles darin befand. Sie war sich auch nicht sicher, was die Inspiration ihr beziehungsweise mir diktieren würde.

Sicher war, dass das Gläschen Champagner diesem Morgen ein Prickeln verlieh, das sich erstaunlich gut mit der schmelzenden Süße der Pralinen verband. Schon nach dem ersten Schlückchen und einer Nougattrüffel fühlte ich mich beschwingt, wie in Urlaubsstimmung, und neugierig auf das Abenteuer, das vor uns lag. Alles um mich herum fügte sich zu einer besonderen Atmosphäre zusammen: Die Balkontür war einen Spalt geöffnet und ließ einen herrlichen Spätsommermorgen ins Zimmer. Der Himmel leuchtete tiefblau, und ein leichter Wind strich durch die Bäume im Garten. Heidi hatte sich in einem Sonnenfleck auf dem Teppich lang ausgestreckt und schnurchelte leise vor sich hin. Schwarz und geheimnisvoll, mit einem Tragegriff versehen, thronte der Schmuckkoffer auf dem Tisch, neben ihm die beiden Uhrenboxen.

«Fangen wir mit dem Einfachsten an», sagte Ruth und griff nach den Uhrenboxen. Jede Schachtel war in Fächer unterteilt, die Platz für acht Herrenarmbanduhren boten, die von kleinen Kissen gehalten wurden.

«Heinrich war eine Zeitlang begeisterter Sammler. Das war toll, denn so wusste ich immer, wie ich ihm zum Geburtstag oder zu Weihnachten eine Freude machen konnte. Ob es nun eine klobige Breitling war, eine schlichte Patek Philippe oder eine Taucheruhr von Rolex mit allem möglichen Schnickschnack; ob mit Lederband oder Metallarmband – Heinrich liebte sie alle und trug an jedem Wochentag eine andere am Handgelenk. Sonntags war die Longines dran.»

Ruth deutete auf eine Uhr mit rundem Gehäuse, blauem Ziffernblatt und einem Metallarmband, das wie geflochten aussah.

«Die Stunden werden von zwölf kleinen Diamanten markiert», fuhr sie fort. «Heinrich liebte Diamanten. Sie sind ein Stück Ewigkeit, sagte er gern. Weil sie die härtesten Steine von allen sind.»

Ruth seufzte leise. «Was nutzt einem ein Stück Ewigkeit, wenn man selbst nur ein kurzes Gastspiel auf Erden gibt? Das geht mir gerade durch den Kopf. Aber die Enkel freuen sich bestimmt über Opas Uhren. Ich habe mir überlegt, dass ich die beiden beschenke, wenn sie mich das nächste Mal besuchen. Ich freu mich, wenn du die Boxen hübsch verpackst. Natürlich schreiben wir auch ein Kärtchen. Schau mal in die oberste Schreibtischschublade, da findest du eine Auswahl verschiedener Grußkarten und Geschenkpapiere.»

Ruth entschied sich für schlichte hellblaue Klappkarten für die «Jungs» und diktierte, nachdem sie entschieden hatte, dass das Sofa heute nicht der richtige Arbeitsplatz für sie war:

Lieber Phillip,
du bist mein liebster Herzensjunge, der mir immer nur Freude macht! Ganz viel Spaß wünsche ich dir mit den Uhren von deinem Opa Heinrich. Er war so stolz auf dich, weil du dir schon als Kind in den Sommerferien immer fleißig etwas dazuverdient hast. Der Junge ist ein echter Kaufmann, sagte er gern. Höchstes Lob!
Alles Liebe und einen Kuss von deiner Oma Ruth

«Die jungen Männer haben keinen Sinn für lange Briefe von alten Leuten mit sentimentalen Ausflügen in die Vergangenheit», sagte Ruth, nachdem sie einen Schluck Champagner getrunken hatte. «Es muss alles kurz und knackig sein. Wie WhatsApp-Nachrichten.»

Auch Rafael war Ruths liebster Herzensjunge, der ihr immer nur Freude machte, und auch ihm wünschte sie viel Spaß mit den Uhren vom Opa Heinrich. Zu den schönsten Erlebnissen des Opas gehörte es, wenn Rafael ihm auf der Geige vorspielte. So muss sich Paganini, der Wundergeiger, angehört haben, sagte er immer. Höchstes Lob! Und auch hier verteilte Oma Ruth alles Liebe und einen Kuss.

«Ich habe beide gleich lieb, und das soll auch in den Karten zum Ausdruck kommen», erklärte Ruth. «Sie waren als Kinder manchmal eifersüchtig aufeinander. Jeder hatte das Gefühl, der andere würde bevorzugt. Davon mal abgesehen, waren sie meistens ein Herz und eine Seele. Von meiner kleinen Schwester Rosi und mir konnte man das nicht behaupten. Unsere Mutter sagte immer, wir seien wie Hund und Katz.»

Erstaunt schaute ich von dem Bogen Geschenkpapier auf, den ich gerade zurechtschneiden wollte. «Wohnt deine Schwester auch in Berlin?»

«Mh-hmm», machte Ruth und sah auf einmal so aus, als hätte sie in eine Zitrone gebissen. «In Prenzlauer Berg. Wir sehen uns eher selten. Ab und zu telefonieren wir.»

Ich schnitt weiter. Die Schere war scharf und glitt gut durchs Papier. «Das klingt, als ob ihr euch nicht so nahesteht.»

«So ist es», seufzte Ruth.

«Schade.»

Wieder ein Seufzen. «Ja. Schon. Es ist ja um uns beide herum einsamer geworden. Sie ist auch verwitwet, und leider ist ihre Gesundheit nicht die beste. Ihre Kinder wohnen weit weg. Die Tochter hat schon öfter versucht, Rosi zu einem Umzug zu bewegen. Aber Rosi will auf keinen Fall weg aus Berlin. Dabei wäre sie viel besser versorgt, wenn sie in der Nähe ihrer Lieben wohnen würde.»

Sie schwieg, tief in Gedanken versunken, während ich die Uhrenboxen verpackte und die Karten für die Zwillinge unter das Geschenkband schob.

«So. Fertig», sagte ich schließlich.

Ruth zuckte beim Klang meiner Stimme zusammen, so weit fort war sie gewesen. «Schön sehen die Päckchen aus … Ich mag dieses glitzernde Geschenkpapier besonders gern. Wenn ich sterbe, bevor die Zwillinge kommen, kümmert sich Jonas darum, dass sie die Uhren erhalten. Und natürlich habe ich die beiden ja auch noch in meinem Testament bedacht.»

Aus einem Impuls heraus – vielleicht spielte auch der Champagner am frühen Morgen eine Rolle – packte ich den Stier bei den Hörnern. «Hast du … hast du das Gefühl, dass du vielleicht nicht mehr lange zu leben hast?»

Ruth schaute mich verdutzt an. «Hm. Eigentlich nicht. Ich bin ja nicht krank. Jedenfalls nicht, dass ich wüsste, ich renne ja nicht dauernd zum Arzt und lasse mich durchchecken. Aber man kann ja nie wissen. Ich könnte schon morgen nicht mehr aufwachen, so was gibt's, und, ehrlich gesagt, ist das genau der Tod, den ich mir wünsche. Aber bis es so weit ist, genieße ich jeden Tag. Und du?»

«Na ja, genießen ist zu viel gesagt», gab ich mit einem schiefen Lächeln zurück. «Wenn ich ehrlich bin, habe ich manchmal ganz schön daran zu knabbern, dass mit dem Älterwerden so viele Optionen und Chancen wegfallen.

Dass man im Grunde schon froh sein kann, wenn einem der Tag keine bösen Überraschungen serviert.»

Unvermittelt stand Ruth auf und schloss die Balkontür. Nachdem sie sich wieder hingesetzt hatte, fragte sie: «Wie alt bist du noch mal, Tilda?»

«Nächsten Monat werde ich sechzig. Dann gehöre ich offiziell zu den Senioren. Udo Jürgens hat diesen Lebensabschnitt ja sehr optimistisch besungen …» Ich räusperte mich und trällerte:

«Mit sechsundsechzig Jahren, da fängt das Leben an.
Mit sechsundsechzig Jahren, da hat man Spaß daran.
Mit sechsundsechzig Jahren, da kommt man erst in Schuss.
Mit sechsundsechzig ist noch lange nicht Schluss.

Vielleicht denke ich in sechs Jahren ja auch so.»

Ich hatte erwartet, dass diese Zeilen Ruth, die ja so vital war, begeistern würden, so wie die Millionen Udo-Fans, die sich damit über ihr Rentenalter hinweggetröstet hatten. Aber Ruth, die mit aufgestützten Ellbogen und gefalteten Händen aufmerksam zugehört hatte, sagte: «Eine Zahl bedeutet doch nicht automatisch den Startschuss in ein ganz, ganz tolles Leben! Es ist normal, dass sich mit dem Älterwerden Lasten auf der Seele ansammeln. Sehnsüchte, die nie erfüllt wurden. Bedauern über Entscheidungen, die man vor Jahren getroffen hat. Versäumnisse. Kränkungen. Groll. Verluste. All das und noch viel mehr kann dazu führen, dass man denkt, dass nicht mehr viel kommt im Leben, jedenfalls nichts Gutes. Was einen belastet, schüttelt man nicht einfach ab, wenn man versucht, es noch mal so richtig krachenzulassen wie in jungen Jahren. Man muss innerlich aufräumen und damit Platz schaffen für neue Erfahrungen. Das ist jedenfalls meine Meinung.»

«Und wie macht man das?»

Ein verschmitztes Lächeln breitete sich auf ihrem Gesicht aus. «Wir beide sind dabei, es herauszufinden. Versuch und Irrtum nennt man die Methode wohl.»

Entschlossen zog sie den Schmuckkoffer zu sich heran und öffnete ihn. Ich erschrak, als sie aufkeuchte und auf einmal totenblass aussah. «Oh mein Gott …», flüsterte sie. «Ich hatte das verdammte Ding ganz vergessen.»

Ich verrenkte mir den Hals, aber von meinem Stuhl aus konnte ich nicht in den Koffer hineinsehen. Also stand ich wortlos auf und setzte mich neben Ruth, die jetzt einen schwärzlich angelaufenen, silbernen Löffel in die Höhe hielt. Er war kleiner als ein Esslöffel, aber größer als ein Teelöffel.

«Was ist das?», fragte ich. Zugegeben nicht die intelligenteste aller Fragen, aber ich konnte mir beim besten Willen nicht vorstellen, warum Ruth so erschrocken reagiert hatte.

«Schau selbst», gab sie zurück und drückte mir das Teil in die Hand. Es war erstaunlich schwer, was auf massives Sterlingsilber schließen ließ. Im Löffelstiel entdeckte ich eine Gravur in Schreibschrift. Sie lautete: *Rosemarie.*

«Rosemarie? Deine Schwester? Rosi?»

Ruths Gesicht hatte wieder ein bisschen Farbe angenommen, aber sie wirkte immer noch erschüttert. «Ja. Das ist

Rosemaries Kinderlöffel. Ein Geschenk von ihren Großeltern zur Geburt. Den Eltern ihres Vaters – der ja für mich immer ‹Onkel Bert› blieb. Ich hatte keinen Vater. Und keine Großeltern mehr.»

Im Raum war es so still, dass man eine Nadel hätte fallen hören können. Selbst Heidi hatte aufgehört zu schnurcheln und betrachtete uns aufmerksam, wohl alarmiert durch Ruths Ausbruch. Vorsichtig, als könnte er explodieren, legte ich den Löffel auf den Tisch.

«Ich habe ihn gestohlen», sagte Ruth leise und ließ den Kopf hängen wie ein unglückliches Kind. «Ich wusste ja genau, wie sehr sie noch als Erwachsene an dem Löffel hing. Es ist schon lange her. Rosi hatte mich nachmittags zum Kaffeetrinken eingeladen und war einfach unausstehlich. Der Vorwurf in Person, weil ich es ja so gut im Leben habe und sie nicht. Ein Dauerthema. Es hat mir immer leidgetan, dass bei ihr nicht alles zum Besten stand, aber ich bin doch nicht verantwortlich für ihre Situation. Und ich habe ihr auch geholfen, wenn Not am Mann war. Irgendwann riss mir der Geduldsfaden. Ein Wort gab das andere, und als Rosi aus der Küche lief und die Tür hinter sich zuknallte, hab ich wutentbrannt den Löffel aus der Schublade genommen und bin nach Hause gegangen. Am Abend rief sie an, und wir haben uns wieder versöhnt. Das haben wir ja immer irgendwie hingekriegt. Na ja, jedenfalls erwähnte Rosemarie den Löffel, er sei aus der Schublade verschwunden. Sie esse doch jeden Abend ein Joghurt mit ihrem Lieblingslöffel, und nun sei er nicht zu finden, und sie könne sich das gar nicht erklären, und sie sei kreuzunglücklich. Das ist ja ärgerlich, habe ich ganz harmlos gesagt. Ich drücke die Daumen, dass er sich bald findet … Er hat sich natürlich nicht gefunden, wie denn auch, wenn ich das Ding in meinem Schmuckkoffer verschwinden ließ.»

Ruth schaute mir direkt in die Augen, traurig und herausfordernd zugleich. «Und? Was sagst du dazu? Verachtest du mich jetzt, weil ich eine Diebin und Lügnerin bin?»

Ich schüttelte den Kopf. «Wie könnte ich? Wir sind Menschen, wir machen alle Fehler. Ich habe mir im Laufe der Jahre auch so einiges zuschulden kommen lassen, was mir im Nachhinein sehr leidgetan hat. Wenn ich könnte, würde ich etliches rückgängig machen.»

Ruth sah nicht mehr ganz so unglücklich aus. «Ich auch … und es tut mir wirklich leid, dass ich mich an dem Löffel vergriffen habe. Danke für dein Verständnis.»

«Und jetzt? Was willst du mit dem Ding machen?»

Während Ruth nachdachte, ließ Heidi ihren Kopf auf die Pfoten sinken und schloss die Augen. Es dauerte nicht lange, und leises Schnarchen war zu hören.

«Am liebsten würde ich ihn wegwerfen», hörte ich plötzlich. Es klang trotzig.

«Ja. Das kann ich gut verstehen.»

«Es ist schon komisch. Da halte ich weise Reden, dass sich mit dem Älterwerden Lasten auf die Seele legen, die es zu beseitigen gilt. Und was passiert, wenn ich, wie jetzt, die Gelegenheit bekomme, etwas in Ordnung zu bringen? Meine Motivation ist gleich null.»

«Vielleicht ist es manchmal wirklich besser, nicht an den Dingen zu rühren.»

Ruth lächelte dankbar und entspannte sich sichtlich. «Genau. Und jetzt schauen wir uns den Schmuck an. Ich hab ihn nur zu ganz besonderen Gelegenheiten getragen. Eigentlich schade.»

Kapitel 18

Wenig später hatte Ruth ihre Schätze auf einem schwarzen Samttuch ausgebreitet. Sie steckte einen funkelnden Ring an ihren Finger und hielt ihn mir hin. «Der große Stein ist ein Saphir von hoher Qualität, die Steine drum herum sind Diamanten, die Fassung 750er-Weißgold. Heinrich hat ihn bei einem bekannten Goldschmied für mich anfertigen lassen.»

Passend zu dem Ring gab es eine Weißgoldkette mit einem diamantbesetzten Saphiranhänger, ein Armband, eine mit Diamanten besetzte Armbanduhr von Chanel sowie Ohrstecker. Ich war ganz geblendet von Ruths Kronjuwelen. Jetzt streifte sie den Ring ab und steckte einen in Gelbgold gefassten Solitärring mit einem großen Diamanten an den Finger. «Mein Geschenk zu Marions Geburt. Wir waren sehr glücklich mit unserem Baby.»

Tränen schimmerten plötzlich in ihren Augen, die sie schnell wegblinzelte. «So viele Erinnerungen ... schau, das Collier hier ... das sind echte Südseeperlen, die kostbarsten Perlen, die es gibt. Das erkennst du an der Größe und dem seidigen Schimmer. Heinrich hat mir die Kette zu Jonas' Geburt geschenkt. Ich hab mir oft vorgestellt, dass ich sie einmal meiner Schwiegertochter zur Hochzeit überreiche. Aber leider hat Jonas nie geheiratet. Es gab ein paar längere Verbindungen, doch vor den Traualtar hat er sich nie gewagt. Ich vermute, dass er das auch künftig nicht tun wird. Er ist immerhin auch schon vierundfünfzig. Ich weiß nicht mal, ob er aktuell eine Freundin hat. Das werde ich erst erfahren, wenn er sie mir vorstellen möchte.»

«Bist du denn gar nicht neugierig?», wollte ich wissen.

«Nein», erwiderte Ruth mit schöner Offenheit. «In das Liebesleben meiner Kinder hab ich mich noch nie eingemischt.»

In meinen Augen gab es zwar einen Unterschied zwischen Interesse zeigen und sich einmischen, aber ich ließ das einfach mal so stehen. Jede Familie hatte ihre Eigenheiten, Rituale, Regeln. Manches wurde ausgesprochen, anderes nicht, und trotzdem wussten alle Bescheid und hielten sich daran.

Nun legte Ruth eine altmodische goldene Taschenuhr an einer Kette und eine stattliche Anzahl goldener, zum Teil edelsteinbesetzter Manschettenknöpfe auf das Samttuch. «Die Uhr ist ein Erbstück von Heinrichs Vater. Die Manschettenknöpfe sind ein Sammelsurium: Manche haben Heinrich gehört, andere seinem Vater. Ich möchte sie gern meinem Schwiegersohn Lutz schenken. Er trägt noch Hemden mit Umschlagmanschette, das ist heutzutage nicht selbstverständlich. Die Taschenuhr ist für Jonas bestimmt. Und die Perlenkette auch.»

Auf Ruths Wunsch hin verpackte ich Uhr, Perlenkette und Manschettenknöpfe in Schmuckschachteln, die Ruth aus dem Köfferchen hervorkramte, und wickelte sie in Geschenkpapier ein. Ihre Nachrichten an ihren Sohn und ihren Schwiegersohn (ebenfalls auf hellblauen Klappkarten) waren kurz:

Liebster Jonas,
die goldene Taschenuhr haben dein Großvater und manchmal auch dein Vater getragen, sie ist dir also sehr vertraut. Mit Liebe gebe ich sie an dich weiter. Zusammen mit der Perlenkette, die dein Vater mir zu deiner Geburt geschenkt hat. Vielleicht schenkst du sie eines Tages der Frau, die du liebst? Das würde mich sehr freuen! Du und ich, wir hatten immer eine Herzensverbindung, auch ohne viele Worte. Das macht mich sehr glücklich und dankbar.
Eine Umarmung von deiner Mutter

Lieber Lutz,
leider haben wir uns lange nicht gesehen. Das letzte Mal bei Heinrichs Beerdigung. Ich bin dankbar, dass unser Kontakt nicht abgerissen ist, und respektiere, dass bestimmte Themen ausgeklammert werden. Dass es dir nicht gelungen ist, Marion umzustimmen, ist nicht deine Schuld – ich danke dir sehr für deine Fürsprache und verstehe, dass du eine neutrale Haltung eingenommen hast. Zusammen mit meiner Privatsekretärin ordne ich derzeit meine Besitztümer und möchte dir gerne diese Manschettenknöpfe schenken. Als Andenken an deinen Schwiegervater, mit dem du dich sehr gut verstanden hast. Ich hoffe, du hast Freude damit.
Alles Liebe von deiner Schwiegerma Ruth

«Lutz arbeitet im Roemer- und Pelizaeus-Museum in Hildesheim. Er ist Archäologe. Klug, ein wenig ein Sonderling … stets mit dem Staub der Geschichte beschäftigt, sozusagen», erzählte Ruth. «Er und Marion waren immer ein gutes Team, so unterschiedlich sie auch sind. Wir werden ihm ein Wertpaket schicken. Könntest du heute noch für mich zur Post gehen? Und dort auch ein Packset für die Schachtel kaufen? Dann haben wir das schon mal erledigt.»

«Ja, sicher. Das mache ich gerne.»

«Wunderbar, vielen Dank.» Ruth wandte sich dem Weißgoldschmuck zu, der auf dem Samttuch vor sich hin funkelte. Sie nahm jedes Teil in die Hand, betrachtete es eingehend, hielt es ins Licht. Streifte die Ringe über. Legte das Armband um und die Armbanduhr. Zog alles wieder ab und verstaute Stück für Stück im Schmuckkoffer. Als Letztes folgte das schwarze Samttuch. Dann schaute sie mich traurig an und sagte: «Ich möchte diesen Schmuck meiner Tochter schenken. Aber so, wie die Dinge stehen, wird sie ihn nicht annehmen. Wollen wir mit dem Benz zum Schlosspark fahren und ein Stück mit Heidi spazieren gehen? Ich brauche dringend frische Luft.»

Kapitel 19

Der Benz war ein riesiges weißes Schlachtschiff mit schwarzen Ledersitzen. Ruth wartete neben der Garage, bis ich das Gefährt herausmanövriert hatte, damit sie und Heidi bequem einsteigen konnten. Auf der Zufahrt stellte ich den Motor ab und kletterte aus dem Fahrzeug. Mit vereinten Kräften unterstützten wir Heidi, die wegen ihrer Arthrose nicht mehr springen konnte, beim Erklimmen der Rückbank. Sie machte es sich gleich auf ihrer Decke gemütlich und freute sich sichtlich auf die Dinge, die nun kommen würden. Nachdem die Hündin verstaut war, ging Ruth zu meiner Verwunderung nach vorn und tätschelte die Motorhaube. «Das mache ich immer, bevor es losgeht. Benz ist so ein wunderbares, zuverlässiges Auto, er hat Streicheleinheiten verdient.»

«Benz? Ist das sein Name?», fragte ich amüsiert.

«Genau. Baujahr 1990 ist der Kleine und läuft und läuft und läuft. Er war Heinrichs Augenstern, und nun kümmert sich Valentina um alles. Wie du siehst, ist Benz tipptopp gepflegt.»

Das war er wirklich. Seine Karosserie blitzte, der Innenraum sah aus wie neu. Trotz all dieser guten Eigenschaften schwitzte ich vor Aufregung, als ich uns – Ruths Anweisungen folgend – zum Park chauffierte. Alles war fremd an diesem Auto. Es war lang und breit, schaltete sich ganz anders als der kleine Polo, den ich früher besaß. Das Einparken war kein Vergnügen, aber ich schaffte es.

Ruth zeigte sich angetan von meinen Fahrkünsten. «Ich fühle mich bei dir so sicher wie in Abrahams Schoß. Benz und du, ihr werdet bestimmt dicke Freunde.»

«Das glaube ich auch», gab ich zurück, und es stimmte sogar. Der schwere, solide gebaute Wagen vermittelte mir ein Gefühl der Geborgenheit.

Es war später Vormittag, die Sonne stand hoch am blauen Himmel, als wir den breiten Weg entlangschlenderten. Rechts und links breiteten sich Rasenflächen mit altem Baumbestand aus. Ein leichter Wind machte diesen milden Sommertag noch angenehmer. Ruth führte Heidi an der Leine. Außer uns waren noch etliche Spaziergänger unterwegs, manche mit, andere ohne Hund. Ein großes, im klassizistischen Stil erbautes Haus mit goldgelber Fassade leuchtete uns entgegen.

«Das ist das Gutshaus Lichterfelde, es wird auch Carstenn-Schlösschen genannt», erklärte Ruth. «Es gehört inzwischen zum Stadtteilzentrum Steglitz. In den Räumlichkeiten sind eine Kindertagesstätte und ein Nachbarschaftscafé untergebracht. Das ehrenamtliche Team backt selbst, der Kuchen ist daher ausgesprochen lecker. Als ich noch selbst Auto gefahren bin, war ich öfter im Haus und habe an verschiedenen Kursen und Veranstaltungen teilgenommen. Hier ist immer was los.»

«Was für eine schöne Gegend», sagte ich. «Ein altes Gutshaus mitten in Berlin, und drum herum ist alles grün und friedlich.»

Ruth nickte lächelnd und wies auf eine Bank im Schatten einer alten Linde. «Lass uns eine kleine Pause einlegen, bevor wir zurückgehen.»

Kaum hatten wir uns niedergelassen, nahm Ruth meine Hand und drückte sie kurz. «Danke.»

«Wofür?», fragte ich erstaunt.

«Dass du vorhin keine Fragen gestellt hast wegen Marion. Hier, auf neutralem Grund und Boden sozusagen, redet es sich besser. Ein bisschen wirst du dir ja schon zusammengereimt haben, was meine Tochter und mich betrifft. Oder?»

«Ein bisschen schon. Deine Tochter möchte aus einem bestimmten Grund keinen Kontakt zu dir. Und das tut dir sehr weh.»

«Wir haben Kontakt», sagte Ruth und seufzte. «Aber er ist minimal. Wir schreiben uns Karten zum Geburtstag und zu Weihnachten. In den ersten beiden Jahren habe ich ihr auch Briefe geschickt und Mails, in denen ich mein Herz von innen nach außen gekehrt habe. Ich habe nie eine Antwort bekommen. Sie ist jemand, der durchzieht, was er sich vorgenommen hat. Einmal ging sie selbst ans Telefon und sagte sehr höflich, dass es dabei bliebe, dass sie bis auf weiteres weder telefonischen noch persönlichen Kontakt wünscht. Ich war so verzweifelt, dass ich trotzdem probiert habe, sie telefonisch zu erreichen. Nur ab und zu … damit nicht der Eindruck entsteht, dass ich sie belagern will. Ich hatte die Hoffnung, dass wir uns irgendwann aussprechen können. Dass sie mir verzeiht. Vielleicht sogar verstehen kann, warum ich geschwiegen habe. Ich habe mich daran geklammert, dass sie sagte, sie wolle mich *bis auf weiteres* nicht sehen oder mit mir telefonieren. Das bedeutet nicht: Ich will nie mehr etwas mit dir zu tun haben.»

«Das denke ich auch. Wann hast du Marion denn das letzte Mal angerufen?»

«Letzten Monat. Ich hatte von ihr geträumt und habe das als Zeichen gesehen, dass die Eiszeit nun vorbei ist. Aber ich habe sie nicht erreicht … und sie rief auch nicht zurück. Ich hatte ihr aufs Band gesprochen.» Ruth schluckte schwer, so als schnürte ihr der Kummer die Kehle zu.

«Wie traurig. Es tut mir so leid. Für euch beide.» Wobei mir Marion deutlich weniger leidtat. Ich konnte nicht nachvollziehen, dass eine derart sympathische Frau wie meine Arbeitgeberin etwas verbrochen haben sollte, das eine so drakonische Strafmaßnahme rechtfertigen konnte. Würde sich Marion noch selbst in die Augen sehen können, wenn ihre immerhin schon vierundachtzigjährige Mutter starb, ohne dass sie Gelegenheit gehabt hatte, ihre Tochter zu sehen? Würde diese Tochter sich für den Rest ihres Lebens schuldig fühlen, weil sie sich geweigert hatte, Frieden zu schließen? Oder war sie so kaltherzig – oder so überzeugt davon, richtig gehandelt zu haben –, dass sie sich keine Vorwürfe machen würde? Gab es etwas, das diese Frau so verletzt hatte, dass sie keinen anderen Ausweg gesehen hatte, als die Verbindung zu ihrer Mutter zu kappen und sämtliche Folgen in Kauf zu nehmen?

Tränen glitzerten in Ruths Augen und liefen ihr die Wangen hinunter. «Ich … ich habe kein Taschentuch dabei», sagte sie kläglich.

«Aber ich. Keine Sorge.»

Dankbar nahm Ruth das Päckchen Tempo entgegen, das ich aus meiner Handtasche gekramt hatte. Nachdem sie sich die Tränen abgetupft und die Nase geputzt hatte, sagte sie: «Marion war ein Papa-Kind, von klein auf. Wie das wohl öfter so ist: Die Söhne hängen mehr an der Mama, die Töchter am Papa. Marion und ich standen uns nahe, aber Heinrich war ihr Vorbild, das sie abgöttisch liebte. Äußerlich sahen sich die beiden kein bisschen ähnlich. Aber Menschen, die uns nahestanden, fanden übereinstimmend, dass Marion ganz auf ihren Papa käme. Genauso ehrgeizig und fleißig und diszipliniert.»

Ruths Hände zitterten, als sie ein weiteres Taschentuch aus der Packung zog und sich die Nase putzte. «Nur war es so, dass Heinrich nicht ihr Vater war. Nicht ihr leiblicher jedenfalls.»

«Waaas?», entfuhr es mir so laut, dass ein Spaziergänger, der gerade an unserer Bank vorbeiging, sich zu uns umdrehte.

Aber Ruth störte sich nicht an meiner Reaktion, sie war tief eingetaucht in die Vergangenheit: «Ich war in einer schrecklichen Situation damals. Schwanger nach einer einzigen leichtsinnigen Urlaubsnacht in Palma de Mallorca mit einem Mann, von dem ich gerade mal den Vornamen und den Wohnort kannte: Franz aus Wien. Ich wohnte zu dieser Zeit zur Untermiete bei einer mürrischen alten Frau, die mich ganz sicher vor die Tür setzen würde, wenn sie erfuhr, dass ich ein Baby erwartete. Meiner Familie hatte ich auch noch nichts erzählt, ich hatte Angst vor den Vorwürfen, die todsicher kommen würden, und wusste, dass ich nicht auf Unterstützung zählen konnte. Rosemarie war zwar aufgefallen, dass ich zugenommen hatte, aber sie kam nicht auf die Idee, dass ich schwanger sein könnte. Nicht mal meiner besten Freundin Ilse hatte ich mich anvertraut. Irgendetwas hielt mich zurück, obwohl ich so gern einem lieben Menschen mein Herz ausgeschüttet hätte. Im Nachhinein, angesichts ihrer späteren Affäre mit Heinrich, war ich sehr froh darüber. Wer weiß, wie sie mein Vertrauen auch hier missbraucht hätte ... Im Salon musste ich bald mit der Sprache herausrücken, viel länger konnte ich meinen Zustand nicht mehr verbergen. Ich hatte schon seit einiger Zeit das Gefühl, dass meine Chefin etwas ahnte, sie schaute mich öfter so forschend an, und ihr Blick blieb jedes Mal an meiner nicht mehr vorhandenen Taille hängen ...»

Ruth hielt inne und tupfte sich mit einem Taschentuch Schweißperlen von der Stirn. «Selbst jetzt, nach so vielen Jahren, kann ich die Panik noch spüren. Es ist keine Übertreibung, dass ich nicht mehr ein noch aus wusste. Ich brauchte einen Plan für mein Leben mit meinem Baby und fühlte mich gleichzeitig wie gelähmt. Und dann, genau an dem Tag, als ich mich dazu durchgerungen hatte, endlich allen reinen Wein einzuschenken, spazierte Heinrich Wellentin in den Salon, weil er einen Termin bei mir hatte. Mein Lieblingskunde seit vielen Jahren. Ich betrachtete ihn als Freund, obwohl wir uns nie privat getroffen hatten. Er hatte etwas Vertrauenerweckendes an sich und eine zuvorkommende, freundliche Art. Außerdem war er ein attraktiver Mann, der mir gefiel, das hat sicher auch eine Rolle gespielt. Du hast ja Fotos gesehen. Jonas sieht ihm ähnlich.»

«Das stimmt», gab ich zurück, ganz fasziniert von Ruths Geschichte. Nur zu gut konnte ich mir vorstellen, wie sie sich gefühlt haben musste in dem Bewusstsein, dass ihr Baby, genau wie sie selbst, ohne Vater aufwachsen würde. Dass sie so lange wie möglich niemanden ins Vertrauen gezogen hatte, leuchtete mir ein. Ledig, schwanger, kein Kindsvater in Sicht, und das Anfang der sechziger Jahre, mit ihrer eigenen Vorgeschichte und einem wenig harmonischen Familienleben – was hatte sie außer Abwertung und Getuschel hinter ihrem Rücken schon zu erwarten gehabt?

«Und wie ging es weiter?», fragte ich gespannt.

«Wie es weiterging?» Ruth lächelte, ihr von vielen feinen Fältchen durchzogenes Gesicht wurde weich. «Wie im Märchen. Das kann man schon so sagen. Ich hatte im Salon kaum die Schere in die Hand genommen, da sagte Heinrich zu mir: ‹Herzlichen Glückwunsch, Ruth! Wann ist es denn so weit?› Ich war so erschrocken, dass mir die Schere herunterfiel. Ich bückte mich schnell, hob sie auf und schaute mich unauffällig nach allen Seiten um. Auf den Plätzen rechts und links von meinem Stuhl saßen Kundinnen unter der Trockenhaube und blätterten in Zeitschriften, Gott sei Dank, sie konnten nichts mitbekommen haben. Meine Chefin und die Kolleginnen waren außer Hörweite im hinteren Teil des Salons beschäftigt – noch. Schnell flüsterte ich Heinrich ins Ohr, dass das Thema hier und jetzt tabu sei. Er verstand sofort und fing an, von der Reise zu erzählen, von der er gerade zurückgekehrt war. Als ich ihn nach dem Haarschnitt wie immer zur Tür begleitete, wollte er wissen, wann ich Feierabend hätte, und fragte, ob er mich zum Abendessen in das chinesische Restaurant zwei Straßen weiter einladen dürfe. Ich fühlte die neugierig-bohrenden Blicke meiner Chefin im Rücken, vielleicht bildete ich es mir auch nur ein. Jedenfalls sagte ich schnell zu. Ich war aufgeregt und zittrig und dankbar, dass die nächste Kundin noch nicht eingetroffen war. So konnte ich mir im Waschraum kaltes Wasser zur Beruhigung über die Handgelenke laufen lassen und ein paarmal tief durchatmen. Ich hatte geplant, meiner Chefin nach Feierabend zu eröffnen, dass ich schwanger war. Aber nach diesem Schock – wie konnte es sein, dass Heinrich Wellentin mir quasi auf den ersten Blick meine Schwangerschaft angesehen hatte, während mich bisher niemand darauf angesprochen hatte? – beschloss ich, dass es auf einen Tag mehr oder weniger nicht ankam. Morgen war ich bestimmt ruhiger. Außerdem war ich auf das Abendessen mit Heinrich gespannt. Wir kannten uns schon fast zehn Jahre, er hatte nie

Anstalten gemacht, unseren Kontakt in die Außenwelt zu verlagern. Wieso auf einmal jetzt?»

«Das hätte ich mich auch gefragt», warf ich ein.

Ruth schaute mich mit schiefgelegtem Kopf von der Seite an. Sie wirkte mädchenhaft auf einmal, ein bisschen kokett. So mochte sie an jenem Abend ihren zukünftigen Ehemann im Chinarestaurant angesehen haben.

«Und hättest du eine Vermutung gehabt an meiner Stelle?», erkundigte sie sich.

«Na ja … der Verdacht liegt nahe, dass er mit dir über das Tabu-Thema reden wollte.»

«Gut kombiniert, Sherlockina Holmes», sagte Ruth amüsiert. «Ich weiß noch, dass ich auf Heinrichs Drängen eine Frühlingsrolle und ein Gericht mit Hühnchen bestellt habe. Dabei war ich so nervös, dass ich gar keinen Hunger hatte. ‹Du siehst angeschlagen aus›, sagte er unverblümt, nachdem der Kellner die Frühlingsrollen und die Getränke serviert hatte. ‹Magst du mir erzählen, wie es dir geht?›

Natürlich wollte ich als Erstes wissen, wie er darauf gekommen war, dass ich ein Baby erwartete.

‹Ich beobachte dich immer sehr genau. Und wir kennen uns schon sehr lange. Ein paar angefutterte Kilos sehen anders aus. Ich wollte dich schon beim letzten Termin darauf ansprechen, aber da war ich noch nicht hundertprozentig sicher.›

Ich war baff, dass er von ‹hundertprozentig› sprach. Und so erleichtert, dass ich mir nun alles von der Seele reden konnte. Heinrich erledigte das Essen für uns beide, während ich erzählte. Zwischendrin musste ich auch ein bisschen weinen, was mir sehr peinlich war. Als keine Worte mehr kamen, nahm Heinrich meine Hand, die nervös mit der Serviette herumgespielt hatte. ‹Ich schlage vor, wir heiraten bald›, sagte er beiläufig. ‹Damit das Baby einen Vater und einen Namen hat.›»

Diese Szene, die mir so lebhaft vor Augen stand, als sei ich dabei gewesen, hätte sich in einem Liebesroman abspielen können. «Das war wirklich wie im Märchen …», sagte ich ganz ergriffen. Es gab sie also wirklich, die Ritter, die auf einem weißen Ross angaloppiert kamen, um die Prinzessin aus höchster Not zu retten.

Ruth nickte. «Ich war völlig fassungslos und konnte ihn nur mit offenem Mund anstarren. Er, ganz ruhig, erklärte, dass er schon lange in mich verliebt sei. Aber er habe sich nie getraut, im Salon persönlich zu werden, weil mein Auftreten ihm vermittelt habe, dass ich an einer privaten Verbindung nicht interessiert sei. Natürlich nicht! Ich wäre nie auf die Idee gekommen, mit einem Kunden etwas anzufangen. So was macht man nicht, das gibt nur Ärger. Das hatte man uns schon während der Lehrzeit eingeimpft. Und sowieso war ich nicht in Heinrich verliebt. Das änderte sich auch mit der Ehe nicht. Ich liebte ihn auf eine besondere Weise, wie den guten Freund und Gefährten im Leben, der er war.» Unvermittelt stand Ruth auf. «Diese Bank ist verflixt hart. Lass uns heimfahren, ja?»

Gemächlich spazierten wir den Weg zurück, den wir gekommen waren.

«Hast du seinen Antrag gleich im Restaurant angenommen?», wollte ich wissen.

«Nein. Eine Woche später. Wir hatten uns jeden Abend getroffen und geredet. Über Gott und die Welt, unsere Wünsche und Vorstellungen von einem Leben zu zweit beziehungsweise bald zu dritt. Das Risiko für uns sei sehr überschaubar, betonte Heinrich. Scheiden lassen könne man sich immer. Ein Ehevertrag sei natürlich notwendig. In jedem Fall werde er aber dafür sorgen, dass das Kind und ich abgesichert seien. Ich fragte ihn rundheraus, warum er das für mich tun wolle. Dass er in mich verliebt sei, sei kein Argument für einen Blitz-Heiratsantrag und die Anerkennung der Vaterschaft für ein Kind, das nicht von ihm war. Er stimmte mir völlig zu und meinte nur milde, er sei schon immer für Überraschungen gut gewesen.»

«Deine Familie fiel doch bestimmt aus allen Wolken ...», sagte ich.

«Und ob. Aus dem Nichts war plötzlich ein Bräutigam aufgetaucht, und schon wenige Wochen später fand die Hochzeit im engsten Kreis statt, und schwanger war ich auch noch. Und ich heiratete in eine sehr wohlhabende Familie ein. Die im Übrigen genauso fassungslos wie meine eigene war und Heinrich mit seinen sechsundzwanzig Jahren viel zu jung zum Heiraten fand. Das war die offizielle Erklärung. Ich spürte sehr wohl, dass ich ihnen nicht fein genug war und dass sie sich kein bisschen auf ein Enkelkind freuten, das skandalöserweise schon vor der Hochzeit unterwegs war. Zumal sie ja gar nichts von meiner Existenz geahnt hatten … Wir wurden nie wirklich warm miteinander, meine Schwiegereltern und ich. Aber sie waren später liebevolle Großeltern für Marion und Jonas, das muss ich sagen.»

Wir waren bei Benz angekommen. Ruth tätschelte kurz die Motorhaube, dann verstauten wir Heidi auf der Rückbank. Ruth ließ sich mit einem leisen Ächzen auf dem Beifahrersitz nieder. Nachdem wir losgefahren waren, sagte sie: «Meine Güte. Ich habe geredet und geredet, ohne Punkt und Komma. Du hast dich hoffentlich nicht allzu sehr gelangweilt?»

«Kein bisschen, und ich danke dir für deine Offenheit.»

Da ich mich auf die Straße konzentrierte, konnte ich Ruths Lächeln nur in ihrer Stimme hören, als sie sagte: «Du warst mir sofort vertraut. Wie eine Freundin. Es ist mir nur ein paarmal im Leben passiert, dass ich auf Anhieb einen besonderen Draht zu einem Menschen verspürt habe. Ich bin nie enttäuscht worden.»

Ich hätte jetzt gerne wahrheitsgemäß geantwortet, dass ich Ruth vom ersten Tag an in mein Herz geschlossen hatte. Aber ich traute mich nicht – auch wenn wir wie Freundinnen miteinander sprachen, war sie doch meine Arbeitgeberin. Jemand, dem sie ein Gehalt für bestimmte Leistungen zahlte. Und so beließ ich es bei einem Lächeln und einem kurzen Blickkontakt und fragte dann, ob es korrekt sei, wenn ich an der nächsten Kreuzung rechts abbiegen würde.

«Richtig», sagte Ruth. «Und an der nächsten Ecke gleich wieder links.»

Es dauerte nicht lange, bis wir auf die alte Villa zurollten. Die prächtigen Kletterrosen an der Fassade leuchteten uns schon von weitem entgegen. Ich bog in die Einfahrt ab und hielt vor der Garage. Als ich aussteigen wollte, um Heidi behilflich zu sein, legte Ruth eine Hand auf meinen Unterarm. «Lass uns noch einen Moment sitzen bleiben ... obwohl ich geredet habe wie ein Buch, weißt du ja immer noch nicht, was zwischen Marion und mir passiert ist.»

«Das stimmt ...», sagte ich und stellte den Motor ab.

Ich hätte es vorgezogen, an einem schattigen Plätzchen im Garten, vorzugsweise bei einem kühlen Getränk, mehr zu hören, denn die Sonne hatte Benz ganz schön aufgeheizt. Doch Ruth hatte sich diesen Ort und diesen Zeitpunkt ausgesucht, um zu berichten, dass Heinrich immer gewollt hatte, dass Marion, sobald sie ein Alter erreicht hatte, in dem sie den Sachverhalt verstehen konnte, erfahren sollte, dass er nicht ihr leiblicher Vater war. Er fand es wichtig, ihr die Wahrheit zu sagen: dass ein Mann namens Franz aus Wien fünfzig Prozent zu ihrem Erbgut beigesteuert hatte. Was nichts an der Tatsache änderte, dass Heinrich ihr Papa war, der sie liebte und dessen Namen sie trug. Ein Mensch musste seine Wurzeln kennen, davon war er überzeugt, auch wenn der leibliche Vater nicht mehr als ein Vor- und ein Städtename war. Ruth war absolut dagegen. Marion sollte sich nicht, wie sie selbst, minderwertig fühlen, weil sie, im Gegensatz zu ihrem Bruder, keinen «richtigen» Vater hatte. Außerdem hatte Ruth Angst, dass ihre Tochter sie verachten würde, wenn sie die Wahrheit erfuhr.

«Heinrich schwieg all die Jahre, mir zuliebe. Aber er brachte es nicht fertig, das Geheimnis mit ins Grab zu nehmen. Kurz vor seinem Tod hat er Marion alles erzählt.»

Unvermittelt öffnete Ruth die Beifahrertür und stieg aus. Ich sprang aus dem Wagen und war in wenigen Schritten bei ihr. Sie war sehr blass und kämpfte mit den Tränen.

«Ruth?» Vorsichtig legte ich einen Arm um ihre Schultern. «Kann ich etwas für dich tun?»

Sie schüttelte den Kopf. «Es geht schon. Es nimmt mich mit, darüber zu sprechen. Gleichzeitig ist es eine Erleichterung, mich jemandem mitzuteilen, der nicht zur Familie gehört. Marion ... Sie kann mir die Lüge nicht verzeihen. Die Täuschung. Den Betrug ... Ich habe noch ihre Stimme im Ohr, als sie mich zur Rede stellte. So kalt und schneidend, voller Hass. Auch ihre Augen waren voller Hass ... Ich habe meine Tochter nicht wiedererkannt. Kurz nach der Beerdigung kam dann der Brief, in dem sie mir ihren Entschluss mitteilte, dass sie bis auf weiteres keinen persönlichen und telefonischen Kontakt wünsche. Sie brauche Raum und Zeit für sich.»

«Und Jonas? Dein Schwiegersohn, die Enkel? Wie haben sie reagiert?»

«Jonas und Lutz haben versucht zu vermitteln. Keine Chance. Marion hat sich jede Einmischung verbeten. Rafael und Phillip sind traurig, dass nicht alles wie früher ist. Aber sie akzeptieren, dass die Dinge stehen, wie sie stehen. Man darf nicht vergessen, dass junge Leute Wichtigeres zu tun haben, als sich mit den Problemen der älteren Generation zu beschäftigen. Das ist einfach nicht ihre Aufgabe. Alle finden übrigens, dass Heinrich recht hatte. Wir hätten Marion die Wahrheit sagen müssen. Spätestens, als sie volljährig wurde.»

«Das wäre ganz sicher kein leichtes Gespräch gewesen … Wenn du noch mal in derselben Situation wärst, würdest du dich – aus heutiger Sicht – wieder dafür entscheiden, Marion ihre Herkunft zu verschweigen?»

Ruth zögerte. Sie sah erschöpft aus, so als koste es sie ihre ganze Kraft, sich auf den Beinen zu halten. Aber dann straffte sie die Schultern, atmete tief durch und gewann wie von Zauberhand ein wenig von ihrer königlichen Ausstrahlung zurück. «Mir ist bewusst, dass Marions Vorwürfe gerechtfertigt sind. Ich … ich bekenne mich schuldig, und es tut mir von Herzen leid, dass ich meiner Tochter so weh getan habe. Aber ich weiß trotzdem nicht, ob ich, wenn ich noch mal vor der Entscheidung stünde, die Wahrheit offen aussprechen würde. Irgendein kluger Mensch hat einmal gesagt, dass sie ein scharfes Schwert ist, das mitten in die Seele fährt. Ein scharfes Schwert hinterlässt schwere Verletzungen. Für alle Beteiligten. Davor wollte ich sie schützen. Und ich wollte mich selbst schützen. Aber am Ende hat uns Heinrichs Gewissen eingeholt. Es hat sich gerächt, dass ich seinen Wunsch nicht respektiert habe. Was hättest du an meiner Stelle getan, Tilda?»

«Wahrscheinlich wäre ich auf den Wunsch deines Mannes eingegangen. Aber grau ist alle Theorie. Alles fühlt sich ganz anders an, wenn man selbst betroffen ist.»

Ruth nickte. «Das ist wohl wahr. Und so kann es passieren, dass man das Falsche aus den richtigen Gründen tut. Und umgekehrt.»

Nachdem Heidi ausgestiegen war und ich Benz in seiner Garage untergebracht hatte, gingen wir ins Haus. Es war Zeit für Ruths Mittagspause, und auch ich freute mich auf einen Imbiss und ein ruhiges Plätzchen, an dem ich meinen Gedanken nachhängen konnte.

Wenig später saß ich mit meinem Sandwich und etwas Obst im Garten unter einem Sonnenschirm und schaute nachdenklich zu Ruths Balkon hinauf. Die Dinge in ihrem Leben waren einfach zu ordnen. Wir waren schnell durchgekommen, was ihrer Klarheit und Entscheidungsfreude geschuldet war sowie der Tatsache, dass sich gar nicht so viel Hab und Gut über die Jahre angehäuft hatte. Ruth war keine Sammlerin, und sie hatte schon nach dem Tod ihres Mannes Veränderungen vorgenommen. Wenn der Wohnessbereich erledigt war, konnte die SchöneDingeParty schon bald steigen.

Und danach? Wie würde es weitergehen?

Mit Ilse, die im Heim lebte, und der Ruth bis heute die Affäre nicht verziehen hatte? Mit ihrer kleinen Schwester Rosemarie, der Ruth etwas gestohlen hatte, an dem sie sehr hing, und die sie zudem belogen hatte? Und mit Marion, die gute Gründe gehabt hatte, den Kontakt zu ihrer Mutter abzubrechen? Vor meinem geistigen Auge sah ich den kostbaren, funkelnden Schmuck, der für sie bestimmt war. Ob jedoch die Versöhnung, die ihre Mutter sich so sehr wünschte, stattfinden würde, stand in den Sternen. So, wie es aussah, würde Ruth das Geheimnis um den silbernen Löffel wohl mit ins Grab nehmen. Ilse würde für immer Persona non grata sein. Traurig, aber wahr, dass sich Beziehungen nicht so einfach in Ordnung bringen ließen wie eine Wohnung.

Als ein Eichhörnchen keckernd über den Rasen flitzte, schreckte ich aus meinen trüben Gedanken hoch. Ein Blick auf die Armbanduhr verriet, dass es Zeit war, wieder nach oben zu gehen. Auf der Treppe begegnete mir Jonas, der auf die Haustür zusteuerte. «Tilda, hallo. Und? Habt ihr schon große Dinge vollbracht? Mutter war ja sehr unternehmungslustig heute Morgen.»

«Wir waren sehr fleißig und sind noch nicht durch für heute. Und wir haben … sehr viel geredet.» Ich sah das Interesse und die Anteilnahme in seinen Augen und fasste mir ein Herz. «Auch über deine Schwester …»

Sein Gesicht verschloss sich. «Mutter möchte ihr Schmuck schenken. Ich weiß.» Das hatte traurig geklungen – und resigniert.

«Sehr ihr euch öfter, du und Marion?»

«Öfter ist zu viel gesagt. Wir stehen uns nicht mehr so nahe wie früher. Leider. Sie wirft mir vor, dass ich auf Mutters Seite bin, was nicht stimmt. Aber ich stehe zwischen den Fronten und wünsche mir … Frieden in der Familie. Das wäre auch im Sinne unseres Vaters. Wir haben ihn alle sehr geliebt und vermissen ihn.»

Ein Händedruck, dann eilte er die letzten Stufen hinunter und war zur Tür hinaus. Mir ging durch den Kopf, dass er um seine Position als verhinderter Friedensengel der Familie nicht zu beneiden war.

Ruth hatte Kaffee für uns gekocht und bot mir von den Pralinen an. Wie schon am Morgen saßen wir am Esstisch. Während ich den Schmuck, der für Marion bestimmt war, erst in Schachteln und dann in Geschenkpapier verpackte, saß meine Chefin schweigend da und starrte Löcher in ihren Kaffeebecher. Als die Gaben fertig eingewickelt auf dem Tisch lagen, stieß sie einen Seufzer aus und sagte: «Ich war vorhin beinahe so weit, dass ich Marion den Schmuck zusammen mit einem Brief per Wertgutkurier zustellen lassen wollte. Also habe ich darüber nachgedacht, was ich ihr sagen möchte. Aber mir fiel nichts ein. Jedenfalls nichts, was ich ihr nicht schon vorher geschrieben hätte. Ich denke, es macht keinen Sinn, mich zu wiederholen. Also habe ich die Idee ad acta gelegt und unternehme erst mal gar nichts. Der Schmuck bleibt hier. Das Köfferchen gebe ich Jonas wieder mit, wenn er später kommt, um Heidi abzuholen.»

Ich trank einen Schluck Kaffee. Er war stark und weckte meine Lebensgeister aus dem Mittagstief. Vielleicht war es einer von der listigen Sorte, der gern Nägel mit Köpfen machte, der mich sagen ließ: «Ich erinnere mich, dass du davon gesprochen hast, dass du Besuche planst. Mit dem Auto. Mit mir als Fahrerin. Ich glaube, es war auch von Hildesheim die Rede.»

Ruth warf mir einen schrägen Blick zu. «Hm. Mittlerweile finde ich, dass das keine gute Idee war. Ich kann nicht einfach bei Marion klingeln. Was, wenn sie mich vor der verschlossenen Tür stehenlässt wie eine Bettlerin? Das könnte ich nicht ertragen.»

«Du hast also kalte Füße bekommen?»

Ruth schob kriegerisch das Kinn vor. «Wie kommst du denn darauf?»

«Nur so eine Vermutung …» Ich trank noch einen Schluck Kaffee und steckte eine Praline in den Mund.

«Unsinn. Ich möchte einfach nichts überstürzen», gab meine Arbeitgeberin hoheitsvoll zurück. «Was mir fehlt, ist ein todsicherer Plan.»

«Den gibt es nicht. Du musst immer damit rechnen, dass deine Mission, dich mit deiner Tochter zu versöhnen und ihr den Schmuck zu schenken, scheitert, egal, wie du es anstellst. Du kannst ihr ein Friedensangebot machen. Ob sie sich darauf einlässt, ist ihre Entscheidung.»

Es dauerte ein Weilchen, bis Ruth ziemlich unwirsch fragte: «Hast du denn wenigstens eine Idee, wie ich am erfolgversprechendsten vorgehen könnte?»

Die hatte ich tatsächlich, und ich war sehr stolz auf meinen spontanen Einfall. Während Ruth mir zuhörte, wurden ihre Augen immer größer, allerdings nicht vor Begeisterung.

«Oh Gott», stöhnte sie schließlich. «Wie peinlich! Ohne mich. Das bringe ich niemals fertig!»

Da war ich anderer Meinung, war aber klug genug, sie für mich zu behalten, um Ruths Widerstand nicht noch zu verstärken. «Schade. Manchmal muss man ungewöhnliche Wege gehen, wenn man Erfolg haben will, das ist jedenfalls meine Meinung ... Aber natürlich liegt die Entscheidung einzig und allein bei dir. Wie ist es – wollen wir dann gleich anfangen, hier im Wohnzimmer klar Schiff zu machen?»

Ruth, deren Miene vermuten ließ, dass sie gerade in eine Zitrone gebissen hatte, winkte ab. «Auf gar keinen Fall. Für heute habe ich genug vom Döstädning. Was ich jetzt brauche, ist eine kleine Gassirunde mit Heidi, damit ich auf andere Gedanken komme. Wir sehen uns morgen früh um neun. Genieß deinen Feierabend.»

«Das werde ich. Aber vorher bringe ich noch das Päckchen für deinen Schwiegersohn zur Post.»

Ich traute meinen Ohren kaum, als Ruth sagte: «Gerade geht mir durch den Kopf, dass es am einfachsten ist, wenn ich es Phillip und Rafael für ihren Vater mitgebe, wenn sie mich besuchen. So kann ich auch die Versandkosten einsparen.»

«Das stimmt natürlich ...»

Ich musste wohl erstaunt ausgesehen haben, denn Ruth fügte beinahe trotzig hinzu: «Ich habe gemerkt, dass ich es gar nicht so eilig habe, wie ich dachte.»

«Im Safe ist ja auch alles gut aufgehoben», sagte ich diplomatisch.

«Ja. Sogar ein gestohlener Löffel», gab Ruth düster zurück. «Komm, ich bringe dich zur Tür.»

Irgendetwas beschäftigte Ruth, sie kaute darauf herum wie ein Hund auf einem Knochen, das war unverkennbar. Ein kurzer Abschied, dann schloss sich die Wohnungstür hinter mir. Ich war gespannt, wie sich die Dinge über Nacht entwickeln würden. Eins war klar: Ruth war immer für eine Überraschung gut.

Kapitel 20

In der Bahn schrieb ich an Dani und Anke:

Tilda: *Hallo, ihr 2, Ruth ist begeistert von der Idee mit der SchöneDingeParty!*

Beide antworteten am Abend, als ich nach einem enttäuschten Blick in den Kühlschrank gerade beschlossen hatte, mir etwas Leckeres beim Asia-Imbiss zu besorgen.

Dani: *Super. Gibt es schon einen Termin?*
Tilda: *Noch nicht.*
Anke: *Ein Samstagnachmittag wäre gut.*
Tilda: *Ok. Schlage ich vor.*
Dani: *Ich hab doch tatsächlich meinen Kleiderschrank ausgemistet. Dieses Döstädning scheint ansteckend zu sein. Und ihr? Hat es euch auch gepackt?*
Anke: *Keine Zeit.*
Tilda: *Keine Lust.*
Dani: *Tilda, ich hab gesehen, dass dein Geburtstag auch auf einen Samstag fällt. Schon Pläne für eine Feier?*
Tilda: *Alles wie immer. Ich backe lecker Kuchen, und ihr 2 kommt zum Kaffee. Sekt gibt es auch.*
Dani: *Wie wär's stattdessen mit einem Hubschrauberrundflug?*

Anke: *Oder einem Ausflug mit dem Wasserflugzeug? Die Maschine startet auf der Spree am Treptower Park. Anschließend könnten wir festlich unter alten Bäumen picknicken.*

Dani: *Das sind ein paar Geschenkideen, die wir für dich zusammengetragen haben, damit du es ganz besonders schön hast an diesem Tag. Eine Kanu-Tour in Neu-Venedig steht auch auf unserer Liste.*

Tilda: *Neu-Venedig???*

Dani: *Das ist eine wildromantische Kanallandschaft im Bezirk Köpenick.*

Anke: *Eine Ballonfahrt oder Bungee-Jumping in die neue Dekade deines Lebens wären auch spannend … Wenn unsere Vorschläge dir nicht so zusagen – wir schauen uns gerne weiter um. Das macht richtig Spaß.*

Dani: *Auf alle Fälle.*

Tilda: *Ihr Süßen, ich bin sehr gerührt über eure kreativen Ideen und die Arbeit, die ihr euch macht. Seid ihr mir böse, wenn ich sage, dass ich nicht in der Stimmung für besondere Unternehmungen an meinem Geburtstag bin?*

Anke: *Aber nein. Du allein entscheidest.*

Dani: *Schade finde ich es schon. An meinem 60. drehe ich volle Kanne auf, das verspreche ich euch! Ihr seid natürlich dabei. Diesen Tag werdet ihr nie vergessen!*

Tilda: *Ich freu mich drauf!*

Mit einem warmen Gefühl in der Herzgegend schlüpfte ich in meine Sandalen, schnappte mir meine Handtasche und machte mich auf den Weg zum Imbiss. Meinem Geburtstag konnte ich immer noch nichts abgewinnen. Aber ich freute mich auf einen Nachmittag mit meinen Freundinnen, denen es wichtig war, mir Freude zu schenken zu einem Anlass, den ich am liebsten aus dem Kalender meines Lebens gestrichen hätte.

Am nächsten Morgen öffnete mir Valentina die Tür zu Ruths Wohnung. Das Wetter war kühl und regnerisch, ein Vorgeschmack auf den Herbst. Valentinas Gruß fiel auch heute nicht freundlicher aus, was ich durch ein extra strahlendes Lächeln ausglich. Immerhin trank sie im Wohnzimmer eine Tasse Kaffee mit uns und wählte mit Bedacht eine Praline aus der Schachtel, die Ruth ihr hinhielt.

«Tilda und ich sind heute hier drin beschäftigt. Was hast du vor, Valentina?»

«Ich kümmere mich um die Wäsche und wische durch, wo Platz ist. Also nicht im Gästezimmer. Was passiert denn nun mit dem ganzen Zeug?»

«Wir veranstalten eine SchöneDingeParty und verkaufen es. Danach sehen wir weiter. Hilfst du uns? Bitte?»

Ein breites Lächeln zeigte sich auf Valentinas Gesicht. «Eine Party, soso. Hatten wir lange nicht. Leider. Wann denn?»

Diese Frage war der Auftakt zu einer angeregten Diskussion, in der Valentina aufblühte wie eine Rose in der Sonne. Gemeinsam legten wir den Termin fest (Samstag in einer Woche) und entwarfen den Text für die Einladungen. Valentina würde einen Flyer an ihrem Rechner erstellen und ausdrucken. Dessen Verteilung wurde besprochen und organisiert. Dass meine Freundinnen die Werbetrommel in ihrem Kreis von Freunden und Bekannten rühren würden, gefiel Ruth, die sich auf neue Gesichter freute. Ich würde Sheryl und Simon und ein paar andere nette Nachbarn einladen. Valentina würde ebenfalls Leute mitbringen; Jonas, der noch nichts von dem Event ahnte, ganz bestimmt auch. Die Atmosphäre im Raum war voller Vorfreude. Valentinas Augen glänzten, ihre Wangen hatten sich gerötet. Wo war die bärbeißige Frau geblieben, die mich vorhin widerwillig begrüßt hatte? Im Eifer des Gefechts untergegangen, dachte ich mit einer warmen Welle der Zuneigung.

Valentina würde ihren berühmten Apfelkuchen backen und Muffins. Ich würde meinen berühmten Pflaumenkuchen vom Blech zaubern und als herzhaftes Schmankerl mit Schinken und Käse gefüllte Blätterteigschnecken. Die Bierzeltgarnitur aus dem Keller würde als Kaffeetafel dienen.

Wir würden Tee, Kaffee, Apfelsaft und Mineralwasser anbieten und eine Kasse mit dem Hinweis: *Unterstützung für das Tierheim Berlin* aufstellen. Valentina war für das Buffet zuständig, Ruth und ich für den Verkauf der Schönen Dinge. Wir fachsimpelten über Preisschilder versus freiwillige Spenden. Musik im Hintergrund? Warum nicht, es war ja eine Party. Ruth würde eine Playlist für ihren Bluetooth-Lautsprecher erstellen.

«Ich freu mich so», sagte meine Chefin und rieb sich die Hände. «Wir werden Spaß haben. Was meint ihr?»

Valentina und ich grinsten uns freundschaftlich an und nickten eifrig.

Wenig später wirbelten Ruth und ich durch den Wohnessbereich. Der Ordnung fielen fast alle Bücher zum Opfer, aber nur wenige wurden weggeworfen.

«Viele Leute bringen es ja nicht übers Herz, sich von ihren Büchern zu trennen», sagte ich, während ich Bananenkisten packte, die Valentina für uns aus dem Keller geholt hatte.

«Ich weiß.» Ruth strich ein bisschen wehmütig über den Einband eines alten Lexikons, dessen Informationen längst überholt waren. «Mir ging es früher genauso. Bücher im Regal sind wie Freunde, die darauf warten, dass man immer wieder offen ist für das, was sie zu sagen haben. Ich finde, meine Bücher haben ein neues Publikum verdient. Das ist spannender für sie, als bei mir weiter vor sich hin zu stauben.»

Ruth behielt exakt fünf Romane, alle von ihrer Lieblingsautorin Rosamunde Pilcher. «Ich habe sie so oft gelesen, dass ich nicht mehr reinschauen werde. Aber ich kann sie einfach nicht weggeben. Schon komisch, woran man sein Herz hängt.»

Ich musste lächeln. «Das stimmt. Ich habe auch ein Buch, das mich seit Ewigkeiten begleitet. Es ist schon ziemlich abgegriffen, aber ich würde es niemals aussortieren.»

«Welches?», fragte Ruth neugierig.

«*Vom Winde verweht* von Margaret Mitchell.»

«Ich hab den Roman nie gelesen, aber den Film fand ich großartig. Und Clark Gable war schon ein toller Mann. Wobei er mir ohne Schnurrbart besser gefallen hätte.» Ruth wandte sich den Regalen zu und beäugte sie kritisch. «So nackt und kahl kann das nicht bleiben. Ich frage mal Valentina, ob sie eine Idee hat.»

Die hatte sie tatsächlich. «Ein Regalteil bleibt, die anderen montiere ich ab und stell sie in den Keller. Und dann wird das Zimmer gemalert, das wäre letztes Jahr schon nötig gewesen.»

Ruth klatschte vor Begeisterung in die Hände wie ein Kind. «Au ja. Ich möchte so gerne eine farbige Wand. Nur eine einzige. Was hältst du von Dunkelgrün?»

«Sehr schick», urteilte Valentina. «Den Rest in einem ganz hellen Cremeton? Ich könnte gleich zum Baumarkt fahren und alles besorgen, was wir brauchen. Nächste Woche lege ich dann los.»

Während Ruth und Valentina diskutierten, ob ein Cremeton dekorativer war als ein strahlendes Weiß, trug ich die Bananenkisten hinüber ins Arbeitszimmer. Nachdem die letzte verräumt war und ich mir die Hände gewaschen hatte, begegnete ich Valentina im Flur, bewaffnet mit ihrer Handtasche und einen Schlüsselbund schwenkend, die sich gut gelaunt in den Baumarkt verabschiedete.

Ruth saß am Esstisch, als ich hereinkam, vor sich zwei große schwarze Schuhkartons, die wohl für Herrenschuhe bestimmt gewesen waren. Als ich am Sekretär vorbeiging, sah ich, dass die unteren Türen offen standen und den Blick auf Alben, vermutlich Fotoalben, und ein paar Aktenordner freigaben.

«Setz dich doch», sagte sie mit einem Lächeln, das ich nicht recht deuten konnte. Ein bisschen traurig, vielleicht auch wehmütig, mit einer Prise ruhiger Entschlossenheit. Nachdem ich mich auf dem Stuhl neben ihr niedergelassen hatte, nahm sie die Deckel der Kartons ab.

«Schau, Tilda ...»

Ich erhob mich halb von meinem Stuhl und warf einen Blick hinein. Soweit ich es von oben erkennen konnte, enthielten beide Kartons Briefe, Postkarten, Notizbüchlein und Fotos.

«Gestern Abend war ich noch sehr fleißig. Genau genommen habe ich mir die halbe Nacht um die Ohren geschlagen. Ich habe den Sekretär aufgeräumt und dabei meine Geheimnisse gesichtet und eingesammelt. Alles, was meine Kinder nicht finden sollen nach meinem Tod, weil es außer mir niemanden etwas angeht. Manchmal musste ich weinen. Manchmal lachen. Manchmal beides über einem einzigen Brief. Oder einer Einladung zu einem Faschingsball, an dem ich mit einem unbekannten Mann getanzt habe, in dessen Armen ich Herzklopfen bekam und mir wünschte, ich wäre wieder zwanzig und mein ganzes Leben läge noch wie eine unberührte Landschaft vor mir ...»

Ruth unterbrach sich, um lächelnd ein paar Tränen, die wohl der Rührung geschuldet waren, mit dem Finger wegzuwischen. «Ich habe Eintrittskarten für Museen und Veranstaltungen gefunden. Bei manchen wusste ich nicht mehr, wieso ich sie aufgehoben hatte. Wenn ich andere angeschaut habe, lief sofort ein Film ab. Ich war unterwegs in meinem langen Leben, zusammen mit den Schatten von Menschen, die einmal wichtig für mich waren. Daran haben mich Fotos und Postkarten erinnert; Notizbücher und Schulhefte, vollgeschrieben mit Tagebucheinträgen. Ich brauche das alles nicht mehr. Und meine Erben schon gar nicht. Der Liebesbrief eines Verehrers, der mir mal vor vierzig Jahren den Hof gemacht hat, geht außer mir niemanden etwas an.»

Mein Gehirn, das über Ruths nächtliche Aktion staunte und gleichzeitig einen bestimmten Schrank in meinem Wohnarbeitszimmer vor sich sah, der mit allerlei Papierkram gefüllt war, war an einer Zahl hängengeblieben. «Vor vierzig Jahren? Da warst du doch verheiratet?»

Ein Schmunzeln huschte über Ruths Gesicht. «Natürlich.»

Mehr sagte sie nicht, wirkte aber sichtlich amüsiert. Kein Wunder, denn die Frage, ob sie den Verehrer erhört hatte, musste mir auf die Stirn geschrieben sein. Zur Ablenkung erkundigte ich mich betont sachlich, ob sie denn schon wisse, auf welche Art und Weise sie sich von ihren Geheimnissen trennen wolle. Ruth fing an zu kichern und klappte ihre Hand über den Mund. Als sie sich wieder beruhigt hatte, sagte sie: «Oh Tilda, du solltest mal dein Gesicht sehen. Wieder mal ein einziges Fragezeichen, gepaart mit Taktgefühl. Nein, ich hatte keine Affäre mit Ludwig. Obwohl ich eine Zeitlang sehr in Versuchung war. Er war ein feiner Mann, charmant, gut aussehend, ein Geschäftsfreund von Heinrich. Aber mir war Treue sehr wichtig. Jedenfalls damals.»

Sie zögerte, dann fügte sie hinzu: «In all den Jahren bin ich nur ein einziges Mal fremdgegangen. Das war, nachdem ich Heinrich wegen Ilse zur Rede gestellt hatte. Wir wohnten damals noch in dem Haus in Wannsee, in dem auch unsere Kinder aufgewachsen sind. Der Mann, mit dem ich Heinrich betrogen habe, war ein Nachbar, der, genau wie wir auch, einen Hund hatte. Wir beide gingen oft zusammen spazieren. Er war verwitwet und einsam, und ich brauchte Trost. Und ja, ich wollte mich rächen – auch wenn Heinrich nichts von meinem Seitensprung ahnte. Ich gebe zu, dass es Balsam für mein Ego war, dass ich es ihm mit gleicher Münze heimzahlte. Aber als der Nachbar nach ein paar Wochen darauf drängte, dass ich mich von Heinrich trennen sollte, habe ich die Affäre beendet. Das wurde mir alles viel zu intensiv.» Ruth sah mich forschend an, vielleicht um herauszufinden, ob ich schockiert war über dieses Geständnis. Als ich nicht mit der Wimper zuckte, weil ich im neuen Job schon so einiges gehört hatte, sagte sie ein wenig theatralisch: «Jetzt kennst du als einziger Mensch auf Erden mein dunkles Geheimnis.»

«Friede seiner Asche. Ich habe es bereits wieder vergessen. Versprochen.»

Das war der Moment, in dem sich Ruth mit der Hand gegen die Stirn schlug und rief: «Asche! Das ist es! Asche zu Asche. Wir verbrennen das ganze Zeug!»

Wie so oft kam ich nicht ganz mit. «Welches?»

«Alles, was in den Schuhkartons ist, natürlich!»

Ruths plötzlich aufgeflammte Begeisterung riss mich nicht vom Hocker. «Ist das nicht ein bisschen gefährlich? Und dann der Brandgeruch in der Wohnung …»

«Doch nicht hier drin! Denk an die Rauchmelder. Wir gehen natürlich in den Garten. Im Keller muss noch irgendwo eine Feuerschale stehen, die nehmen wir. Das wird ein Freudenfest! Natürlich mit Champagner, damit wir anstoßen können!»

Ein Schauer lief mir den Rücken hinunter. Ruths Augen glühten vor Begeisterung, sie war davon überzeugt, genau das Richtige zu tun, indem sie die Spuren ihrer Geheimnisse schon zu Lebzeiten zu Grabe trug. Beziehungsweise in Flammen aufgehen ließ. Aber was, wenn sie sich irrte? Wenn sie ihres Lebens nicht mehr froh wurde ohne ihre Erinnerungsstücke?

Wie so oft las sie auch jetzt mühelos meine Gedanken. «Tilda. Guck nicht so besorgt. Ich weiß, was ich tue. Mach lieber mit! Stell dir vor, du bist tot, und deine Erben stecken ihre Nasen in Sachen, die sie gar nichts angehen. Ich wette, in deiner Wohnung gibt es auch Futter für die Feuerschale. Stimmt's?»

«Hm. Schon möglich. Ich müsste nachschauen …»

Und mir vor allem endlich darüber Gedanken machen, was nach meinem Tod mit mir und meiner Habe passieren sollte. In meinem Fall war das besonders wichtig, weil ich alleinstehend war und keine Angehörigen mehr hatte.

Warum war mir das nie gelungen, obwohl ich es mir mehr als einmal vorgenommen hatte? An diesem Tisch, mit den in Schuhkartons ruhenden Geheimnissen meiner Arbeitgeberin vor Augen, ging mir plötzlich ein Licht auf. Ein Teil von mir leugnete völlig realitätsfern, dass es mir so ergehen würde wie dem Rest der Menschheit. Wie ein kleines Kind kniff er die Augen zu und war davon überzeugt, dass er dadurch unsichtbar für den Tod und damit unsterblich war, während der Rest meiner Persönlichkeit, der es besser wusste, sich zurücklehnte und untätig zuschaute.

Ruths Seufzer war wie ein Echo auf die Traurigkeit, die unvermittelt in mir aufgestiegen war. «Warum ist Loslassen nur so schwer? Warum kleben wir wie Pattex an Dingen, Menschen, Gewohnheiten, Gedanken? Warum ist mein Döstädning nicht konsequent? Warum muss ich heute zum Beispiel unbedingt fünf Bücher behalten, die ich nie mehr lesen werde, und ein Foto von Ilse? Und eins von Rosi und mir? Hast du eine Antwort parat?»

Hätte mich jemand in diesem Augenblick gefragt, wie ich Ruths Methode des Döstädning beschreiben würde, hätte ich wohl geantwortet: Drei Schritte vor, einer zurück, dazwischen einen Bogen gelaufen und immer mal eine Kehrtwendung absolviert. Hier war Flexibilität gefragt. Und die Bereitschaft, sich auf Ruths Kurs einzulassen. Dass dieser Kurs Auswirkungen auf mein eigenes Leben hatte, war jetzt schon abzusehen. Das Ziel war mir nicht klar, aber dass ich innerlich unterwegs war, spürte ich deutlich.

Es war, als hätte der Kontakt mit Ruth eine Tür in mir geöffnet, die ins Unbekannte führte.

«Nicht wirklich», sagte ich zu Ruth, die mich erwartungsvoll anschaute. «Aber es gibt ein Zitat, das ich sehr mag, vielleicht hilft dir das weiter.»

«Besser als nichts … lass hören.»

«Das Herz hat seine Gründe, die der Verstand nicht kennt.»

Ruth gab einen Laut von sich, der irgendwo zwischen Schnauben und Lachen lag, und nickte beifällig. «Wer hat das gesagt?»

«Ein französischer Philosoph des siebzehnten Jahrhunderts namens Blaise Pascal. Ich habe einmal einen sehr interessanten Zeitungsartikel über ihn gelesen.»

«Der Mann hatte recht. Das Herz lässt sich vom Hirn nicht in die Karten gucken.»

Unvermittelt ging Ruth hinüber zum Sekretär und zog ein Schublädchen auf, um anschließend zwei Schwarz-Weiß-Fotos vor mir auf den Tisch zu legen. Auf dem einen war eine hübsche junge Frau zu sehen, die im Stil der fünfziger Jahre zurechtgemacht war. Sie trug eine helle Bluse, einen breiten Gürtel um die schmale Taille und einen gepunkteten Tellerrock mit Petticoat, dazu Ballerinas. Die langen Haare waren zu einer lockigen Hochsteckfrisur aufgetürmt, die mich an die junge Brigitte Bardot erinnerte. Auch die Pose – sinnlicher Blick und ein verführerisches Lächeln – war so, wie man sie von der Schauspielerin kannte.

«Ist das Ilse? Sie sieht aus wie die BB», sagte ich. «Jedenfalls auf diesem Foto.»

Ruth nickte. «In Wirklichkeit war die Ähnlichkeit nicht ausgeprägt. Aber die blonde Mähne und der üppige Mund, das passte schon. Als wir jung waren, war die BB ihr Idol. Sie kannte jeden Film, wusste alles über ihr wildes Leben als Sexsymbol. Als Ilse älter wurde, wandelte sie mehr auf den Spuren von Coco Chanel. Schlichte, zeitlose Eleganz war ihr wichtig. Sie arbeitete als Verkäuferin in einem feinen Modehaus in Charlottenburg. Ich habe wenige Menschen kennengelernt, die ihre Arbeit so geliebt haben wie Ilse. Sie war quasi mit dem Geschäft verheiratet. Ach Gott. Das ist alles so lange her. Wie sie wohl heute aussehen mag?»

Ich hielt den Atem an, denn etwas lag in der Luft. Eine Spannung, die sich zu lösen schien, während Ruth das Foto in die Hand nahm und ihre ehemalige Freundin eingehend betrachtete.

«Falls … nur falls … ich mir irgendwann einmal dieses Heim anschauen möchte, an das mein verstorbener Mann monatlich Geld überweist … Vielleicht im Hinblick darauf, dass ich irgendwann pflegebedürftig sein könnte und einen Heimplatz benötige … Es kann ja nicht schaden, sich zu informieren und gegebenenfalls unverbindlich auf die Warteliste setzen zu lassen … Würdest du mich begleiten?»

Ich zögerte keine Sekunde. «Selbstverständlich», sagte ich ruhig.

Ruth ließ meine Antwort unkommentiert und legte das Foto zur Seite. Dann reichte sie mir das zweite Bild. «Rosi und ich an meinem elften Geburtstag. Da war sie acht Monate alt.»

Ruth, deren Haare zu zwei langen Zöpfen geflochten waren, trug ein Kleid mit Bubikrägelchen und hielt ein pausbäckiges Baby mit dunklem Haarflaum auf dem Arm, das mit großen, runden Augen ernst in die Kamera schaute. Ruth hingegen lachte über das ganze Gesicht. Den kindlich-unbefangenen Schimmer dieses Lachens hatte sie sich bewahrt, den vielen Jahren, die inzwischen vergangen waren, zum Trotz.

«Ein sehr süßes Foto», sagte ich und legte es neben das andere. «Deinem Lachen bist du über die Jahre treu geblieben. Ich habe dich sofort wiedererkannt.»

Ruth zog erstaunt die Augenbrauen hoch. «Wirklich? Das freut mich. Ich komme mir so alt vor, wenn ich das Mädel mit den Zöpfen anschaue, das ich mal war. Rosi war ein niedliches Baby, oder?»

«Sehr knuffig. Ein richtiger Wonneproppen.»

«Eher ein Buddha. Gelassen und friedlich. Das blieb leider nicht so ...»

Ruth ließ sich auf ihren Stuhl plumpsen und kreuzte die Arme vor der Brust, als wolle sie sich vor etwas schützen. «Tilda?»

«Ja?»

«Ich kann ihn nicht behalten. Ich kann's einfach nicht. Was, wenn ich sterbe, und meine Kinder finden ihn? Den schmerzlich vermissten Löffel ihrer Tante Rosi in meinem Schmuckkoffer?»

Ich räusperte mich. Ruth war immer für eine Überraschung gut, und auch in diesem Fall konnte ich unter Umständen mit einer Kehrtwendung rechnen. Aber sie sollte wissen, dass ich ihr zur Seite stehen würde, egal, wofür sie sich letztendlich entscheiden würde.

«Wenn ich in dieser Sache etwas für dich tun kann, lass es mich bitte wissen.»

«Hast du eine Idee? Ich schätze deinen klaren Kopf wirklich sehr.»

Dieses Kompliment ging runter wie Honig, denn es hatte Menschen in meinem Leben gegeben, die mit meiner eher nüchternen Art wenig anfangen konnten.

«Na ja, ich denke, es gibt mehrere Möglichkeiten. Du könntest den Löffel zum Beispiel anonym per Post zurückschicken.»

«Rosi ist nicht dumm. Sie wüsste sofort, wer der Absender ist.»

«Sie könnte es aber nicht beweisen, und du könntest dich unwissend stellen … KÖNNTEST, wohlgemerkt. Ich sage nicht, dass ich diese Lösung für optimal halte.»

«Und was fändest du optimal?» Ruths Blick war beinahe flehend, so als verspräche sie sich von meiner Antwort die perfekte Lösung des Löffel-Problems.

«Wie wäre es, du verabredest dich mit ihr in einem Café, lädst sie auf ein Stückchen Kuchen ein, und dann sagst du ihr die Wahrheit, überreichst ihr den Löffel und bittest sie aufrichtig um Verzeihung?»

Ruths Gesicht ließ vermuten, dass sie gerade von einer

Zahnschmerzattacke heimgesucht wurde. «Das klingt so einfach …»

«Das ist es auch. Ich behaupte allerdings nicht, dass es leicht ist. Es braucht Mut, um nach all den Jahren die Wahrheit zu sagen. Es hat aber auch Vorteile, dass so viel Zeit vergangen ist. Der Blick auf die Dinge wird mit der Zeit milder. Das ist jedenfalls meine Erfahrung. Und ein gemütlicher, aber öffentlicher Ort wie ein Café schafft zusätzlich eine Atmosphäre, die das Gespräch erleichtert. Man lässt es sich miteinander gutgehen und schafft damit eine Basis für einen vertrauensvollen Austausch.»

Ruth schien wenig beeindruckt von meiner psychologischen Raffinesse.

«Allein bei dem Gedanken an diese Aktion rutscht mir das Herz in die Hose. Vielleicht könnte ich Rosi einfach besuchen und den Löffel irgendwo heimlich deponieren? Zum Beispiel unter dem Sofakissen, wenn sie gerade nicht hinguckt? Oder in einer Schublade, wenn sie im Bad ist oder Kaffee kocht?»

Ruths hoffnungsvoller Blick rührte mich, und so sagte ich vorsichtig: «Es liegt nahe, dass Rosi deinen Besuch mit einem Fund in Verbindung bringen würde, oder?»

«Es sei denn, sie findet das Ding erst Wochen später. Aber darauf kann ich mich nicht verlassen. Leider.»

«Wäre es nicht schön, wenn du ein Unrecht wiedergutmachen könntest?», sagte ich. Wäre ich ein echter Friedensengel, anstatt mich nur gerade wie einer zu fühlen, hätte ich jetzt meine Flügel ausgebreitet, um Ruth in eine

Umarmung zu hüllen. «Dann müsstest du kein schlechtes Gewissen mehr haben. Ihr könntet euch versöhnen und neu anfangen. So berührend – zwei ungleiche Schwestern, die im Alter endlich zueinanderfinden.»

«Du klingst gerade wie meine Lieblingsautorin Rosamunde Pilcher. Friede, Freude, Eierkuchen ...» Ruths Stimme war spöttisch, aber ich bildete mir ein, Sehnsucht in ihren Augen zu lesen. Sehnsucht nach einer heilen Familienwelt?

«Was gibt es daran auszusetzen?»

«Nichts. Gar nichts. Das Problem ist der Weg dorthin. Ich wünschte, ich hätte einen Zauberstab. Dreimal das Ding hin- und hergeschwenkt, Abrakadabra gemurmelt, und schon wäre alles im Lot. Marion und ich – das liebevollste Mutter-Tochter-Gespann aller Zeiten. Rosi und ich – zwei Schwestern, die gemeinsam ihren Lebensabend gestalten und sich blendend verstehen ... Ilse ... zack, für immer aus meiner Erinnerung gelöscht.»

«So ein Zauberstab wäre schon praktisch, keine Frage.»

Ruth schob ihr Kinn vor, was ihrem Gesicht etwas Störrisches verlieh. «Aber?»

«Du hast keinen. Mir fällt gerade ein anderes Zitat ein, eins, das meine Mutter sehr geschätzt hat. Möchtest du es hören?»

«Mhm.»

«*Auch der steinigste Weg beginnt mit einem ersten Schritt.*»

«Von wem ist das?», wollte Ruth wissen.

«Möglicherweise Konfuzius.»

Ruths Kinn schob sich noch weiter vor, während sie nachdachte. Ich hatte mich schon auf ein Nein gefasst gemacht, als sie einen tiefen Seufzer ausstieß und sagte: «Was würde Konfuzius wohl davon halten, wenn ich heute Abend meine Schwester anrufe und sie frage, ob sie Lust auf einen gemeinsamen Cafébesuch hat?»

Ich merkte, wie sich ein Lächeln auf meinem Gesicht ausbreitete. «Ich denke mir, er würde sich freuen.»

«Tilda?»

«Ja?»

«Du hast gesagt, wenn du in dieser Sache etwas für mich tun kannst, soll ich es dich wissenlassen ...»

«Richtig ...» Ich ahnte, worauf sie hinauswollte, und war mir nicht sicher, ob das eine gute Idee war.

«Es würde mir sehr helfen, wenn du mich bei dem Cafébesuch begleitest. Würdest du mitkommen?»

Sie sah mein Zögern und fügte schnell hinzu: «Natürlich würde ich Rosi vorher fragen, ob es ihr recht ist, wenn ich eine Freundin mitbringe.»

Es rührte mich, dass sie mich als Freundin vorstellen wollte. Gleichwohl war ich unsicher, ob es hilfreich war, wenn ich – eine Person, die Rosi völlig fremd war – bei dem Gespräch dabei war.

«Meinst du nicht, es ist besser, gerade bei diesem doch etwas heiklen Thema, wenn ihr allein seid?»

Ruth schaute mich mitleidig an, so als sei ich ein liebenswerter Volltrottel, der nichts verstanden hatte. «Nein», sagte sie lapidar.

«Oh. Hm. Gut. Dann komme ich mit, wenn Rosi einverstanden ist.»

Ruths Gesicht leuchtete auf. «Danke!» Sie legte eine Hand auf die Herzgegend und atmete tief durch. «Puh. Ich bin richtig aufgeregt. Und ich habe Angst. Aber weißt du, was? Da ist tatsächlich auch ein Hoffnungsschimmer auf einen Neuanfang mit meiner kleinen Schwester. Weil ich daran glaube, dass du mir Glück bringst.»

«Das … das wäre schön», stammelte ich, verlegen und gerührt über Ruths warme Worte.

Kapitel 21

Nach diesem Gespräch ging alles sehr schnell. Sämtliche Ölgemälde wanderten in die Schatzkammer. Ruth freute sich wie ein Kind. «Wieso hab ich das nicht schon viel früher gemacht? Heinrichs Ahnen und Ahninnen fand ich noch nie sympathisch. Und diesen Hummer auf der Silberplatte schon gar nicht.»

Als Nächstes waren etliche «Stehrümchen» dran sowie Tischdecken und Damastservietten, die seit Jahren unbenutzt im Schrank lagen. Wir sortierten noch ein paar Kerzenständer, Aschenbecher, Blumenvasen und Übertöpfe und eine Stehlampe aus, dann waren wir durch.

Valentina, die inzwischen von ihrem Baumarktbesuch zurückgekehrt war, versprach, sich um die Müllsäcke zu kümmern, die allerlei Krimskrams enthielten, der weggeworfen werden sollte. Und morgen früh würde sie die Flyer vorbeibringen, damit wir sie übers Wochenende verteilen konnten. Und am Montag würde sie das Esszimmer malern, und das Wohnzimmer gleich mit, denn man sah, wo die Ölgemälde gehangen hatten, und das ging gar nicht. Valentina strotzte vor Tatendrang, was man von mir nicht behaupten konnte. Ich war müde, nachdenklich, ein wenig traurig. Weil es etwas mit mir machte, ein fremdes Leben aufzuräumen und Erinnerungen zu lauschen. Ich wusste genau, wie ich den Abend verbringen würde. Und es war mir klar, dass diese Beschäftigung nicht spurlos an mir vorübergehen würde.

Um mich ein bisschen aufzuheitern, schrieb ich in der Bahn an Dani und Anke und freute mich, dass sie gleich zurücktexteten:

Tilda: *Hey, ihr. Die SchöneDingeParty steigt am nächsten Samstag, von 11–15 h. Die Einladungen sind morgen fertig. Kann ich euch welche zum Verteilen vorbeibringen?*

Dani: *Klar. Schmeiß sie in den Briefkasten, ich kümmere mich drum, wenn ich von meinem Wochenende mit Nils an der Ostsee zurück bin.*

Tilda: *Viel Spaß!*

Dani: *Danke! Wir fahren morgen direkt nach der Arbeit los. Nils holt mich ab.*

Anke: *Das Wetter soll ja super werden! Wir sind am WE auch nicht da, sind zu einem 60. Geburtstag in Köln eingeladen. Ganz großes Fest. Die Flyer also bei uns bitte auch in den Briefkasten stecken.*

Tilda: *Euch auch viel Spaß! Ihr kommt doch hoffentlich zu Ruths Party?*

Dani: *Auf alle Fälle! Bin sehr gespannt auf die alte Dame.*

Anke: *Ich auch! Und bestimmt kann ich noch ein paar Leute dafür begeistern, auch per Mail.*

Tilda: *Wunderbar, vielen Dank! Ruth freut sich schon sehr.*

Der kleine Austausch mit meinen Freundinnen hatte mir gutgetan. Lächelnd steckte ich das Handy in die Handtasche. Jetzt noch schnell einkaufen. Anschließend Nudeln mit Tomatensoße kochen. Dann, mit einem Glas Wein zur Stärkung, würde ich prüfen, ob es Dinge in meinem Leben gab, die ich Ruths Feuerschale anvertrauen wollte.

Schon als ich nach dem Abendessen die Schranktür öffnete, hatte ich das Gefühl, dass Kai mir über die Schulter schaute. Als ich dann die Fotoalben durchblätterte, die wir gemeinsam gestaltet hatten, schien er mich tröstend in den Arm zu nehmen. Da waren wir beide, jung und glücklich auf den Fotos, an unserem Verlobungswochenende in Amsterdam. Wir hatten uns sofort in das Jordaanviertel verliebt und fühlten uns dort ganz zu Hause. Hand in Hand bummelten wir am Wasser entlang, vorbei an gepflegten Grachtenhäusern und Hausbooten, stöberten in Läden nach Trödel und Mitbringseln für unsere Familien und ließen uns zur Stärkung niederländische Spezialitäten schmecken. Kais Favorit waren die Pannekoeken, die er am liebsten schlicht mit Apfelmus aß. Ich erklärte die *vlaamse friet* zu meinem Lieblingsgericht: breite Pommes aus frischen Kartoffeln, wunderbar knusprig, gekrönt von einer speziellen Mayonnaise.

Auf einer Bank in einem *hofje* – einem der zauberhaften historischen Hinterhöfe im Viertel – steckten wir uns gegenseitig unsere Trauringe an. An den linken Ringfinger, nicht den rechten, denn wir waren ja noch nicht verheiratet. Eine dicke schwarz-weiße Katze saß zu unseren Füßen und schaute uns interessiert zu. Sie ließ sich auch nicht stören, als wir uns anschließend zärtlich küssten und ich vor lauter Glück in Tränen ausbrach.

So viele Erinnerungen wurden wach, als ich weiterblätterte. Wir beide in den Ferien, am liebsten an der See und viel mit dem Fahrrad unterwegs. Wir beide mit unseren Familien an Weihnachten; mit unseren Freunden bei gemeinsamen Unternehmungen und fröhlichen Festen.

Dann unsere Hochzeit auf dem Land, in der Nähe von Köln, im Mai. In der Luft hing der Duft von Flieder, Mauersegler und Schwalben flitzten über den blauen Himmel, und alle Menschen, die uns wichtig waren, feierten unser Glück mit uns an diesem Wochenende.

Als ich ganz zum Schluss die Fotos von Kais blumengeschmücktem Urnengrab anschaute, musste ich weinen. Die Tränen ließen die Bilder vor meinen Augen verschwimmen, aber in meinem Herzen sah ich sie gestochen scharf, als wäre alles, was sich vor so vielen Jahren zugetragen hatte, gestern passiert.

Als ich das letzte Album zuklappte, spürte ich, wie sich Frieden in mir ausbreitete. Auch wenn ich meinen Mann viel zu früh verloren hatte, hatte er doch für immer einen Platz in meinem Herzen. Und es war ein besonderes Geschenk, dass ich seine Nähe so oft spüren konnte. Eine große Liebe wie unsere war nicht jedem Menschen vergönnt. Ich hatte sie leben dürfen, und dafür war ich dankbar. In der Feuerschale hatten diese Fotos nichts verloren!

Ich stapelte die Alben aufeinander und fixierte sie mit dem roten Satinband, das ich sonst zum Verpacken von Geschenken benutzte. Unter die Schleife, die ich jederzeit aufziehen konnte, schob ich ein Kärtchen. Darauf stand:

Nach meinem Tod bitte wegwerfen!
Mit den besten Grüßen aus dem Jenseits
Tilda (Mathilde) Richter

Der Anfang war gemacht. Ich war tatsächlich dabei, die Dinge meines Lebens zu ordnen. Ich war stolz auf mich und überrascht, wie gut es sich anfühlte, in Bewegung zu sein.

Ich ging ins Bad, wusch mir die Hände und erfrischte mein Gesicht mit kaltem Wasser. Im Spiegel schaute mir nicht die junge, meist fröhlich aussehende Tilda entgegen, so wie auf den Fotos. Natürlich nicht. *Et bliev nix, wie et wor* – das hätte Kai wohl mit seinem unnachahmlich gelassenen Schulterzucken auf gut Kölsch dazu gesagt. *Nichts bleibt, wie es war.* Das war Segen und Fluch zugleich. Die Frau mit den grauen Haaren und den vom Weinen geröteten Augen, die ich heute war, sah so aus, als würde ihr eine Prise Zuwendung guttun. Es war erstaunlich, wie jung mein Gesicht im Spiegel plötzlich wirkte, als ich mir selbst ein liebevolles Lächeln schenkte.

An diesem Abend machte ich Nägel mit Köpfen. Und trank eine ganze Flasche Wein dazu, was mir die Arbeit sehr erleichterte. Mit jedem Papier, das in den Tiefen des

Müllsacks verschwand, und jedem Glas Wein wurde ich euphorischer. Wer brauchte noch alte Hotelprospekte als Andenken? Einladungen zu Klassentreffen? Ausgaben der *Landlust*, wegen der Rezepte und der schönen Bilder, die seit Jahren im Schrank vor sich hin gilbten? Und alle, wirklich alle Rezepte von unseren Kochabenden? Ich nicht! Die Schachtel mit alten, unsortierten Fotos kippte ich gleich im Sack aus, ohne sie vorher zu sichten. Ich hatte sie so lange nicht angeschaut, ich würde sie sicher nicht vermissen. Besonders wenn ich nicht wusste, was oder wer das Fotomotiv war. Es war wie ein Rausch, der sich mit der Wirkung des Alkohols vermischte. *Die Schlechten ins Kröpfchen … die Guten ins Töpfchen.*

Was hatte Ruth noch gleich gesagt? Wenn man etwas Neues in sein Leben einladen will, dann muss man Platz dafür schaffen. Nun, für Platz hatte ich gesorgt. Um kurz vor Mitternacht war die Weinflasche leer; und ein großer schwarzer Müllsack war voll mit Papierkram, den ich nicht mehr brauchte. Jedenfalls hoffte ich das. Um ehrlich zu sein, wusste ich nicht so genau, was ich da alles entsorgt hatte. Anfangs hatte ich Briefe und Postkarten noch gelesen. Mir Gedanken gemacht, ob Gedichte und kleine Geschichten, die ich immer dann geschrieben hatte, wenn ich entweder sehr glücklich oder sehr unglücklich in meinem Leben gewesen war, doch bis ans Ende meiner Tage aufgehoben werden sollten. Je weiter der Abend fortschritt, desto unbekümmerter war ich vorgegangen. Und jetzt fühlte ich mich leer, und meine Euphorie war einer bleiernen Müdigkeit gewichen. Ich wankte in die Küche, trank ein Glas Mineralwasser und schluckte ein Aspirin in der Hoffnung, den Kater am Morgen fernzuhalten.

Eine Viertelstunde später lag ich im Bett und schlief tief und fest, bis der Wecker mich aufscheuchte.

Kapitel 22

Am nächsten Morgen ging es mir gar nicht mal so schlecht. Ich war müde und hatte ein bisschen Kopfweh, trotz Tablette, aber eine Dusche, schwarzer Kaffee und Orangensaft zum Frühstück brachten mich ganz gut in Schwung. Mit einer Käsestulle in der Hand ging ich in mein Wohnarbeitszimmer und umkreiste den Müllsack, der mitten im Raum stand. Ich hatte ihn mit einem Stück Kordel zugebunden. Im Morgenlicht, nüchtern, war die Versuchung groß, mir noch einmal genau anzusehen, was ich da so fröhlich und unbekümmert-großzügig aussortiert hatte. Auf einmal war sie da, die Angst, loszulassen. Endgültig loszulassen.

«Nein», sagte ich laut in das stille Zimmer hinein. «Du tust es nicht. Auf gar keinen Fall.»

Wie ein Echo kam mir die Erinnerung an einen kölschen Spruch, den mein Schwiegervater sehr geliebt hatte: *Wat fott es, es fott.*

Was weg ist, ist weg.

Wenn es nur immer so einfach wäre, diese Tatsache zu akzeptieren.

An diesem Morgen tranken Ruth, Jonas, Valentina und ich im Wohnzimmer eine Tasse Kaffee zusammen. Obwohl

Valentina ursprünglich geplant hatte, erst am Montag mit dem Malern anzufangen, waren sie und Jonas schon fleißig gewesen: Im Nebenzimmer hatten sie die leeren Regale abgebaut und in den Keller verfrachtet, Möbel gerückt und abgedeckt, den Teppich zusammengerollt und Schutzplanen ausgelegt. Alles war perfekt vorbereitet, inklusive Valentina, die einen weißen Overall und ein schwarzes Basecap trug. Auf dem Couchtisch stapelten sich die Flyer, schlicht und ansprechend gestaltet mit einem Foto von schönem, antikem Trödel, der auf einem Tisch arrangiert war.

Jonas wirkte gut gelaunt und sichtlich angetan von der Aussicht auf eine SchöneDingeParty. Er werde selbstverständlich kommen, versprach er, und den Flyer per Mail an ein paar Freunde und Bekannte verschicken. Ruth lobte Valentinas Design in den höchsten Tönen und wirkte so glücklich, dass ich mich von Herzen mit ihr freute. Jonas und Valentina schien es ähnlich zu gehen, das las ich in ihren Augen.

Jonas verabschiedete sich nach dem letzten Schluck Kaffee mit einem Kuss von seiner Mutter und schenkte Valentina und mir ein Lächeln. «Ich besorge gerne die Getränke für nächsten Samstag», bot er an. «Sagt einfach Bescheid, was ihr braucht. Wenn ich euch sonst noch helfen kann – gerne.»

«Danke, mein Schatz. Wir melden uns», gab seine Mutter zurück.

Jonas war kaum zur Wohnzimmertür hinaus, als Ruth

ausrief: «Oh, der Schmuckkoffer … Jonas soll ihn wieder mit nach oben nehmen. Tilda, sei doch bitte so lieb und kümmere dich drum. Er steht im Schlafzimmer, auf der Kommode.»

Ich flitzte also hinter Jonas her und bat ihn, einen Moment zu warten. Als ich ihm das Köfferchen überreichte, sagte er: «Es scheint meine zweite Natur zu sein, mich um Menschen zu sorgen, die ich liebe. Aber was Mutter angeht, bin ich inzwischen … doch deutlich entspannter. Das muss einfach noch mal gesagt werden.»

«Das freut mich», gab ich mit einem Lächeln zurück. Nicht jedem war es gegeben, überschwängliche Komplimente zu machen, doch ich erkannte ein Lob, wenn ich eins hörte.

Wenig später waren Ruth und ich unterwegs zum Einkaufen und ließen eine fröhlich zu den Klängen von Helene Fischer vor sich hin werkelnde Valentina zurück. Der Morgen war sonnig, mit diesem weichen, schräg einfallenden Altweibersommerlicht, das ich so liebte. Das Auto hatte kaum das Grundstück verlassen, als Ruth sagte: «Übrigens … Ich hab Rosi gestern Abend tatsächlich angerufen.»

Ein Seitenblick verriet mir, dass sie über das ganze Gesicht strahlte.

«Und?»

«Sie hat sich sehr über die Einladung ins Café gefreut. Und sie freut sich darauf, dich kennenzulernen. Sie kommt ja kaum raus und sieht immer dieselben ollen Gesichter und hört dieselben Krankheitsgeschichten, hat sie gesagt. Wir sind jetzt für Montagnachmittag um drei verabredet. Passt das für dich?»

«Ja, prima. Wo findet das Treffen statt?»

«In einem Café mit einem seltsamen Namen in Prenzlauer Berg. Ich hab's aufgeschrieben. Es ist ganz in der Nähe von Rosis Wohnung.»

«Das ist doch wunderbar! Bis jetzt ist alles perfekt gelaufen, und du wirst sehen: Die Sache mit dem Löffel lässt sich problemlos bereinigen, und überhaupt wird alles gut ...»

Ruth räusperte sich. «Hm. Nach diesem Telefonat glaube ich fast, du könntest recht haben. Wir haben ganz nett geplaudert, das muss ich schon sagen.»

Inzwischen waren wir beim Supermarkt angekommen. Auf dem Parkplatz war viel los, aber ich fand noch ein Plätzchen, auf dem ich Benz abstellen konnte. Auf dem Weg zum Eingang hängte sich Ruth bei mir ein. Sie trug ein Kleid in einem Rot, das mich an Herbstlaub erinnerte, und war wie immer perfekt geschminkt und frisiert.

«Ich war gestern Abend auch nicht untätig», erzählte ich.

«Ach ja? Was hast du angestellt?»

«Ich habe geheimen und nicht so geheimen Papierkram geordnet.»

«Und es war jede Menge für die Feuerschale dabei, stimmt's?»

«Schon einiges ...»

«Ha! Ich wusste es.»

Wir waren beinahe bei den Einkaufswagen angelangt, als Ruth stehen blieb. «Weißt du, was mir gerade durch den Kopf geht? Es ist so viel Leben in mein Leben gekommen in der letzten Woche. Dieses Döstädning ist wirklich eine tolle Sache.» Lachend warf sie die Arme in die Luft, als wolle sie den Himmel umarmen.

Die Leute um uns herum – die meisten mit dem gehetzten und miesepetrigen Gesichtsausdruck, der für gestresste Großstädter so typisch ist – beachteten sie nicht. Um Berliner aus ihrer Gleichgültigkeit zu scheuchen, musste deutlich mehr passieren als eine alte Frau, die sich ein bisschen seltsam verhielt. Nur ein kleiner Junge, vielleicht vier oder fünf, der an der Hand seiner Mutter ebenfalls auf die Einkaufswagen zusteuerte, reagierte. «Hallo!», rief er. «Hallo, Oma!» – und winkte.

Ruth winkte zurück, und die junge Frau lächelte uns an.

Kurz vor Mittag waren wir wieder zu Hause und räumten gemeinsam die Einkäufe in den Kühlschrank und die Vorratskammer. Zuvor hatten wir kurz die Nasen ins Wohnzimmer gesteckt, um uns zurückzumelden, und waren mit dem Anblick einer mit einem Farbroller bewaffneten Valentina belohnt worden, die uns mit der freien Hand zuwinkte, während sie mit Helene Fischer im Duett schmetterte:

«Denn dieses Leben ist groß und schön
Ganz laut, ganz leise
Trifft dich die Liebe auf deinem Weg
Ist das die schönste Reise.»

Diese Zeilen mochten schlicht sein, aber sie berührten etwas ganz tief in mir, und die Melodie des Songs drehte sich noch lange in meinem Kopf weiter.

«So, Feierabend für diese Woche», sagte Ruth, als die Lebensmittel verstaut waren. «Ich esse jetzt eine Kleinigkeit, dann lege ich mich ein bisschen hin, und dann ist es Zeit für Heidis Gassirunde. Was hast du noch so vor?»

«Flyer verteilen für die Party, unter anderem.»

Ruth lächelte. «Das ist natürlich das Allerwichtigste. Übrigens – ich habe Rosis Löffel gestern Abend noch mit einem Silberputzmittel poliert. Er sieht aus wie neu. Meinst du, wir sollten noch einen Brief verfassen?»

«Ich denke mal, es kommt darauf an, was du sie wissenlassen möchtest. Manchmal fällt es leichter, etwas niederzuschreiben, als es einem Menschen persönlich zu sagen. Das gilt natürlich auch umgekehrt.»

Ruth nickte. «Ich werde darüber nachdenken. Darf ich dich je nachdem heute noch anrufen und dir etwas diktieren? Das Telefonat würden wir selbstverständlich als Arbeitsstunde verbuchen.»

«Das kannst du gerne machen. Ich bin heute Abend zu Hause.»

Kapitel 23

Am Nachmittag steckte ich Dani und Anke einen DIN-A4-Umschlag mit Flyern in den Briefkasten. Zur Belohnung – und weil das Wetter dazu einlud – gönnte ich mir eine Eiswaffel von meinem Lieblingsitaliener neben der U-Bahn-Station. Eine Kugel Vanille und eine Kugel Zitrone, das war seit vielen Jahren mein Lieblingssommergenuss. Morgen war er schon vorbei, der Sommer. Jedenfalls meteorologisch, denn der Kalender würde den ersten September anzeigen. In vierzehn Tagen war es dann so weit, ich wurde sechzig. Genüsslich mein Eis schleckend, lauschte ich in mich hinein. Und hatte plötzlich die Stimme von Helene Fischer im Ohr, die davon sang, dass das Leben groß und schön und ganz laut und ganz leise war.

Im warmen Sonnenschein, mit dem Geschmack von Vanille und Zitrone auf der Zunge, spann ich den Faden gedanklich weiter: Wenn dies eine Tatsache war, dann war es eine Tatsache an *allen* Tagen, die ich lebte. An jedem einzelnen, an dem mein Herz schlug und ich atmete. Egal, wie alt ich war.

Und was war mit der Liebe, über die Helene ebenfalls gesungen hatte? *Trifft dich die Liebe auf deinem Weg, ist das die schönste Reise …*

Liebe hatte viele Gesichter. Es gab die Liebe zu Menschen, die einem in Freundschaft verbunden waren. Die Liebe zu Tieren, zum Beruf, zu einem Hobby, zur Natur. Die Liebe zu einer besonders leckeren Eiswaffel … Die Liebe zum Leben selbst. So gesehen war ich an allen Tagen, die ich lebte, unterwegs auf der schönsten Reise. Ich musste es mir nur immer wieder bewusstmachen. Im Grunde ganz einfach …

So vertieft war ich in meine Gedanken, dass ich zusammenfuhr, als eine weibliche Stimme rief: «Hi, Tilda! Wie geht es dir?»

Es war Sheryl, die gerade mit Harvey an der Leine aus der U-Bahn-Station ins Freie getreten war und zielstrebig auf mich zusteuerte.

«Gut. Und dir?»

«Ganz okay.» Sheryl drückte mich an ihr Herz, während Harvey schwanzwedelnd mein Hosenbein beschnüffelte. Bestimmt hatte er Heidis Geruch in die Nase bekommen.

Ich nutzte die Gelegenheit, um Werbung für die SchöneDingeParty zu machen und Sheryl ein paar Flyer in die Hand zu drücken.

«Simon und ich kommen bestimmt vorbei», versprach sie. «Er weiß es zwar noch nicht, aber er wird begeistert sein. Er liebt Flohmärkte.»

Wir unterhielten uns noch ein bisschen, dann zogen wir weiter. Sheryl in Richtung Apotheke, während ich in den Tiefen des U-Bahnhofs verschwand.

Am Abend traf eine Mail von Günter ein, in der er mir ausführlich von British Columbia vorschwärmte – Schwerpunkte waren die majestätischen Rocky Mountains und die «quirlige Metropole Vancouver». Kein persönliches Wort kam in der Epistel vor, die sich las wie ein Auszug aus einem Reiseführer.

Wie war er auf die Idee gekommen, dass mich seine Erlebnisse brennend interessieren würden, nachdem er mich so elegant abserviert hatte? Und wieso schrieb er an die «liebe Mathilde», wenn ich ihm x-mal gesagt hatte, dass ich Tilda genannt werden wollte?

Was tun? Ignorieren oder reagieren?

Was war wichtiger – seine Gefühle, denen ich wahrscheinlich einen blauen Fleck verpassen würde? Oder meine, auf denen er oft genug herumgetrampelt war?

Meine!, entschied ich. Auch dieses Schreiben gehörte in die Feuerschale, in diesem Fall war das der Papierkorb meines Rechners. Aber nicht, bevor ich Ordnung in meine Exbeziehung gebracht hatte.

Ich klickte auf Antworten und schrieb:

Hallo Günter,
ich habe entschieden, dass ich keinen weiteren wie auch immer gearteten Kontakt zu dir wünsche. Das Leben ist zu kurz, um sich mit Leuten abzugeben, die sich nicht mal meinen Vornamen merken möchten.
Grüße von Tilda

Klick. Abgeschickt. Noch ein Klick, und Günters Mail war gelöscht. Noch ein paar weitere Klicks, und sein Absender stand auf der Sperrliste.

Ein Teil von mir mahnte, dass ich mich gerade ziemlich rabiat und kindisch verhalten hatte. Aber der innerlich erhobene Zeigefinger beeindruckte mich nicht. Was ich getan hatte, fühlte sich an wie ein Befreiungsschlag. Ein weiterer Schritt im geheimnisvollen Prozess, der sich Döstädning nannte. Keine Zeit mehr mit Menschen zu verschwenden, die mir nicht guttaten, gehörte definitiv dazu. Mein Blick fiel auf den prall gefüllten Müllsack mitten im Raum. Heute Morgen noch hätte ich ihn gerne durchwühlt, um zu überprüfen, ob ich auch ja nichts Wichtiges weggeschmissen hatte. Jetzt konnte ich ihn gelassen anschauen und mir sagen, dass das Leben auch zu kurz war, um sich selbst verrückt zu machen.

Das war der Moment, in dem das Telefon klingelte und ich die Stimme meiner Arbeitgeberin hörte. «Tilda, guten Abend … Ich sitze mit einem Pikkolo und drei Pralinen zur Inspiration auf dem Balkon. Darf ich dir ein paar Sätze für Rosi diktieren, oder störe ich gerade?»

«Du störst gar nicht. Moment, ich angle mir nur schnell einen Stift und Papier.»

Liebe Rosi,
mit vierundachtzig Jahren ist es nicht zu früh, für Ordnung zu sorgen. Mit Tildas Hilfe bin ich dabei, mein Leben zu entrümpeln.

Dich, meine kleine Schwester, möchte ich noch einmal schriftlich um Verzeihung bitten. Schwarz auf weiß halte ich es fest: Ich war diejenige, die damals, während eines Streits in deiner Wohnung, deinen Kinderlöffel verschwinden ließ. Ich habe dich bestohlen und angelogen. Nach vielen Jahren ist der Löffel nun beim Aufräumen wieder in mein Gedächtnis und meine Hände gelangt. Du erhältst ihn heute zurück. Was ich getan habe, tut mir ehrlich leid.
Wir hatten es nie einfach miteinander, schon als Kinder nicht. Ich glaube nicht, dass es Sinn macht, wenn wir versuchen würden, alles aufzudröseln, was uns trennt und so oft wütend aufeinander werden lässt. So, wie ich uns kenne, würden wir uns nur gegenseitig Vorwürfe machen und alte, unschöne Geschichten aufwärmen.
Ich habe viel nachgedacht in der letzten Zeit. Was will ich behalten in meinem Leben? Wovon will ich mich trennen? Was ist wichtig, was ist unwichtig?
Meine Familie ist wichtig. Wir beide sind die Töchter unserer Mutter, wir haben eine gemeinsame Geschichte. Ich möchte so gerne eine Brücke bauen über den Graben, der uns trennt, Rosi. Ehe es zu spät ist. Du bist viel jünger als ich, aber auch kein Frühlingsküken mehr.
Ich habe einen Wunsch auf die Reise zu dir geschickt. Ich wünsche mir, dass ich dich öfter einladen darf. Dass wir Schönes miteinander erleben, du und ich. Und dass wir uns über diese Unternehmungen näherkommen und Freundinnen werden.
Deine Schwester Ruth

«Meinst du, das geht so?», fragte Ruth ängstlich, nachdem ich ihr den Brief mehrmals vorgelesen hatte.

«Wenn ich eine Schwester hätte, die mir so etwas schreibt, wäre ich sehr gerührt.»

«Das ist doch schon mal was. Hoffen wir das Beste …»

Kapitel 24

Als wir am frühen Montagnachmittag mit Benz losfuhren, war meine Arbeitgeberin ungewohnt schweigsam. Heidi hatten wir vorher zu Jonas in die Kanzlei gebracht, denn Rosi mochte Hunde nicht so gerne. Wir würden sie in ihrer Wohnung abholen und gemeinsam ins Café Carotte spazieren. Ich war ganz froh, dass Ruth sich nicht unterhalten wollte, denn ich hatte genug damit zu tun, den Anweisungen des TomToms zu folgen und auf den Straßenverkehr zu achten. Es war kein Katzensprung bis Prenzlauer Berg.

Ruth hatte eine schwarze Handtasche mit zwei Henkeln bei sich, die aussah wie die Modelle, die Queen Elizabeth stets am Arm trug. Als ihr Handy sich meldete, fischte sie es heraus und stellte die Tasche im Fußraum ab.

Ich hörte einen leisen Seufzer, dann Ruths Stimme: «WhatsApp-Nachrichten von Rosi. Sie fragt, ob wir in ein anderes Café gehen können, das besseren Kuchen hat. Wann genau wir eintreffen. Ob wir anschließend noch schnell im Supermarkt einkaufen gehen und ihr beim Tragen helfen können. Ich schicke ihr jetzt eine Sprachnachricht und stelle das Handy auf lautlos. Sonst bin ich die ganze Fahrt über beschäftigt.»

Ruths Sprachnachricht war kurz und bündig: «Hallo,

Rosi. Können wir machen. Wenn wir kommen, sind wir da und melden uns. Ich schalte das Handy jetzt aus. Liebe Grüße, ich freu mich.»

Ruth steckte das Telefon weg und sagte: «Ich hab ganz schön Herzklopfen.»

Ich stellte Benz im Parkhaus Schönhauser Allee Arkaden ab. Von dort war es ein Katzensprung bis zur Stargarder Straße, in der Rosi wohnte. Vor der Gethsemanekirche, einem Backsteinbau im neugotischen Stil mit einer großen, segnenden Christus-Statue vor dem Portal, blieb Ruth stehen und kramte ihr Handy aus der Handtasche. Die Uhr am Kirchturm zeigte Viertel vor drei.

«Hallo, Rosi, wir stehen vor der Kirche und sind gleich bei dir», hörte ich.

Es entspann sich eine kurze Unterhaltung: Rosi wollte nun doch nicht in ihrer Wohnung abgeholt werden, sie würde zur Kirche kommen.

«Umso besser. So muss ich nicht die Treppen bis in den zweiten Stock hochsteigen», sagte Ruth, nachdem das Gespräch beendet war. Sie sah blass aus und wirkte fremd in dieser quirligen Straße, die hauptsächlich von jungen Eltern mit kleinen Kindern bevölkert wurde. So viele Babykarren und mit dem Nachwuchs vollgeladene Lastenfahrräder wie hier hatte ich lange nicht gesehen. Dieser Kiez war so ganz anders als unser ruhiges Viertel. Hoch aufragende Häuser aus der Gründerzeit, dicht an dicht, beherrschten das Bild, das durch viele kleine Läden, Cafés, Restaurants und Eisdielen aufgelockert wurde. Die Natur – in Gestalt der Straßenbäume mit ihren meist ungepflegten, von Hundekot übersäten Baumscheiben – hatte es schwer. Hier trug alles den Stempel einer zugebauten Großstadt. Da wirkte der kleine Garten rund um die Gethsemanekirche wie eine Oase mitten im Gewimmel auf der Straße und den Gehwegen.

«Wie lange wohnt Rosi schon hier?», fragte ich.

«Ach, schon ewig. Kurz nach der Wende haben sie und ihr Mann eine Eigentumswohnung gekauft. Für einen Spottpreis. Da! Da kommt sie!»

Aufgeregt zeigte Ruth mit dem Finger auf eine schlanke Frau mit kurzgeschnittenen, sehr blonden Haaren, die gerade die Straße überquerte. Sie trug eine weiße Hose und ein weißes, mit bunt glitzernden Pailletten besetztes T-Shirt und eine große lila Beuteltasche über der Schulter. Ein ganz anderer Typ als Ruth, dachte ich. Gar nicht royal mit Perlen und Hemdblusenkleid, sondern darauf bedacht, modern und jugendlich zu wirken. Jetzt hatte sie uns erspäht und winkte, als wir ihr entgegengingen.

Die beiden Schwestern umarmten sich, eher vorsichtig als innig, und küssten sich auf die Wange. Als sie sich voneinander gelöst hatten, stellte Ruth mich vor, und Rosi und ich schüttelten uns lächelnd die Hand. Rosis schmales Gesicht war tief gebräunt und von vielen Fältchen durchzogen. Es verriet, dass seine Besitzerin eine Sonnenanbeterin war, und auch, dass sie gewohnheitsmäßig eher die Mundwinkel nach unten zog, als zu lächeln. Die blauen, sorgfältig geschminkten Augen blickten skeptisch drein.

«Schön, dass du Zeit für uns hast, Rosi», sagte Ruth ein wenig atemlos, was ich ihrer Nervosität zuschrieb.

Rosis Lächeln vertiefte sich. «Schön, dass du den Weg hierher gefunden hast. Es ist schon eine ganze Weile her, seit wir uns gesehen haben. Wollen wir los? Es ist nicht weit bis zum Café Bunte Kuh.»

Vage deutete Rosi mit der Hand in die Richtung, aus der sie gekommen war.

«Bunte Kuh? Das ist ja ein origineller Name», sagte ich.

«Es ist auch ein originelles Café», gab Rosi zurück.

Und unschwer zu erkennen an der bunt gefleckten Kuh aus Pappmaché vor dem Eingang. Auch drinnen waren Kühe allgegenwärtig. An den Wänden hingen großformatige, farbenfrohe Darstellungen der Wiederkäuer, und auf der Kuchentheke, in der eine köstlich aussehende Auswahl an Torten aufgebaut war, stand eine Porzellankuh und schaute uns treuherzig an.

«Man sucht hier den Kuchen aus und gibt die Bestellung am Tisch auf», erklärte Rosi. «Ich nehme ein Stück Himbeerjoghurtsahne. Den Dänischen Apfelkuchen kann ich auch sehr empfehlen. Da steckt viel gute Butter drin. Den besonderen Pfiff geben die Haselnüsse.»

«Das klingt, als wärst du Stammgast hier», sagte Ruth schmunzelnd.

«Davon träume ich. Leider fehlt mir das nötige Kleingeld, wie du weißt.»

Das klang durchaus ein wenig zickig. Ruth ignorierte den Kommentar und entschied sich für die Käsebaisertorte. Ich wählte ein Stück Kirschstreuselkuchen.

Rosi führte uns zu einem Tisch im hinteren Teil des Cafés. Dort saß man geschützt vom Trubel, hatte aber alles im Blick. Von den Rindviechern einmal abgesehen, war die Einrichtung schlicht: dunkler Holzboden, einfache dunkle Holzstühle und Tische, weiß getünchte Wände. Rosi öffnete ihre Beuteltasche und entnahm ihr ein Klappkissen, das sie auf dem Stuhl ihrer Wahl platzierte.

«Mein Rücken macht mir wieder sehr zu schaffen», erklärte sie. «Das Älterwerden ist kein Vergnügen.»

Nachdem die Bedienung unsere Bestellung entgegengenommen hatte, fing Rosi an, mir Fragen zu stellen, sodass wir schnell ins Gespräch kamen. Eine Freundin von ihr hatte auch einmal in der Siedlung gewohnt, in der ich lebte, das war ein Anknüpfungspunkt.

«Vielleicht vermiete ich meine Wohnung und ziehe noch mal um, in eine ruhigere Gegend», sagte sie. «Hier gibt es mittlerweile zu viel Kindergeschrei.»

Das war der Moment, in dem die Bedienung den Kuchen und die Getränke brachte und uns guten Appetit wünschte.

«Das sieht alles wirklich ganz wunderbar aus», sagte ich.

«Ja, wirklich», kam es einsilbig von Ruth, die mit ihren Gedanken offensichtlich ganz woanders war.

Rosi zog ihr Handy aus der Hosentasche und fotografierte alle drei Kuchen. Dann griff sie zur Gabel und verspeiste voller Genuss den ersten Bissen.

«Sie sind ja sehr viel jünger als meine Schwester, Tilda», sagte sie, nachdem sie sich die Lippen mit der Papierserviette abgetupft und einen Schluck von ihrem Milchkaffee getrunken hatte. «Höchstens Mitte sechzig. Wie habt ihr euch denn kennengelernt?»

Im ersten Moment wusste ich nicht, was ich antworten sollte. Mein Gehirn blieb daran hängen, dass ich offensichtlich älter aussah, als ich war. Und so, wie die Frage formuliert war, konnte man vermuten, dass Rosi uns für ein Liebespaar hielt. Oder ging gerade meine Phantasie mit mir durch?

«Tilda arbeitet für mich», schaltete sich Ruth ein. «Ich habe sie engagiert, weil sie eine Aufräumspezialistin ist und ich mein Leben in Ordnung bringen möchte.»

«Eine Aufräumspezialistin? So wie diese berühmte Japanerin, die behauptet, es macht einen glücklich, wenn man Sachen wegwirft?»

«Tilda arbeitet nach einer traditionellen schwedischen Methode, die mehr in die Tiefe geht. Ein Leben besteht ja nicht nur aus Besitztümern, die sich angesammelt haben. Es geht auch um Zwischenmenschliches. Um Aussprachen und Versöhnung zum Beispiel, wenn Konflikte im Raum stehen», erklärte Ruth. «Man hat dabei immer die eigene Sterblichkeit im Blick, wenn man reinen Tisch macht.»

Rosi sah skeptisch aus. «Hm. Klingt nach Küchenpsychologie wie so viele Trends heutzutage. Eine Aufräumspezialistin also, soso. Warum hast du dann am Telefon erzählt, dass du gerne eine Freundin mitbringen möchtest?»

«Weil es stimmt. Tilda arbeitet für mich, und sie ist eine Freundin.»

«Ich wünschte, ich hätte auch eine Freundin, die bei mir aufräumt. Und putzt und mir die Einkäufe in den zweiten Stock trägt. Aber heutzutage hilft einem niemand mehr, wenn man ihn nicht bezahlen kann. Apropos Freundschaft – mein Freundeskreis ist leider sehr geschrumpft in den letzten Jahren. Leute ziehen weg, weil sie sich die Miete nicht mehr leisten können. Oder sterben. Oder kränkeln und reden nur noch über ihre Leiden und die Besuche beim Arzt. Sehr unerfreulich. Ich bin leider auch nicht gesund, aber ich rede wenigstens nicht ständig darüber.»

Während sie plauderte, verzehrte Rosi zügig ihre Torte und trank immer mal einen Schluck Kaffee zwischen den Bissen. Als ihr Teller leer war, fiel ihr Blick auf unsere noch unberührten Kuchenstücke. «Aber ihr esst ja gar nichts!» Es klang entsetzt.

Automatisch nahm ich die Gabel in die Hand. «Doch, doch. Keine Sorge», gab ich mit einem Lächeln zurück, das sich gezwungen auf meinen Lippen anfühlte. Ein Blick in Ruths bleiches, angespanntes Gesicht verriet mir, dass sie gleich die Bombe platzenlassen würde. Und tatsächlich hatte ich kaum vom Kirschkuchen probiert, als ich ihre Stimme hörte: «Du, Rosi. Ich habe etwas für dich mitgebracht. Und ich muss dir etwas sagen.»

Rosis Augen verengten sich, wie bei einer misstrauischen Katze. «Na. Das klingt ja ominös …»

Ruth zog die Schachtel und den Brief aus ihrer Tasche und legte beides auf den Tisch. «Ein paar Worte vorweg: Es tut mir sehr leid. Ich bitte dich aufrichtig um Verzeihung. Und ich hoffe sehr, wir beide können auf unsere alten Tage noch Freundinnen werden.»

Dass ich vor lauter Aufregung den Atem angehalten hatte, merkte ich daran, dass ich nach Luft schnappen musste. Das Geräusch, das damit verbunden war, brachte Bewegung in die Szene. Rosi, deren Gesicht inzwischen eine starre Maske war, griff wie in Zeitlupe nach der Schachtel. Ruth schien noch eine Nuance blasser als vorhin, und ich sah, dass sich Schweißperlen auf ihrer Stirn gebildet hatten. Wie hypnotisiert schauten wir beide zu, wie Rosi die Schachtel öffnete und den Löffel herausnahm.

«Was, zum Teufel …», murmelte sie. Ich sah, wie ihre Lippen lautlos das Wort *Rosemarie* formten, das auf dem Stiel eingraviert war. Dann geschah alles gleichzeitig. Ihr Gesicht verzerrte sich vor Wut und lief rot an, und sie zischte: «Du! Du hattest ihn also all die Jahre! Du hast ihn gestohlen! Irgendwie hab ich es immer gewusst, aber ich konnte dir ja nichts beweisen! Du Biest!»

«Es tut mir wirklich leid, Rosi. Ich habe ihn beim Aufräumen gefunden. Ich will es so gerne wiedergutmachen. Ich wünsche mir so sehr einen Neuanfang mit dir. Deshalb hab ich dir auch noch diesen Brief geschrieben.»

Mit zitternder Hand schob Ruth den Umschlag hinüber zu ihrer Schwester. Rosi legte den Löffel beiseite, ergriff mit spitzen Fingern und angeekeltem Gesicht den Brief und zerriss ihn in kleine Fetzen, die sie auf ihren leeren Teller rieseln ließ.

«Frau Gräfin von und zu will also einen Neuanfang? Und die kleine Schwester soll gehorchen, weil du dir in den Kopf gesetzt hast, dein Luxusleben in Ordnung zu bringen? Weißt du, was? Ich *scheiße* auf deine Entschuldigung! Im ganzen Leben verzeihe ich dir nicht, dass du mich bestohlen und belogen hast. Ich verzeihe dir GAR nichts! Du hast immer gelebt wie die Made im Speck. Einen reichen und auch noch gut aussehenden Mann geangelt, sorgenfrei Hof gehalten in deinem schicken Haus in Wannsee und jetzt in der feinen Wohnung in der Villa, die dir gehört. Die Mieteinnahmen sind ein nettes Zubrot, oder? Sohn und Tochter Akademiker, während meine Kinder kein Abitur auf einer teuren Privatschule machen konnten. Aber lass dir gesagt sein, die zwei sind auch mit Mittlerer Reife was geworden! Immer hast du die Nase hoch getragen. Schon als wir Kinder waren, hast du dich für was Besseres gehalten.»

Rosi hatte leise gesprochen, die Worte förmlich herausgespuckt. Als sie jetzt innehielt, um sich mit der Serviette über die feucht glänzenden Lippen zu tupfen, sagte Ruth traurig: «Weißt du eigentlich, wie sehr ich dich beneidet habe, weil du einen Vater hattest, der keinen Hehl daraus machte, dass du sein Augenstern warst? Und Mutters Liebling warst du auch. Ich hab mich nie für was Besseres gehalten. Ganz im Gegenteil.»

Rosis Augen blitzten vor Zorn. «Ach, hör doch auf. Erstens stimmt das so nicht, und zweitens hat deine angeblich unglückliche Kindheit nichts mit deinem miesen Charakter zu tun. Du strotzt vor Kälte und Arroganz und Kontrollsucht, das war immer schon so. Wenn dir je etwas an mir gelegen hätte, hättest du mehr Verständnis für mich gezeigt und mich unterstützt, anstatt wegen jeder Lappalie Streit anzufangen.»

«Ich habe einiges für dich getan. Besonders wenn dein Mann zwischendrin immer mal arbeitslos war», sagte Ruth leise.

«Ja, reib mir das nur unter die Nase! Als ob dir das weh getan hätte. Wenn du gewollt hättest, hättest du uns einen anständigen Lebensstandard aus deiner Portokasse finanzieren können», fauchte Rosi. «Und die ganze Zeit war mein Löffel, den ich verzweifelt gesucht habe, bei dir. Ich will nichts, aber auch gar nichts mehr mit dir zu tun haben. Ich werde nicht mal zu deiner Beerdigung kommen, wenn du tot bist, merk dir das!»

Ruth saß einfach nur da, so regungslos wie ein Standbild, mit versteinerten Gesichtszügen. Rosi stand auf und ließ ihr Sitzkissen und den Löffel in ihrer Tasche verschwinden. Zu mir gewandt, sagte sie erstaunlich ruhig: «Passen Sie gut auf sich auf, Tilda. Diese Frau vergiftet alles, womit sie in Berührung kommt.»

«Ich … wünsche Ihnen alles Gute», stotterte ich, tödlich

verlegen, Zeugin dieses Wutanfalls geworden zu sein. Es war nicht gelogen, dass ich ihr alles Gute wünschte. Sie hatte es nötig, so verbittert und unglücklich, wie sie offenbar war.

«Danke. Ebenfalls. Und dir, Ruth Wellentin, wünsche ich alles Schlechte dieser Welt.»

Mit diesen Worten rauschte Rosi davon. Mein Herz hämmerte in meiner Brust, und ich fühlte mich zittrig, wie durchgeschüttelt. Was für eine Szene. So hatte ich mir das Treffen nun wirklich nicht vorgestellt.

In diesem Moment kam die Bedienung an unseren Tisch (vielleicht hatte sie mitbekommen, dass Rosi gegangen war) und erkundigte sich besorgt, ob alles in Ordnung sei mit dem Kuchen? Ob er uns nicht schmecke? Und ob wir noch einen Wunsch hätten?

Ruth löste sich aus ihrer Erstarrung und sagte im Konversationston: «Der Kuchen ist wunderbar. Ich möchte ihn für später aufheben. Bitte seien Sie doch so lieb und packen Sie mein Stück für mich ein, ja? Und ich hätte gern eine heiße Milch mit Honig. Tilda? Möchtest du noch etwas?»

Verrate mir, wie du es schaffst, dich so im Griff zu haben, dachte ich voller Bewunderung. Niemand käme auf die Idee, dass sich hier am Tisch soeben ein Drama abgespielt hat.

Ihre Gelassenheit, mochte sie vielleicht auch nur gespielt sein, war ansteckend. Ich brachte es fertig, mit nur leicht wackeliger Stimme zu antworten. «Nein danke, ich bin versorgt. Und bitte packen Sie meinen Kuchen auch ein», sagte ich zu der Bedienung. Der Appetit war mir erst mal gründlich vergangen.

«Heiße Milch mit Honig haben wir leider nicht auf der Karte», sagte die junge Frau bedauernd. «Vielleicht einen Chai Latte stattdessen?»

«Nein danke. Dann die Rechnung bitte.»

Nachdem die Kellnerin verschwunden war, sagte ich: «Es tut mir leid. Ich fühle mich schuldig, dass es so aus dem Ruder gelaufen ist. Ich war so überzeugt von meiner Idee und hatte ein gutes Gefühl …»

Ruth tätschelte tröstend meine Hand. «Du hast mich mitgerissen mit deinem Optimismus, und das war schön. Ich war so angetan von der Vorstellung, dass es ein Happy End mit Rosi auf unsere alten Tage gibt. Wie im Märchen …»

Ihr Gesicht war traurig, als sie auf Rosis leeren Teller und die große Milchkaffeetasse starrte. «Es stimmt schon, dass ich arrogant bin, da hat Rosi nicht unrecht. Auch egoistisch – *ich* mache Döstädning, und die Leute sollen so funktionieren, wie ich das gerne hätte. Aber so läuft es nicht. Ich bin nicht allmächtig. Ich habe nicht alles in der Hand.»

Wir schauten uns in die Augen. Ihre sahen müde aus und resigniert.

«Du hast versucht, etwas gutzumachen. Und eine Brücke zu bauen. Ich persönlich finde das mutig und bewundernswert. Ob sich jemand darauf einlässt, ist seine Entscheidung.»

«Leider», sagte Ruth mit einem Anflug ihres alten Kampfgeistes.

Die Bedienung brachte die eingepackten Kuchenstücke und die Rechnung. Ruth bezahlte und gab ein großzügiges Trinkgeld.

Kapitel 25

Auf dem Weg zum Parkhaus hängte sich Ruth bei mir ein. «Ich kann nicht glauben, dass Rosi wirklich nie mehr etwas mit mir zu tun haben will. Und doch ... bei allem, was wir uns über die Jahre so an den Kopf geworfen haben ... DAS hat sie noch nie gesagt. Ich fürchte, sie meint es ernst.»

«Nachdem ich so schieflag, will ich keine Prognose abgeben», sagte ich. «Aber ich halte es für möglich, dass Rosi sich mit der Zeit beruhigt. Vielleicht rufst du in ein paar Wochen einfach mal bei ihr an?»

«Vielleicht. Wenn ich das Gefühl habe, ich brauche mal wieder so eine richtige Abreibung von einem Menschen, der mich hasst.»

Ich schnappte unwillkürlich nach Luft. «Glaubst du wirklich, dass Rosi dich *hasst*?»

«Gegenfrage: Redet man so mit seiner Schwester, wenn einem auch nur das Geringste an ihr liegt?»

«Sie war sehr wütend. Und gekränkt ...», gab ich zu bedenken.

«Dazu hatte sie auch allen Grund. Das nehme ich ihr nicht übel. Aber diese Sprüche über meinen miesen Charakter, meinen Geiz, mein Leben als Made im Speck – das hab ich alles schon so oft gehört, und ehrlich gesagt finde ich es unverschämt von ihr, mich so niederzumachen. Na ja, Hass ist vielleicht zu viel gesagt. Sagen wir es so: Sie mag mich nicht. Punkt.»

«Vielleicht kann man jemanden nicht mögen, ihn aber trotzdem liebhaben?»

Ruth antwortete nicht. Sie hatte meine Frage wohl nicht gehört, denn soeben war ein Auto vorbeigefahren, aus dem laute Rockmusik dröhnte.

Aber als wir unterwegs waren und uns durch den stockenden Verkehr kämpften, sagte sie plötzlich: «Ich habe nachgedacht. Mit dem Liebhaben ist es so eine Sache. Ich würde schon sagen, dass Rosi und ich uns liebhaben. Auf einer Ebene, die unabhängig ist von den Schwierigkeiten, die wir miteinander haben. Aber diese Zuneigung hat nicht ausgereicht für ein gutes, entspanntes, schwesterliches Miteinander. Mein Enkel Rafael würde vielleicht sagen: Wir haben es verkackt. Aber wer weiß, was das Leben noch für uns alle bringt. Jeder Tag ist ein Abenteuer, oder?»

In den letzten beiden Sätzen schimmerte die Ruth durch, die mir am vertrautesten war: optimistisch, nach vorn schauend.

«Auf jeden Fall», sagte ich lächelnd und dachte bei mir, dass ich erst einer vierundachtzigjährigen Frau begegnen musste, um diese Einsicht mit zu unterschreiben.

Als ich nach ein paar Minuten zu Ruth hinüberschaute, sah ich, dass sie eingenickt war.

Sie wachte erst auf, als wir fast zu Hause waren.

«Wo sind wir?», fragte sie, nachdem sie sich gähnend gestreckt hatte, so gut das auf dem Beifahrersitz möglich war.

«Gleich da.»

«Ich war richtig fest eingeschlafen. Und bin immer noch müde. Es war ... doch alles ein bisschen viel heute. Ich freue mich auf mein Sofa und eine heiße Milch mit Honig. Die gab es zu Hause für uns Kinder, wenn wir Kummer hatten ... Dazu werde ich mir die Torte schmecken lassen. Und dann früh ins Bett gehen. Morgen ist ein neuer Tag!»

Ruth klang so entschlossen, dass ich schmunzeln musste. «Und was hast du vor an diesem neuen Tag?»

Die Antwort kam wie aus der Pistole geschossen: «Ein Feuer machen und Champagner trinken. Bist du dabei?»

Vor meinem geistigen Auge erschien der schwarze Müllsack in meinem Wohnarbeitszimmer. Obwohl ich ihn loswerden wollte, tat es mir doch ein bisschen leid, dass Ruth so abrupt sein letztes Stündlein eingeläutet hatte.

Ruth bemerkte mein Zögern und fügte hinzu: «Natürlich holen wir deine Sachen mit Benz ab.»

Plötzlich hatte ich einen Frosch im Hals und musste mich räuspern, bevor ich antworten konnte. «Das ist super, vielen Dank. Ich bin dabei ... Klar bin ich dabei.» Das Fragezeichen in meiner Stimme konnte selbst ich nicht überhören.

Ruth sagte tröstend: «Ich hab auch ein bisschen Muffensausen, so ist es nicht.»

Nachdem ich Benz in der Garage abgestellt hatte, zeigte die Uhr kurz vor sieben an. Abendstimmung und Amselgesang lagen in der Luft, als ich Ruth zum Haus begleitete. In einer Stunde würde es dunkel sein. Auch ich war müde nach der Aufregung und der langen Autofahrt.

«Möchtest du, dass ich noch mit reinkomme und dir ein bisschen Gesellschaft leiste?», fragte ich, als Ruth die Haustür aufschloss.

«Nein danke. Ab mit dir in den wohlverdienten Feierabend.»

«Um wie viel Uhr sehen wir uns morgen?»

Ruth warf einen prüfenden Blick zum Himmel. «Um die gleiche Zeit wie jetzt? Dann können wir alles in Ruhe vorbereiten, und wenn es anfängt, dunkel zu werden, legen wir los.»

«So machen wir das», gab ich zurück. Und dann, als wäre es eine Selbstverständlichkeit, umarmten wir uns zum Abschied.

Ich wartete vor dem Haus, bis in Ruths Wohnung die Lichter angingen. Dann trat ich den Heimweg an.

Kapitel 26

Die Buchenscheite in der Feuerschale brannten lichterloh. Funken sprühten in den Abendhimmel, es knackte und knisterte. Der Duft des Rauchs erinnerte mich an die Lagerfeuer meiner Kindheit auf der Wiese am Fluss. Wie hypnotisiert starrte ich in die Flammen. Neben mir stand der schwarze Müllsack. So viele Jahre meines Lebens steckten in seinem Inneren. Jetzt gleich würde ich alles zu Asche verbrennen, denn ich brauchte es nicht mehr. Das, was wirklich zählte, waren alle Tage, die ich lebte.

Oder?

Was, wenn ich diese Aktion hier für den Rest meines Lebens bitter bereuen würde?

Es war heiß am Feuer, der Schweiß lief mir übers Gesicht. Ich riss mich vom Anblick der Flammen los und schaute hinüber zu Ruth. Was sich in ihren beiden Schuhschachteln befunden hatte, hatten wir bereits verbrannt. Jetzt saß sie vornübergebeugt auf einem Gartenstuhl und machte sich an einem Gegenstand zu schaffen, den sie im Schoß hielt.

Plötzlich erschütterte dröhnende Rockmusik die Ruhe des Gartens. Ich war so erschrocken, dass ich einen Satz zur Seite mache.

«*It's my life!*», schmetterte Jon Bon Jovi so laut, dass sämtliche Nachbarn auch etwas davon hatten. «*It's now or never! I ain't gonna live forever! I just want to live while I'm alive!*»

Es ist mein Leben! Jetzt oder nie! Ich leb nicht für immer! Ich will einfach leben, solange ich am Leben bin!

Gänsehaut pur, die raue Stimme und der kraftvolle Sound. Meine Füße bewegten sich wie von selbst im Rhythmus der Musik, die Hüften und Arme schwangen mit. Ruth saß nun kerzengerade, wie eine Königin auf ihrem Thron, und hielt eine Hand vor den Mund, wie sie es immer tat, wenn sie sich ausschüttete vor Lachen.

Mit einem Mal war alles leicht. Bon Jovi sang, und ich fütterte das Feuer. Konzentriert, mit Hingabe. Der Sack war beinahe leer, als die Musik plötzlich verstummte und eine Männerstimme ungläubig sagte: «Was ist denn hier los?»

Scheinbar aus dem Nichts war Jonas aufgetaucht und stand nun neben Ruths Stuhl.

«Eine kleine Feuerzeremonie, mein Lieber. Wir haben eine Menge Ballast verbrannt.» Ruth strahlte über das ganze Gesicht. «Gleich trinken wir Champagner. Hol dir doch schnell ein Glas, wir freuen uns, wenn du mit uns anstößt. Oder, Tilda?»

«Aber ja», sagte ich und warf die letzten Papiere ins Feuer. Wie schnell sie verbrannt waren. Wie schnell all die vielen Jahre vergangen waren. Wie gut tat es, alles loszulassen. Mich lebendig zu fühlen, den Moment mit allen Sinnen auszukosten. Es war ein einzigartiger Augenblick, in dem Vergangenheit und Zukunft keine Rolle spielten. Nur das Hier und Jetzt zählte. Ich schaute hinüber zu Ruth, die still auf ihrem Stuhl saß und mit undurchdringlicher Miene ins Feuer starrte. Ob sie noch einmal den Geheimnissen ihres Lebens nachspürte, die im Rauch zum Himmel gestiegen waren?

Jonas war verschwunden.

Er tauchte wieder auf, mit einem Sektglas in der Hand, als ich mich neben Ruth an den Tisch gesetzt hatte. Wir hatten ihn mit Blumen aus dem Garten dekoriert und eine Laterne aufgestellt. Der Champagner wartete in einem Kübel mit Eis darauf, geöffnet zu werden. Das übernahm nun Jonas, schnell und geschickt, und schenkte uns allen ein.

Ruth erhob ihr Glas. «Auf uns. Auf diesen Abend. Auf das, was wir soeben erfolgreich losgeworden sind.»

Wir stießen an, schauten uns in die Augen. Dafür, dass Jonas uns beide für ziemlich durchgeknallt halten musste, wirkte er sehr gelassen. Wir nippten an unseren Gläsern. Herrlich, das kalte, frische Prickeln auf meiner Zunge. Ich nahm noch einen großen Schluck und schloss dabei die Augen, um intensiver schmecken zu können.

Als ich sie wieder öffnete, sah ich, wie Ruth ihrem Sohn ihr leeres Glas hinhielt. «Aaaaah», sagte sie mit einem wohligen Seufzen. «Das war gut. Manchmal muss man Champagner einfach auf ex trinken.»

Lächelnd füllte Jonas Ruths Glas.

«Danke», sagte sie. «Schön, dass du da bist, Schatz. Aber was treibt dich eigentlich um diese Uhrzeit hierher? Du hast doch schon Feierabend?»

«Ich bin mit dem Auto vorbeigefahren und habe die Musik gehört und Rauch aufsteigen sehen. Da dachte ich, ich schaue lieber mal nach, was hier los ist.»

«Eine gute Idee. Tilda und ich sind jetzt durch mit der Wohnung. Das hier war der krönende Abschluss.»

«Herzlichen Glückwunsch», gab Jonas anerkennend zurück.

«Danke schön. Wenn nur alles so einfach wäre, wie eine Wohnung auszumisten. Gestern waren wir in einer anderen Mission mit Benz unterwegs. Leider bin ich gescheitert.»

Das Lächeln auf Jonas' Gesicht vertiefte sich. «Ich weiß.»

Ruth und ich, die gerade unsere Gläser zum Mund führten, zuckten zusammen.

«Was weißt du?», wollte Ruth entsetzt wissen.

«Das, was Tante Rosi mir gestern Abend am Telefon erzählt hat», sagte er lässig. «Sie rief an, und wir haben uns eine Weile unterhalten.»

Der Schock stand Ruth ins Gesicht geschrieben. «Warum ... warum hast du mir nichts davon gesagt?»

«Gegenfrage: Warum hätte ich dir denn davon erzählen sollen?»

«Weil ... weil ... du mein Sohn bist. Deshalb.» Das klang trotzig.

«Eben *weil* ich dein kluger Sohn bin, halte ich mich aus Familienstreitigkeiten so weit wie möglich raus. Das ist allgemein bekannt.»

«Eine Meinung hast du doch trotzdem. Was hältst du

von einer Frau, die ihre Schwester bestohlen und belogen hat?»

Jonas nahm Ruths zitternde, kleine Hand behutsam in seine. «Ich habe dich sehr lieb, Mutter. Es gibt nichts, was daran etwas ändern könnte. Außerdem ist die Straftat inzwischen verjährt. Ich habe Tante Rosi gebeten, dies bei ihrer Festlegung des Strafmaßes zu bedenken. Und die Täterin hat Reue gezeigt und den Willen zur Wiedergutmachung.»

«Und was hat Rosi dazu gesagt?», wollte Ruth prompt wissen.

«Darüber kann ich leider keine Auskunft geben.»

Ruth gab ein unzufriedenes Schnauben von sich. «Und warum nicht?»

«Ich halte mich an die Grundsätze der Neutralität und der anwaltlichen Schweigepflicht», erklärte Jonas, ohne mit der Wimper zu zucken.

«Hmmmphf», machte Ruth und zog einen Flunsch. «Sehr ehrenhaft …»

Jonas nickte lächelnd und griff nach seinem Glas.

Das Feuer erhellte mit seinem Schein die Dunkelheit und knisterte und knackte wie ein lebendiges Wesen. Am Himmel funkelten unzählige Sterne, und ein blasser Halbmond schaute auf uns herunter. Ein kühler Wind war aufgekommen und ließ mich frösteln. Dankbar schlüpfte ich in meinen Cardigan, der über der Stuhllehne hing.

Prompt fragte Jonas: «Mutter? Ist dir warm genug? Sonst hole ich dir etwas zum Überziehen aus der Wohnung.»

«Nicht nötig, danke. Wir bleiben ja nicht mehr lange. Tilda will bestimmt nach Hause; und ich auf die Couch, Füße hochlegen.»

«So was in der Art habe ich auch vor», sagte Jonas.

Weder Ruth noch Jonas machten nach dieser Ankündigung Anstalten aufzustehen. Und ich hatte es auch nicht eilig. Es war gemütlich, unter dem Sternenhimmel in diesem friedlichen Garten zu sitzen und dem Feuer dabei zuzusehen, wie es niederbrannte. Wir durften nicht vergessen, die Glut zu löschen, bevor wir gingen. Eine große Gießkanne mit Wasser stand schon bereit. Vielleicht war es ratsam, sicherheitshalber noch ein paar Handvoll Erde in die Schale zu streuen?

Ruths Stimme riss mich aus meinen Gedanken. «Tilda?»

«Ja?»

«Meinst du, es macht Sinn, mir noch mal eine Abfuhr zu holen?»

«Eine Abfuhr? Bei Rosi, meinst du?»

Ruth schüttelte den Kopf. «Nein. Bei Marion.»

Ich hörte, wie Jonas scharf einatmete.

«Möchtest du nun doch nach Hildesheim fahren?», fragte ich.

«Ich *möchte* nicht. Jedenfalls nicht gerne. Wer macht sich schon mit Vergnügen auf den Weg zur Schlachtbank?»

Jonas lehnte sich in seinem Stuhl zurück und verschränkte die Arme vor der Brust. Offenbar war er entschlossen, sich nicht an der Unterhaltung zu beteiligen.

«Okay», sagte ich in geschäftsmäßigem Ton. «Fassen wir zusammen: Du liebst deine Tochter. Du vermisst sie, möchtest sie endlich wieder in deine Arme schließen. Du wünschst dir nichts sehnlicher auf der Welt, als dich mit ihr zu versöhnen. Dein Herz lässt dir keine Ruhe. Und so nimmst du all deinen Mut zusammen, um es Marion zu Füßen zu legen. Meinen Glückwunsch zu dieser Entscheidung. Wann fahren wir los?»

Ruth starrte mich aus weit aufgerissenen Augen an. Dann brach sie in Tränen aus und schlug beide Hände vors Gesicht, wie um sich vor der Welt zu verstecken. Wie der Blitz war Jonas bei ihr und nahm sie in den Arm. Mir war plötzlich jämmerlich zumute – ich hatte Ruth zum Weinen gebracht. Aber dann sah ich, dass Jonas einen Daumen hochhielt und mir anerkennend zunickte. Das hast du gut gemacht, war die Botschaft, die bei mir ankam. Fakt war, dass ich meine Worte gar nicht geplant hatte. Sie waren mir einfach so über die Lippen geflossen. Und nun war ich so erleichtert, als wäre ich eine Last losgeworden.

Ruth beruhigte sich schnell. Mit dem großen Taschentuch, das Jonas ihr gereicht hatte, tupfte sie die Tränen ab und putzte sich die Nase. Ihre Stimme zitterte, als sie sagte: «Ach, Tilda. Ja. Genauso ist es. Du hast mir aus dem Herzen gesprochen.»

Plötzlich hatte ich Gänsehaut. Vielleicht war es wirklich Ruths Herz gewesen, das mir heimlich die Worte eingeflüstert hatte, damit ich sie aussprechen konnte. Eine verrückte Idee, aber hier unter dem Sternenhimmel, nach unserer Feuerschalenzeremonie, erschien sie mir erstaunlich einleuchtend.

Jonas setzte sich wieder auf seinen Platz. «Ich hoffe so sehr, dass endlich alles gut wird, Mutter.»

«Hoffnung ist manchmal das Einzige, das einem bleibt.» Ruth putzte sich noch einmal die Nase und steckte dann das Taschentuch in den Ärmel ihres Kleides. «Aber Tilda hat noch was anderes in petto: nämlich einen Plan. Erzähl doch mal, Tilda. Vielleicht ist er gar nicht so verrückt, wie ich befürchte.»

«Einen Plan? Das hört sich ja spannend an», sagte Jonas. «Worum geht's?»

So im Nachhinein erschien mir der Plan nicht mehr ganz so genial wie in der Stunde seiner Kopfgeburt. Aber ich legte trotzdem los. Vielleicht hatte Jonas ja auch eine Idee? Wir konnten jede Unterstützung brauchen.

Mein Publikum hörte aufmerksam zu. Als ich geendet hatte, grinste Jonas übers ganze Gesicht. Und dann lachte er schallend los. Vorbei war es mit dem anwaltlichen Pokerface und der Contenance. Ruth kicherte mit vorgehaltener Hand in sich hinein.

Zwischen Lachsalven sagte Jonas: «Ich würde zu gerne Mäuschen spielen, wenn ihr in Marions Praxis einmarschiert. Tilda als Patientin, und du, Mutter, mit Perücke und Sonnenbrille und ganz anderer Kleidung als sonst, damit dich auch niemand erkennt. Und dann gehst du mit ins Behandlungszimmer, weil Tilda eine Ärztephobie hat und unbedingt deine Begleitung braucht, und wenn Marion vor dir steht, reißt du dir die Perücke vom Kopf und die Sonnenbrille von der Nase …»

«Peinlich, oder? Sich verkleidet unter Vortäuschung falscher Tatsachen einzuschleichen? Nie und nimmer bringe ich das fertig, hab ich zu Tilda gesagt. Aber vielleicht ja doch?»

Jonas hatte aufgehört zu lachen, aber um seine Mundwinkel zuckte es immer noch amüsiert. «Natürlich würdest du das hinkriegen, Mutter. Die Rolle ist dir sozusagen auf den Leib geschneidert. Die Sache hat nur einen Haken …»

«Und der wäre?», wollte ich wissen, ein bisschen pikiert, weil ich das Gefühl nicht loswurde, dass die beiden mich ausgelacht hatten.

Jonas, plötzlich ernst, zögerte. Ruth beugte sich vor: «Jetzt sag schon …»

«Marion ist nicht in Hildesheim. Sie macht ein paar Tage Urlaub. Ohne Lutz.»

«Oh …», sagte ich. Mehr fiel mir gerade nicht ein.

«Und wo steckt sie?», wollte Ruth sogleich wissen.

Jonas lehnte sich im Stuhl zurück und verschränkte die Hände im Nacken. Zu den Sternen gewandt, sagte er: «Ich plane übrigens auch noch einen Kurzurlaub, Mutter. Darf ich Heidi bei dir unterbringen?»

«Natürlich nehme ich Heidi in Pension, das weißt du doch», sagte seine Mutter ungeduldig. «Aber bitte, jetzt sag doch …»

Schon hatte ihr Sohn sie elegant unterbrochen: «Wunderbar, vielen Dank. Sehr lieb von dir. Im Hotel Meeresrauschen in Niederwacht darf man nämlich leider keine Hunde mitbringen.»

«Ich weiß», sagte Ruth. «Wir haben ja jahrelang jeden Sommer Urlaub im Meeresrauschen gemacht.» Ihr Gesicht wurde weich. «Ach, es war herrlich dort. Ob noch alles so schön und gemütlich ist wie früher? Bestimmt hat sich inzwischen viel verändert. Nirgendwo bleibt die Zeit stehen.»

«Warum fährst du nicht mit Tilda hin und schaust dir das Haus an? Es muss allerdings UNBEDINGT noch in dieser Woche sein.»

Die Betonung auf UNBEDINGT hatte in meinen Ohren geklungen wie Donnerhall, und plötzlich fiel bei mir der Groschen.

«Das geht nicht», widersprach Ruth. «Am Samstag steigt doch unsere Party. Morgen ist schon Mittwoch. Und es gibt noch einiges vorzubereiten. Und …»

«… warum starrst du mich eigentlich so an wie die Schlange das Kaninchen? Und wieso reden wir überhaupt von Niederwacht und deinem Urlaub, wenn ich von dir wissen will, wo Marion … oh.»

Ich konnte es förmlich scheppern hören, als der Groschen nun auch bei Ruth gefallen war.

Kapitel 27

Um fünfzehn Uhr am folgenden Nachmittag schrieb ich an Dani und Anke:

Tilda: *Hi! Liebste Grüße aus Niederwacht!*

Es dauerte keine fünf Minuten, bis sich die beiden meldeten.

Dani: *??*

Anke: *Du bist an der Ostsee? Wie denn das so plötzlich?*

Tilda: *Ruth und ich sind in geheimer Mission unterwegs. Es ist soo schön hier! Ein kleines, gemütliches Hotel direkt an der Uferpromenade. Endlos langer, feiner weißer Sandstrand davor. Die Sonne scheint, und von meinem Zimmer unterm Dach aus kann ich das Meer sehen!*

Anke: *Huch. Plötzlich Urlaub! Ist ja spannend! Und was ist mit der Party am Samstag?*

Tilda: *Die findet natürlich statt. Wir fahren morgen schon wieder nach Hause. Leider. Ich könnte es hier noch sehr lange aushalten.*

Dani: *Wo genau ist hier?*

Anke: *Niederwacht ist ein ehemaliges Fischerdorf in Schleswig-Holstein, nicht weit von Kiel. Wir haben dort mal Urlaub gemacht, als die Kinder klein waren.*

Tilda: *Mein Zimmer heißt «Möwenflug». Ist das nicht niedlich?*

Und so hübsch eingerichtet. Einen Obstkorb und Mineralwasser gibt's auch.

Dani: *Klingt toll. Genieß die Zeit!*

Tilda: *Mir ist ein bisschen mulmig wegen der Mission. Aber das verdränge ich. Gleich gehen wir erst mal spazieren.*

Anke: *Pass gut auf dich auf! Natürlich platzen wir vor Neugier. Viel Erfolg bei der Mission.*

Tilda: *Drückt Ruth die Daumen bitte. Es geht um etwas, das ihr sehr am Herzen liegt.*

Worauf Dani und Anke ein Feuerwerk an stärkenden Emojis an die Ostseeküste sandten.

Ruth und ich hatten uns im Foyer verabredet. Es war im Landhausstil eingerichtet, mit Korbmöbeln und bunten Kissen, viel Holz, Bildern mit maritimen Motiven an den Wänden, und üppigen Topfpflanzen. Durch die großen Fenster zur Meerseite hin wirkte der Raum wie ein Wintergarten. Ruth, in einem beigen Popelinemantel, saß schon in einer Ecke, von der man alles gut überblicken konnte. Sie blätterte in einer der ausgelegten Zeitungen, schaute aber immer wieder auf, um nichts zu verpassen. Jetzt hatte sie mich erspäht und war mit wenigen Schritten bei mir.

«Da bist du ja! Wie gefällt dir dein Zimmer?»

«Es ist zauberhaft. Ich hab mich sofort wie zu Hause gefühlt.»

Sie lachte übers ganze Gesicht. «Ich mich auch! Genau wie früher! Das ist das Geheimnis dieses Hauses. Sie haben alles renoviert und modernisiert und neu eingerichtet, ich hätte das Hotel von innen nicht wiedererkannt. Aber die Atmosphäre ist genauso heimelig wie früher, das habe ich sofort gespürt. So als hätte das Haus eine Seele, die sich immer treu bleibt. Und jetzt lass uns Seeluft schnuppern gehen!»

Draußen strahlte die Sonne auf uns herab. Vom Meer her wehte ein frischer Wind, der meine Haare durcheinanderpustete. Ruth setzte eine Sonnenbrille auf und band ein buntes Kopftuch um. Sodann schlenderten wir Arm in Arm über die Promenade. Auf der langen Fahrt von Berlin nach Niederwacht hatten wir alles besprochen. Der Weißgoldschmuck, der für Marion bestimmt war, wartete im Hotelsafe. Der Plan war, dass es keinen Plan gab. Jedenfalls keinen richtigen. Ruth wollte sich auf das Schicksal verlassen, das dafür sorgen würde, dass sie ihrer Tochter über den Weg lief. Man würde sich bestimmt im Restaurant begegnen. Marion aß gerne gegen neunzehn Uhr zu Abend, und da der Mensch ein Gewohnheitstier war, würde sie das sicher auch im Urlaub tun. Und sie war eine Frühaufsteherin. Die Wahrscheinlichkeit, dass sie zur gleichen Zeit wie wir frühstücken würde, war also groß. Ruth würde sich dann einfach an ihren Tisch setzen und ihr Herz sprechenlassen. Vielleicht würde Marion sie wegschicken. Vielleicht aber auch nicht. Und das war Ruths ganze Hoffnung.

Auf der Promenade war an diesem schönen Septembernachmittag einiges los. Eltern mit kleinen Kindern waren mit Buggys und Laufrädchen unterwegs. Jogger mit und ohne Hund rannten an uns vorbei, Radler jeglichen Alters traten in die Pedale. Am Strand spielten junge Leute Beachvolleyball und Frisbee, und die Sonnenanbeter genossen die wärmenden Strahlen im Schutz ihrer Strandkörbe. Kinder buddelten im Sand, und etliche Badegäste tummelten sich im Wasser.

Auf der meerabgewandten Seite der Promenade reihten sich Cafés, Restaurants und ein paar Hotels aneinander. Die Gebäude schienen sich an die dahinter aufragende, bewaldete Steilküste zu schmiegen.

Als wir an einem kleinen, weiß verputzten Häuschen mit Reetdach und Außenterrasse vorbeispazierten, blieb Ruth stehen und rief entzückt: «Ach, wie nett. Michaelas Eiscafé ist immer noch da! Hier gab es die besten Eisbecher der Welt und wunderbaren, selbstgebackenen Kuchen. Da gehen wir nachher mal hin. Michaela war so in Rosis Alter. Vielleicht arbeitet sie ja noch? Sie hatte auch eine Tochter, die mit im Geschäft war. Aber erst möchte ich zur Aussichtsplattform.»

Ruth wies mit der Hand auf einen langen Steg in etwa hundert Metern Entfernung, der den Strand mit einer großen Plattform verband.

Auch dort war einiges los. Besucher machten Selfies oder fotografierten die See, die Möwen, die Segelboote, den tiefblauen Himmel, über den ein paar fiedrige Wölkchen zogen, und natürlich ihre Begleitung. Ich bildete mir ein, dass der Duft nach Salz und Meer und Seetang hier stärker war als auf der Promenade, weil die Plattform mehrere Meter über dem Wasser schwebte. Ein rundum laufendes Geländer schützte davor hineinzufallen. Eine ganze Weile standen Ruth und ich an einem ruhigen Plätzchen und schauten dem Spiel der Wellen zu.

«Hierher sind wir im Urlaub jeden Abend nach dem Essen spaziert. Die Kinder haben Steine übers Wasser hüpfen lassen ... Das hat ihnen noch als Erwachsene Spaß gemacht, da haben wir manchmal die Ostertage im Meeresrauschen verbracht. Auf dem Rückweg haben sie am Strand Muscheln gesammelt und nach Bernstein gesucht. Ein paar Stücke haben sie tatsächlich gefunden.»

Unvermittelt öffnete Ruth ihre Handtasche und förderte zwei schwarz-weiß gefleckte, unregelmäßig geformte Steine, ein paar gelbliche Klümpchen sowie mehrere Muscheln zutage.

Überrascht sah ich zu, wie sie alles mit Schwung ins Meer warf.

Ihre Augen schimmerten feucht, als sie sich mir zuwandte. «Andenken an schöne Zeiten ... ich hab sie gestern Abend noch aus der Krimskramsschale in der Schatzkammer gefischt. Behalten wollte ich sie ja nicht, wegwerfen kam nicht in Frage. Ich hatte gehofft, dass sie am Samstag in gute Hände kommen ... Manche Leute lieben ja maritime Deko. Aber so ist es viel stimmiger. Ich habe sie der See zurückgegeben.»

«Wenn man etwas zurück ins Meer wirft, darf man sich

was wünschen. So wie im Märchen *Der Fischer und seine Frau*», sagte ich.

Ruth grinste. «Das lasse ich lieber. Wir wissen ja, was dabei herauskam. Am Ende saßen die beiden wieder im Pisspott.»

Kapitel 28

Gemächlich schlenderten wir zurück. Vor Michaelas Eiscafé hielten wir nach einem freien Tisch auf der Terrasse Ausschau. Wir hatten Glück – ein junges Paar stand gerade auf und wandte sich zum Gehen.

«Super! Dahinten wird etwas frei», sagte ich.

Aber Ruth hatte offensichtlich nichts gehört. Sie stand wie angewurzelt da und starrte eine Frau an, die allein an einem Tisch saß, vor sich ein Gedeck mit Kaffeekännchen, und völlig absorbiert von ihrem Handydisplay war. Ihre blond gesträhnten Haare waren im Nacken zusammengebunden. Da sie keine Sonnenbrille trug, konnte ich ihr Gesicht gut erkennen. Es war ein herbes, schmales Gesicht, durch das sich feine Falten zogen, und ich hatte es schon mal gesehen. Auf den Fotos, die Ruth mir gezeigt hatte. Darauf war Marion jünger gewesen, und sie hatte auch nicht so blass und angestrengt ausgesehen wie jetzt. Aber trotzdem war sie eindeutig zu erkennen.

Unvermittelt packte Ruth mich am Arm. «Die Frau da drüben mit dem Handy … das ist sie. Wir gehen jetzt dahin und setzen uns an den Tisch. Einfach so.»

Gesagt, getan.

Die Frau schrak auf, als wir stumm Platz nahmen. Entgeistert sah sie uns an.

«Hallo, Marion», sagte Ruth und nahm ihre Sonnenbrille ab.

Marion stieß einen leisen Schrei aus. So ähnlich musste eine verletzte Möwe klingen, dachte ich, auch wenn ich noch nie eine gehört hatte. Dann holte sie keuchend Luft und stieß hervor: «Du!»

«Ja. Ich. Und das ist Tilda. Sie ist mein *Personal Assistant* und eine liebe Freundin.»

Ich sah, wie Marion ruckartig den Kopf nach rechts und links drehte, als sähe sie sich nach einem Fluchtweg um. Doch sie floh nicht. Sie legte die gefalteten Hände auf die Tischplatte, wie um ihre Mutter auf Abstand zu halten. «Wer hat dir gesagt, wo ich bin?»

Dass Ruth nicht rein zufällig zur gleichen Zeit wie sie in Niederwacht weilte, um Urlaub zu machen, schien sonnenklar.

«Ist das so wichtig?», fragte Ruth leise und presste eine Hand auf ihre Brust. «Ich bin so aufgeregt. Mein Herz klopft wie verrückt.»

«Ruhig atmen. Dann wird es besser», kam es unwirsch von Marion.

Ruth gehorchte und schnaufte ein paarmal tief durch. Ich tat so, als sei ich gar nicht da, denn ich wollte auf keinen Fall stören. Die Spannung zwischen den beiden Frauen war spürbar, aber da war nicht diese Wut, die Rosi an den Tag gelegt hatte. Wenn mich jemand gefragt hätte, was ich aus Marions Gesicht und Körperhaltung herauslesen konnte, hätte ich gesagt: Da sitzt jemand, dessen Welt aus den Fugen geraten ist. Jemand, der großen Kummer hat, zu viel grübelt und zu wenig schläft.

«War es Lutz?» Marions Stimme schwankte, als sie den Namen aussprach. «Es könnte auch Jonas gewesen sein. Niemand sonst weiß Bescheid.» Ihre Hände zogen sich unter den Tisch zurück, als sie resigniert hinzufügte: «Was soll's. Du bist hier, und ich kann dich nicht wegzaubern. Also: Was willst du?»

Wieder keine direkte Anrede, nur ein «du». Das Wort «Mutter» hatte sie bisher kein einziges Mal ausgesprochen.

Eine junge Frau, die eine pinkfarbene, gerüschte Schürze umgebunden hatte, war lächelnd an unseren Tisch getreten und erkundigte sich nach unseren Wünschen. Ruth und ich bestellten Apfelschorle.

«Und ich möchte zahlen», sagte Marion.

Gut möglich, dass sie flüchtet, sobald sie ihre Rechnung beglichen hat, dachte ich.

Als die Bedienung gegangen war, wiederholte Marion ihre Frage: «Noch einmal: Was willst du von mir?»

In Ruths Augen lag ihr ganzes Herz, als sie antwortete. «Du weißt, was ich mir sehnlichst wünsche: dass du mir verzeihst. Dass wir ein neues Miteinander finden. Auch wenn ich ... dich um die Wahrheit betrogen habe. Ich hätte ...»

«Du hättest! Hättest nicht!», unterbrach Marion in scharfem Ton. «Und es tut dir ja so leid! Ich kenne die ganze Litanei auswendig. Du hast mir ja ständig geschrieben.»

«Ich bin dankbar, dass du meine Post gelesen hast», sagte

Ruth. «Ich habe oft gedacht, dass du sie ungelesen vernichtet hast.»

Die Kellnerin brachte unsere Getränke und die Rechnung für Marion. Als sie gegangen war, zog Marion ein Päckchen Zigaretten aus ihrer Handtasche und zündete sich eine an. Sie inhalierte hastig, verschluckte sich am Rauch und musste husten. Der nächste Zug gelang unfallfrei.

Ruth zog erstaunt die Augenbrauen hoch. «Du rauchst ja wieder. Wusste ich gar nicht.»

«Du weißt gar nichts!», fuhr ihre Tochter sie an. «Ja, ich habe dein vor Selbstmitleid triefendes Geschreibsel gelesen. Es war wie ein Test. Was lösen deine Worte in mir aus? Spüre ich den Impuls, dir zu verzeihen? Mich wieder auf einen Kontakt mit dir einzulassen? Die Antwort war immer nein. Nein, nein und nochmals nein.»

Sie sog noch einmal heftig an der Zigarette, dann drückte sie sie im Aschenbecher aus.

«Und jetzt?»

Ruth sah so elend aus, dass ich sie am liebsten in den Arm genommen hätte. Marion hätte ich gern ein bisschen geschüttelt. Du hast nur diese eine Mutter, dachte ich. Wer weiß, wie lange noch? Kannst du deinem Herzen nicht einen Stoß geben? Wenigstens einen kleinen Schubs?

«Und jetzt?», äffte Marion ihre Mutter ironisch nach. «Jetzt ist es so, dass ich ganz andere Sorgen habe. Alles andere verblasst daneben. Sogar dein Betrug, stell dir das mal vor. Lutz will die Scheidung. Und ich … ich habe gesundheitliche Probleme. Und nein, sie kommen nicht vom Rauchen. Ich habe mir nur für die paar Tage hier ein Päckchen Zigaretten gekauft.»

Ruths Augen waren vor Schreck weit aufgerissen. «Was hast du denn, Mari?», fragte sie leise.

Der Kosename schien einen Moment in der Luft zu schweben, bevor ich sah, wie er seinen Weg in Marions Herz fand. Sie schluchzte auf, nur ein Mal, und fing an zu weinen. Hastig kramte sie in ihrer Tasche und zog ein Päckchen Papiertaschentücher heraus. Im nächsten Moment war Ruth aufgestanden.

Das Bild, wie Ruth ihre Arme um Marion legte – behutsam, voller Liebe und Mitgefühl –, berührte mich bis ins Innerste. Es würde mich für den Rest meines Lebens begleiten, das wusste ich.

Und ich wusste auch, dass für mich die Zeit gekommen war, mich diskret zurückzuziehen. Was Mutter und Tochter jetzt brauchten, war ein Raum nur für sie beide.

Ich legte Geld für meine Apfelschorle auf den Tisch und verschwand wortlos. Ohne mich noch einmal umzuschauen, machte ich mich auf den Weg zum Hotel Meeresrauschen. Ich ging beschwingt, mit einem Lächeln im Gesicht und einem wohlig warmen Gefühl in der Herzgegend. So naiv war ich nicht, dass ich davon überzeugt war, dass mit dieser ersten Annäherung nach über vier Jahren mit einem Schlag alles wieder Friede, Freude, Eierkuchen zwischen Ruth und ihrer Tochter sein würde. Rom wurde nicht an einem Tag gebaut, hatte mein Vater gern gesagt. Und ein neuer Anfang zwischen zwei Menschen bestand, jedenfalls meiner Vorstellung nach, aus lauter kleinen Schritten. Doch die Begegnung der beiden hatte mir Hoffnung gemacht. Und ich wünschte Marion von ganzem Herzen viel Kraft und Unterstützung, um die Krise zu meistern, in der sie sich befand.

Im Hotelzimmer legte ich mich aufs Bett und ließ meine Blicke über die zartgelben Wände, die in Graublau und Gelb gehaltenen Vorhänge, den graublauen Teppichboden und die schlichten Möbel aus hellem Holz wandern. Die Möwe an der Wand über dem Fernseher schien mir zuzuzwinkern, als ich mich mit einem wohligen Seufzer reckte und streckte und zu ihr sagte: «Hier will ich mal richtig Urlaub machen. Mindestens eine Woche.»

Mit großer Dankbarkeit dachte ich, dass ich mir das sogar in näherer Zukunft würde leisten können, wenn ich jeden Monat etwas Geld zurücklegte. Das Leben an der Schwelle zum Seniorenalter war gut zu mir.

«Und jetzt?», fragte ich die Möwe. «Was unternehme ich jetzt?»

Der Vogel auf dem Bild hockte auf einem verwitterten Holzpoller und schaute hinaus aufs Meer. Ein Bad in der Ostsee war sicher eine gute Idee. Aber noch verlockender schien mir ein Besuch des Wellnessbereichs hier im Hotel. Einen Badeanzug hatte ich eingepackt, nachdem ich mir gestern Abend die Homepage des Meeresrauschen angeschaut hatte.

Kurz darauf hatte ich mich umgezogen und marschierte, mit einem Handtuch bewaffnet, im hoteleigenen weißen Frotteebademantel und Schlappen zum Lift, der mich zum Pool bringen würde. An Ruth hatte ich eine WhatsApp-Nachricht geschickt, damit sie wusste, wo ich war. Das Handy verriet mir, dass sie länger nicht online gewesen war. Ich war gespannt, wann sie sich melden würde und was sie zu erzählen hatte.

Im Poolbereich mit seinen großen Fenstern, die zum Garten hinausgingen, war es ruhig. Nur wenige Gäste hatten es sich auf den Liegen bequem gemacht und blätterten in Büchern oder Zeitschriften. Niemand beschäftigte sich mit seinem Handy, ein ganz ungewohnter Anblick. Wie früher, dachte ich belustigt. Als die Welt noch nicht voller Autisten mit Genickstarre und Kopfhörern war. Mein eigenes Telefon steckte, auf lautlos gestellt, in der Tasche meines Bademantels.

Im Pool schwammen zwei Männer und eine Frau in sportlichem Tempo ihre Bahnen. Ich tat es ihnen nach, allerdings deutlich langsamer. Als ich genug davon hatte, ging ich durch eine der Glastüren zum Außenbecken. Hier war ich allein, vielleicht, weil der frühe Abend sich kühl zeigte. Doch das solehaltige Wasser war herrlich warm, und es gab Massagedüsen, von denen ich mich voller Genuss verwöhnen ließ. Mit geschlossenen Augen träumte ich vom Urlaub, den ich hier verbringen würde. Mit langen Spaziergängen am Meer, Wellnessbehandlungen und leckerem Essen. Jedenfalls ging ich davon aus, dass das Essen hier lecker sein würde, und stellte fest, dass ich sehr hungrig war. Es schien eine Ewigkeit her zu sein, seit wir an einem Rastplatz die Stullen und Weintrauben gegessen hatten, die ich als Proviant eingepackt hatte.

Ich stieg aus dem Becken, trocknete mich ab und schlüpfte in Bademantel und Schlappen. Ein Blick aufs Handy verriet mir, dass Ruth mir eine Nachricht geschrieben hatte:

Liebe Tilda, lass uns 18:30 im Foyer treffen und dann im Restaurant zu Abend essen. Ich bin sehr müde. Marion wird nicht dabei sein. Ich werde ihr später den Schmuck bringen. Liebe Grüße.

Ich hatte genau dreißig Minuten, um zu duschen und mich auf Hochglanz zu bringen. Und ich schaffte es sogar etwas früher. Punkt 18:28 Uhr saß ich im Foyer, in dem sich noch andere Gäste die Zeit vertrieben. Ich trug eine schwarze Hose zu einer himmelblauen Bluse und einem schwarzen Cardigan, hatte mich geschminkt und Parfüm hinter die Ohren getupft. Ein bisschen Glamour verlieh diesem Outfit der Modeschmuck, den ich einmal von Dani und Anke zum Geburtstag geschenkt bekommen hatte: eine silberfarbene Statement-Kette mit bunten, funkelnden Glitzersteinen, die zu einem Blütenmuster zusammengefügt waren.

Auch Ruth, die etwas verspätet auf der Bildfläche erschien, hatte sich umgezogen und wirkte elegant in einem roséfarbenen Kleid und Goldschmuck. Das Hotelrestaurant Alte Fischerkate war bereits gut besucht, aber der Ober fand noch einen Tisch am Fenster für uns, mit Blick auf die gepflegte Gartenanlage.

Ruth sah erschöpft und angeschlagen aus und bestellte nur eine Krabbensuppe. Sie bestand aber darauf, dass ich «was Ordentliches» aß, meine Kräfte mussten nach der langen Fahrt wiederaufgebaut werden, damit ich fit war für die Rückreise morgen. Mit meiner Wahl – Ostseescholle in Speck gebraten, mit Bratkartoffeln und Salatbeilage, dazu ein Hefeweizen – zeigte sie sich zufrieden und orderte ebenfalls ein Bier.

«Das war … ein aufregender Tag», sagte sie. «Ich bin glücklich und sehr dankbar. Gleichzeitig mache ich mir große Sorgen.»

Erst zögernd, dann flüssiger, erzählte sie. Nichts konnte so sein wie früher, vor Heinrichs letzten Worten, hatte Mari gesagt. Diese heile Welt war unwiderruflich zerbrochen. Aber sie war bereit, ihre Mutter wieder in ihr Leben zu lassen. Wohldosiert. Zu ihren Bedingungen. Ihr fehlte die Kraft, sich nach den Wünschen anderer Leute zu richten. Sie musste sich um sich selbst kümmern – eine Aufgabe, an der sie verzweifelte. Alles war zu viel. Da war Lutz, der sich in eine Kollegin verliebt hatte. Er wollte die Scheidung, Marion aber weiterhin verbunden bleiben. Er hatte sie ja nach wie vor lieb – wie eine gute Freundin. Seine Gefühle für die Kollegin hätten ihm aufgezeigt, was ihm in der Ehe fehlte und wonach er sich lange gesehnt hatte, ohne es benennen zu können. Im nächsten Jahr stünde sein sechzigster Geburtstag an. Lutz wollte in seinem «letzten Lebensdrittel», wie er es nannte, der Stimme seines Herzens folgen und einen Neuanfang wagen.

Ruth schüttelte den Kopf an dieser Stelle. «Kann ich ihn verstehen? Ja. Jeder muss den Weg im Leben gehen, den er für richtig hält. Für Marion ist es schlimm. Sonst sind es meist die Männer, die nicht mitkriegen, dass eine Ehe nicht mehr funktioniert. Sie fallen aus allen Wolken, weil die Frau sich, anscheinend völlig überraschend, trennen will … Hier ist es umgekehrt. Marion war überzeugt, dass alles so war wie immer. Dass dieses ‹wie immer›, jahrein, jahraus, ein Problem für Lutz war, war ihr nicht klar. Wie auch, wenn er den Mund nicht aufgemacht hat. Er hat sich nie beschwert, nie auf eine Veränderung gedrängt. Warum? Weil er dachte, das ist eben so nach so vielen gemeinsamen Jahren. Es ändert sich nichts mehr in seinem Alter. Von wegen! Der Blitz kann einschlagen, solange man lebt. Zeigt sich ja immer wieder. Marion wiederum ist eine sehr engagierte Frau, die ihren Beruf liebt und viele Interessen hat. Ihr hat nichts gefehlt, hat sie gesagt. Sie wollte alt werden mit Lutz.»

«Ich finde es immer traurig, wenn langjährige Ehen kaputtgehen», sagte ich. «Egal, aus welchen Gründen. *Alle Lust will Ewigkeit, will tiefe, tiefe Ewigkeit!*»

«Wer hat das gesagt?», wollte Ruth wissen.

Ich zuckte mit den Schultern. «Das weiß ich nicht. Ich habe die Worte mal auf einem Grabstein gelesen.»

«Der Spruch gefällt mir. Vielleicht schmückt er auch mal mein Grab. Meinen Weg dorthin müssen wir auch noch ordnen, fällt mir ein. Beratung beim Bestatter, Planung der Beerdigung, Nachruf und so weiter, und so fort. Aber damit möchte ich mir noch ein bisschen Zeit lassen und genau überlegen, was mir gefallen könnte.»

Ich nickte nur und dachte: Gott sei Dank. Das ist mir nämlich gerade ein bisschen viel Döstädning. Zu dicht dran am «Ernstfall», der auf uns alle wartet.

Unser Essen wurde gebracht, und wir bestellten noch etwas zu trinken. Wir aßen schweigend, in unsere Gedanken versunken. Ruth, die ja nur ein Süppchen löffelte, war viel schneller fertig als ich. Nachdem sie die Serviette zur Seite gelegt hatte, sagte sie: «Mari bestellt sich etwas beim Roomservice auf ihr Zimmer, hat sie gesagt. Der Trubel im Restaurant ist ihr heute zu viel. Sie ist ja ins Meeresrauschen geflüchtet, um ein bisschen zur Ruhe zu kommen. Dieses Haus bedeutet heile Welt für sie. Familienferien. Sommer, Sonne, Wind und Meer.» Ruth seufzte tief auf. «Rafael und Phillip wissen es noch nicht. Mit Jonas hat Marion über die Trennung gesprochen. Viel hat er wohl nicht dazu gesagt …» Wieder ein Seufzer. «Er ist für sie da. Jederzeit. So ist er. Man kann sich auf ihn verlassen.»

«So einen Bruder hätte ich auch gern», sagte ich sehnsüchtig. Oder so einen Mann an meiner Seite, fügte ich in Gedanken hinzu.

Ein Lächeln huschte über Ruths müdes Gesicht. «Da bist du nicht die Einzige. Marions Schulfreundinnen haben sie früher glühend um Jonas beneidet.»

Ruth trank einen Schluck Bier und fuhr fort: «Er weiß nicht, dass Mari sich Sorgen um ihre Gesundheit macht. Sie hat auch mir nichts Näheres gesagt. Nur, dass nächste Woche Untersuchungen anstehen. Lutz hat auch keine Ahnung. Ärzte! So sind sie! Machen alles Medizinische mit sich selbst und ihren Kollegen aus. Immerhin wird sie mir vielleicht schreiben, wenn sie mehr weiß. Vielleicht auch nicht. Das akzeptiere ich. Ich bin so dankbar für alles, was der heutige Tag mir geschenkt hat.»

«Ich freue mich für euch beide», sagte ich warm. «Und alle meine guten Wünsche sind bei Marion.»

«Danke. Sie macht eine wirklich schwere Zeit durch und kann sie gebrauchen.»

Nach dem Essen holte Ruth den Schmuck aus dem Tresor, und ich begleitete sie bis zu Marions Zimmertür. Dann machte ich mich auf den Weg in mein Möwennest unter dem Dach. Auch ich war müde. Die lange Autofahrt, die Luftveränderung, der Aufenthalt im solehaltigen Pool und das üppige Abendessen forderten ihren Tribut. Und so krabbelte ich dankbar zwischen die Laken, nachdem ich mich bettfertig gemacht hatte, und schlief tief und fest, bis mich der Weckton meines Handys am Morgen aufscheuchte. Noch gemütlich unter der Decke eingekuschelt, checkte ich meine WhatsApp-Nachrichten und schrieb an Dani und Anke:

Mission erfüllt! Wir sehen uns am Samstag. Freu mich auf euch!

Kapitel 29

Am Samstagvormittag waren die Vorbereitungen für die Party weitgehend abgeschlossen. Im frisch gemalerten Essbereich hatten wir das Buffet aufgebaut. Valentinas berühmter Apfelkuchen vom Blech prangte neben meinem Pflaumenkuchen; ihre Muffins kuschelten sich an die Platte mit meinen Blätterteigtaschen. Vor lauter Angst, jemand müsste womöglich hungrig nach Hause gehen, hatte Ruth gestern noch Schokokekse gebacken. Die lecker schmeckten, wir hatten alle schon davon genascht.

Wie versprochen, hatte Jonas sich um die Getränke gekümmert. Und er hatte sich bei mir bedankt, was mich verlegen machte, denn dass die Eiszeit zwischen Ruth und Marion vorbei war, war ja nicht mein Verdienst.

«Du hast in jedem Fall dazu beigetragen», meinte er.

«Vielleicht», sagte ich mit einem Schulterzucken. «Aber letztendlich war es ein Sieg der Liebe. Davon bin ich überzeugt.»

«Ich lege keinen Widerspruch ein», gab Jonas zurück, nahm sich einen Schokokeks vom Teller und schlenderte davon.

Er schien der Einzige zu sein, der nicht aufgeregt war. Valentina, Ruth und ich hatten tausend Sorgen. Was, wenn niemand kam? Was, wenn zu viele Leute die Wohnung stürmen würden? Was, wenn niemand etwas kaufte? War die Musik okay? Ruths Playlist setzte sich ausschließlich aus Rock- und Popmusik, gemischt mit etwas R&B, zusammen. Vielleicht wäre klassische Musik (die Ruth hasste) die bessere Untermalung gewesen? Waren die Preise, die wir angesetzt hatten, zu hoch? Zu niedrig? Was, wenn zwar Leute kamen, aber niemand Lust hatte, sich gemütlich an die Bierzeltgarnitur zu setzen und etwas zu essen und zu trinken? Es sollte doch eine Party sein. Mit gutgelaunten, netten Menschen, die Spaß hatten und sich angeregt miteinander unterhielten, nachdem sie in der Schatzkammer etwas Schönes gefunden hatten.

Um halb zwölf klingelte es zum ersten Mal, und ich konnte Dani und Anke umarmen und sie Ruth vorstellen. Die Chemie zwischen den dreien stimmte auf Anhieb, das war offensichtlich. Ruth bot gleich das Du an, weil es ja quasi eine schwedische SchöneDingeParty war und sich in Schweden niemand siezte. Es dauerte keine fünf Minuten, bis das Trio in der Schatzkammer verschwunden war. Ich kehrte zurück in die Küche und suchte Geschirr und Gläser für das Buffet zusammen.

Ab Mittag ging es dann Schlag auf Schlag. Sheryl und Simon (ohne Harvey) trafen mit einem Trupp Freunde und Nachbarn ein. Nachbarn von Ruth schauten vorbei, Bekannte und Freunde von Jonas und Valentina, Dani und Anke. Eine sehr attraktive, blonde Frau in den Vierzigern wurde von Jonas besonders herzlich begrüßt, man sah förmlich die Funken zwischen den beiden sprühen. Ob sie wohl ein Liebespaar waren? Es sah danach aus, aber ich konnte mich irren. Außerdem hatte ich keine Zeit für weitere Beobachtungen, denn Valentina und ich waren gut beschäftigt. Kaffee und Tee kochen, Kuchen auf Teller verteilen, Getränke eingießen, Geschirr in die Spülmaschine räumen. Wohnungstür öffnen, unbekannte Menschen freundlich begrüßen. Ein bisschen Smalltalk machen. Den Weg in die Schatzkammer weisen. (Ruths Schlafzimmer war abgeschlossen, damit sich niemand verirrte.)

Leute kamen und gingen. Viele blieben länger, genossen ein Stück Kuchen und eine Tasse Kaffee oder Tee an der Tafel und unterhielten sich angeregt mit ihren Tischnachbarn, ganz wie wir uns das gewünscht hatten. Manche waren zurückhaltend und saßen einfach nur stumm da, schienen sich aber durchaus wohlzufühlen. Immer wenn ich durch die offene Tür in die Schatzkammer lugte, thronte Ruth mit glücklichem Gesicht auf einem Stuhl, und Dani und Anke führten das Regiment. Berieten die Käufer in spe, kümmerten sich um die Kasse, unterhielten sich hier, lachten da, baten Ruth, etwas über einen Gegenstand zu erzählen, den jemand sich ausgesucht hatte. Das blaue Hochzeitsensemble samt Pillboxhütchen, Täschchen und Schuhen war verschwunden. Wer es wohl gekauft hatte?

Das erfuhr ich, als die Party vorbei war. Jedenfalls der offizielle Teil. Nur noch Dani, Anke und ich waren da, und natürlich Ruth. Nun saßen wir zu viert auf dem Balkon und tranken zum Abschied eine Apfelschorle zusammen. Um den Wespen ein Schnippchen zu schlagen, hatten wir unsere Gläser mit Bierdeckeln abgeschirmt. Die Nachmittagssonne schien angenehm mild auf uns herab. Alle waren müde, aber glücklich, denn die Party war ein voller Erfolg gewesen. Sämtliche Schönen Dinge, die sich in der Schatzkammer befunden hatten, waren verkauft. Vom Kuchen, den Keksen und Blätterteigtaschen war kein Stück übrig geblieben. Die Kassen hingegen waren gut gefüllt: Das Tierheim würde sich über eine vierstellige Spende freuen können.

«Es war richtig schön», sagte Ruth zufrieden lächelnd. «Oder? Was meint ihr?»

«Absolut», versicherte Dani.

«Finde ich auch», kam es von Anke.

«So viele sympathische Leute waren da. Und alle haben etwas gekauft. Auch wenn es nur eine Kleinigkeit war. Mit leeren Händen ist niemand gegangen. Und die meisten waren sehr großzügig. Weil das Geld doch fürs Tierheim bestimmt ist. Das finde ich besonders nett.» Ruth strahlte übers ganze Gesicht.

«Habt ihr denn auch etwas gefunden?», fragte ich meine Freundinnen.

Anke griff nach ihrem Lederrucksack, der über der Stuhllehne hing, fischte ein pinkfarbenes, mit bunten Blumen bedrucktes Seidentuch heraus und hielt es in die Höhe. Dann band sie es mit ein paar geschickten Griffen um ihren Hals. Da sie ein orange-weiß geringeltes Shirt trug, war die Kombination ziemlich gewagt, aber an Anke – groß, schlank, selbstbewusste Ausstrahlung – sah sie tatsächlich ziemlich cool aus.

«Ich wünsch dir viel Freude mit dem Tuch», sagte Ruth. «Ich habe es vor vielen Jahren hier in Berlin gekauft. In einem Modegeschäft, das schon lange nicht mehr existiert. Jemand, mit dem ich einmal sehr eng befreundet war, hat dort gearbeitet. Ilse hieß sie.»

Ein Schatten breitete sich auf Ruths Gesicht aus. Auch Anke hatte ihn bemerkt. «Ist sie gestorben?», erkundigte sie sich mitleidig.

«Nein. Sie lebt in einem Heim.» Ruths Ton verriet, dass das Thema damit für sie abgeschlossen war.

«Ich habe natürlich auch etwas gekauft. Etwas ganz, ganz Besonderes», meldete sich Dani zu Wort.

«Was denn?», fragte ich, froh, dass sie für Ablenkung sorgte.

«Ein Glückskleid in Blau! Mit passendem Mäntelchen, Hütchen, Täschchen und Schühchen. Sitzt alles wie angegossen. Na ja, beinahe. Kleid und Mantel sind ein bisschen weit, sie wurden ja für eine werdende Mutter angefertigt. Das ist aber kein Problem, meine tolle Änderungsschneiderei kriegt das bestimmt hin.»

«Oh!», rief ich freudestrahlend. «Wie wunderbar, dass das Glückskleid ein neues Zuhause bei dir gefunden hat.»

«Das finde ich auch», meinte Ruth.

«Also, wenn ich noch mal heirate, was ich nicht glaube, aber man soll ja nie nie sagen … dann ist das meine Hochzeitsgarderobe», versprach Dani. «Ihr seid natürlich alle eingeladen.»

«Hoffentlich erlebe ich das noch», sagte Ruth lachend.

«Wo habt ihr die Sachen denn versteckt?», wollte ich wissen. «Ich habe gesehen, dass sie fehlen, aber ich wusste nicht, an wen sie gegangen sind.»

«Im Schlafzimmer. Hinter Schloss und Riegel», sagte Dani augenzwinkernd.

«Wir haben auch eine kleine Geburtstagsüberraschung für dich gefunden, Tilda.» Anke klopfte auf ihren Rucksack. «Nächsten Samstag ist es ja so weit.»

«Stimmt ja!», rief Ruth aus. «Du wirst sechzig! Vor lauter Aufregung in den letzten Tagen hatte ich das gar nicht mehr auf dem Schirm. Du lässt es doch bestimmt richtig krachen an diesem besonderen Tag?»

«Na ja ...», sagte Anke und fing an zu kichern.

«Hmmm ...», machte Dani und kicherte mit. «Es kommt darauf an, was man darunter versteht.»

«Ich feiere wie immer. Also nichts Großes. Ich backe einen Kuchen, und Dani und Anke kommen zum Kaffee.»

«Wir kommen zum Kaffee und bringen Kuchen mit», verbesserte mich Anke. «Noch eine kleine Überraschung.»

Als ich sie verdutzt anschaute, weil ich mich nicht erinnern konnte, dass wir das abgemacht hatten, fügte sie hinzu: «Du machst uns damit eine Freude. Wir wollen ein neues Rezept ausprobieren.»

«Na dann ... ich bin gespannt und freu mich», sagte ich ein bisschen steif. Warum hatte ich eigentlich andauernd das Gefühl, mich rechtfertigen zu müssen, weil ich keinen Rummel an meinem Geburtstag wollte?

Ruth räusperte sich. «So ein Kaffeeklatsch mit lieben Freundinnen ist ja was Schönes. Bestimmt sehr gemütlich.»

«Das finde ich auch», sagte ich dankbar. Endlich jemand, der meinen Wunsch nachvollziehen konnte.

Kapitel 30

Am Mittwochmorgen sah ich Ruth wieder. Die freien Tage hatte ich genutzt, um Schreibaufträge abzuarbeiten und meinen Haushalt auf Vordermann zu bringen.

«Ich habe viel nachgedacht, Tilda», sagte sie, als wir im Wohnzimmer einen Kaffee zusammen tranken. Prompt machte ich mich auf eine Überraschung gefasst, denn wenn meine Arbeitgeberin viel nachgedacht hatte, war alles möglich.

«Worüber denn?», fragte ich vorsichtig. Vorsichtig, weil Ruth ungewöhnlich ernst wirkte. Hoffentlich hatte es keine schlechten Nachrichten von Marion gegeben, war das Erste, was mir durch den Kopf geschossen war.

«Erst ging alles kunterbunt durcheinander. Marion. Niederwacht. Die Party. Unsere schöne Spende. Deine netten Freundinnen … so viel ist passiert. So viele Eindrücke, die sicher noch lange nachwirken werden.»

Als Ruth sich räusperte, erhob sich Heidi aus ihrem Körbchen neben meinem Stuhl und legte ihren Kopf auf mein Knie, um sich kraulen zu lassen. Ich strich über ihre flauschigen Ohren und die Stelle am Hals, an der sie besonders gern gestreichelt wurde. Als sie genug hatte, ließ sie sich mit einem Schnaufen zu meinen Füßen nieder.

«Gedanken können lästig werden, dir im Kopf herumschwirren wie Stechmücken. Die Szene mit Rosi in diesem Kuhcafé – auf einmal war ich wieder mittendrin. Und dann tauchte Ilse auf, sie ließ sich einfach nicht verscheuchen. Ich stand wieder in dem Geschäft vor dem Spiegel, und Ilse legte mir das Tuch um, das jetzt Anke gehört. Und alles, alles kam wieder hoch. Die ganze elende Geschichte mit Heinrich.»

Abrupt stand Ruth auf und begann, im Zimmer auf und ab zu gehen. «Meine Beine kribbeln. Ich muss mich bewegen, dann hört es auf.»

«Hast du das öfter?», fragte ich besorgt. «Vielleicht solltest du zum Arzt gehen?»

Ruth blieb stehen und schaute mich an. Erschrocken sah ich, wie finster ihr Gesicht aussah. «Nein. Ins Seniorenheim.»

Mir verschlug es erst einmal die Sprache. Ruth wollte ins Pflegeheim ziehen? Weil sie unter einer Krankheit litt, die Missempfinden in ihren Beinen auslöste? Während Ruth auf und ab tigerte, verarbeitete ich meinen Schock so weit, dass ich eine Frage stellen konnte: «Das kommt ja sehr plötzlich … hast du schon mit Jonas darüber gesprochen?»

Ruth blieb stehen und starrte mich irritiert an. «Nein. Wieso auch? Jonas hat doch gar nichts mit meiner Entscheidung zu tun.»

«Na ja … ich finde schon, dass er darüber informiert werden sollte, dass du dich spontan entschlossen hast, in ein Altenheim zu ziehen.»

Stille.

Ruths Gesicht verriet grenzenloses Erstaunen. Dann prustete sie los und klappte eine Hand vor den Mund. Was war nur passiert in den letzten beiden Tagen? Litt Ruth etwa unter einer Durchblutungsstörung, die sich nicht nur in den Beinen, sondern auch mental bemerkbar machte? Was war so lustig daran, dass jemand, holterdipolter, in ein Heim ziehen wollte und es nicht für nötig hielt, die Angelegenheit mit dem eigenen Sohn zu besprechen?

«Aber Tilda», sagte Ruth schließlich. «Ich will doch nur Ilse besuchen. Das ist alles.»

«Oh. Da habe ich wohl etwas missverstanden», sagte ich verlegen.

«Allerdings. Ehe ich in ein Seniorenheim ziehen würde, müsste viel passieren. So eine Entscheidung würde ich sicher nicht übers Knie brechen.»

Ruth setzte sich wieder aufs Sofa und rieb sich die Waden. «Schon viel besser. Guck nicht so besorgt, Tilda. Wenn man ein bestimmtes Alter erreicht hat, denken die Leute, dass man gleich tot umfällt, wenn mal etwas kribbelt oder zwackt. Das ist natürlich Unsinn.» Nach kurzem Zögern fügte sie hinzu: «Hältst du mich eigentlich für verrückt?»

«Ähem … nein. Wieso?»

«Oder besessen? Wie von einem bösen Geist? Weil ich jetzt weiß, dass ich keine Ruhe finde, bis ich mit Ilse gesprochen habe?»

Das machte schon eher Sinn. Döstädning war ja nichts

anderes als komplette Selbstbestimmung, die Entscheidung, alles selbst zu verantworten. Nichts für Feiglinge, denn jeder begegnete dabei seinen ganz persönlichen Dämonen. In Ruths Fall hieß einer davon Ilse.

«Wenn es so ist, dann ist es so», sagte ich ruhig. «Du ganz allein entscheidest, was du in deinem Leben für dich ordnen willst. Und wann du es tust.»

Eine Viertelstunde später saßen wir im Auto.

Ich hatte angeregt, vorher anzurufen. Es konnte ja sein, dass Ilse unterwegs war. Oder eine Grippe hatte und keinen Besuch empfangen konnte. Aber davon wollte Ruth nichts wissen.

«Wir schauen einfach vorbei und überlassen alles andere dem Schicksal», sagte sie sehr bestimmt. «Wenn ich mich jetzt nicht sofort auf den Weg mache, ist der Schwung weg. Und dann ... bringe ich es vielleicht doch nicht über mich, und die Sache hängt mir für den Rest meines Lebens wie ein Mühlstein um den Hals.»

Das Seniorenheim Haus Aurora liegt im Herzen von Steglitz, in der Nähe der geschäftigen Einkaufsmeile Schlossstraße. Bevor wir losgefahren waren, hatte ich mir die Homepage auf dem Handy angeschaut und die Adresse eingegeben. Das Heim – ein rosa verputzter, moderner Bau – verfügte über dreißig Einzelzimmer und zwei Doppelzimmer, alle mit eigenem Bad. Von einer familiären und freundlichen Atmosphäre war zu lesen, die die umfangreiche Fotogalerie zu bestätigen schien. Der Aufenthaltsraum sah hell und wohnlich aus mit seinen gelben Vorhängen, bunten Bildern an den Wänden und blühenden Orchideen auf den Fensterbänken. Es gab einen Garten mit einem kleinen Teich und Bänken und einem gemauerten Grill. Fröhlich und zufrieden wirkende alte Menschen, viele in Rollstühlen, wurden bei verschiedenen Aktivitäten gezeigt: Ein Grüppchen hatte sich um einen Tisch versammelt und schälte Kartoffeln und Spargel fürs Mittagessen. Im Hintergrund strahlte die mit einem Haarnetz und weißer Arbeitskleidung ausgestattete Köchin in die Kamera. Alte Damen (es wurden vorwiegend Damen gezeigt) übten sich in Seidenmalerei. Einige der gezeigten Aktivitäten konnte ich nicht recht deuten. Auf einem Foto saß eine Gruppe auf Stühlen in einem Kreis. Alle hielten ein mit Schlaufen zum Greifen versehenes, großes Stoffgebilde fest, das aussah wie ein rundes Sonnensegel mit einem Loch in der Mitte. Vielleicht eine Art Gymnastik? Etwas Ähnliches ließen Bewohner vermuten, die sich zu zweit mit langen, farbigen Organzaschals beschäftigten.

Sogar Zirkusartisten waren zu Gast im Heim gewesen. Ein dressiertes Äffchen, angeleitet von einem Mann mit Strohhut und roter Clownsnase, machte Kunststücke im Garten vor einem entzückten Publikum. Am besten gefiel mir das Bild, das eine ziemlich mürrisch dreinblickende Dame in einem Rollstuhl zeigte, die die Nase eines Kamels mit wolligem Fell kraulte. Das Kamel wirkte sehr angetan von den Streicheleinheiten und schien mit hängender Unterlippe zu lächeln. Ein Ausflug war ebenfalls dokumentiert: Die Senioren saßen an einer Kaffeetafel im Biergarten mit Blick auf einen See.

Viel Abwechslung und Gemeinschaft, damit wurde geworben. Und mit der guten Anbindung an die Welt da draußen. Schnell mal zu Fuß in die Schlossstraße. Schnell mal in den Botanischen Garten. Schnell mal mit dem Bus (beinahe) überallhin.

Ruth hatte sich geweigert, auch nur einen Blick auf die Homepage zu werfen. Sie wollte sich selbst ein Bild machen. Vor Ort. Für uns beide war es das erste Mal, dass wir ein Seniorenheim von innen sehen würden.

Auf der Fahrt nach Steglitz drängten sich Gedanken auf, die ich gern gegen ein erfreulicheres Thema eingetauscht hätte. Ob für mich auch einmal die Zeit kommen würde, wo ich nicht mehr allein für mich sorgen konnte und ich gezwungen war, mein geliebtes Zuhause aufzugeben? Ich hatte keine Kinder oder anderen Verwandten, die sich um mich kümmern würden, wenn ich gebrechlich wurde und ein ambulanter Pflegedienst nicht ausreichen würde. Eine private Pflegerin oder einen Platz in einer Seniorenresidenz, wo es zuging wie im Luxushotel, würde ich mir niemals leisten können. Aus eigenen Mitteln nicht mal ein «normales» Heim wie das Haus Aurora. Vater Staat würde mich bezuschussen müssen.

Diese Aussichten waren – gelinde gesagt – deprimierend. Dazu kam: Wer hatte nicht schon über katastrophale Zustände in Heimen gelesen? Der Pflegenotstand war in aller Munde. Die Homepage von Haus Aurora beschwor eine ganz andere Welt – ein Zuhause, in dem es Freude machte, umsorgt und umhegt und abwechslungsreich seinen Lebensabend in einer netten Gemeinschaft zu verbringen. Es war davon auszugehen, dass die Internetpräsenzen und Prospekte sämtlicher Heime in ganz Deutschland das Gleiche versprachen.

Wie ging das zusammen? Mit viel zu wenig Pflegepersonal und Einsparungen überall auf Kosten der Bewohner, trotz horrender Preise?

Gar nicht.

Aber das hatte noch nie ein System daran gehindert zu existieren. Es war davon auszugehen, dass die Realität in jedem Haus ihre eigene Ausprägung hatte.

Ich sandte ein Stoßgebet zum Himmel, dass es mir vergönnt sein möge, meinen Lebensabend bei guter Gesundheit in meinen eigenen vier Wänden zu verbringen.

Die Computerstimme meines Handys wies mich an, rechts abzubiegen. Langsam rollten wir über den Parkplatz, bis ich Benz in eine Lücke manövrierte. Genau wie ich hatte Ruth auf der Fahrt eisern geschwiegen. Was sie wohl in ihren Gedanken bewegt haben mochte?

Ich stellte den Motor ab und zog die Handbremse an. «Wir sind da», sagte ich überflüssigerweise, denn ein riesiges Schild, das an dem rosafarbenen Gebäude angebracht war, verriet, wo wir uns befanden.

«Vielleicht will Ilse mich gar nicht sehen», sagte Ruth.

«Es könnte auch sein, dass sie inzwischen gestorben ist … Dann müsste ich nicht mit ihr reden. Ich weiß gar nicht, was ich sagen soll. Ich meine, es ist nicht so, dass ich ihr verziehen hätte. Warum bin ich also hier?»

«Weil du gemerkt hast, dass du keine Ruhe findest, bis du Ilse wiedergesehen hast», erinnerte ich sie an unser Gespräch von vorhin.

«Weiß der Henker, warum», murrte Ruth und stieg schwerfällig aus dem Auto.

Kapitel 31

Das Erste, was mir im Haus Aurora auffiel, war die hübsche, herbstliche Dekoration im Eingangsbereich. Das Zweite war der Geruch nach Desinfektionsmitteln, den meine Nase sofort mit Krankenhäusern in Verbindung brachte. Verstärkt wurde der Eindruck durch ein paar gebrechlich aussehende Frauen und Männer, die in der Nähe des Eingangs saßen. Rollstühle und Gehhilfen waren nicht zu übersehen. Gerade noch rechtzeitig, bevor meine Stimmung sich weiter verdüsterte, weil ich Krankenhäuser hasste wie die Pest, sagte ich mir, dass der Eindruck täuschen konnte. Vielleicht stand gerade ein Ausflug an? So wie auf dem Foto auf der Homepage. Vielleicht würde gleich ein Minibus vorfahren, und zwei fröhliche Betreuungspersonen würden den alten Menschen hineinhelfen, und ab ging es irgendwohin, wo es etwas Interessanteres zu beobachten gab als Besucher, die kamen und gingen.

Am Empfang erklärte Ruth einem jungen Mann, dass wir Frau Ilse Henssler besuchen wollten. Er wirkte erstaunt über unser Anliegen, so als sei es ungewöhnlich, dass jemand nach ihr fragte. Er bat uns, einen Moment Platz zu nehmen, er werde bei den Pflegenden, die Dienst hatten, nachhören.

Nach kurzer Wartezeit erschien eine Frau um die vierzig in türkisfarbener Dienstkleidung, die sich als Schwester Brigitte vorstellte und uns zu dem Gesellschaftsraum führen würde, in dem sich Ilse gerade aufhielt.

«Sie bekommt selten Besuch», sagte Schwester Brigitte auf dem Weg in den ersten Stock. «Ab und zu kommt ihr Betreuer vorbei. Oder eine Nachbarin. Früher war das anders. Aber sie ist in einem Alter, in dem Todesfälle den Bekanntenkreis schwinden lassen.»

«Wem sagen Sie das», meinte Ruth trocken.

«Sind Sie mit Frau Henssler verwandt?», erkundigte sich die Pflegerin.

«Nein. Sie ist eine alte Bekannte. Wir haben uns aus den Augen verloren. Durch Zufall habe ich erfahren, dass sie hier lebt.»

Das war nicht gelogen, wenn auch nicht die ganze Wahrheit.

«Sie haben sich sehr lange nicht gesehen?»

«So ist es.» Ruth wirkte so angespannt, wie ich mich fühlte.

«Dann werden Sie Frau Henssler nicht so vorfinden, wie Sie sie in Erinnerung haben», fuhr Schwester Brigitte behutsam fort. «Auch mental nicht.»

«Das ist mir schon klar», gab Ruth ein bisschen gereizt zurück. «Wir sind beide keine zwanzig mehr. Und auch keine vierzig … Halt … was meinen Sie mit ‹mental›?»

«Frau Henssler leidet unter einer fortgeschrittenen demenziellen Erkrankung», sagte die Pflegerin. «Das bedeutet unter anderem, dass sie in ihrer eigenen Welt lebt und sich nicht verbal äußert. Sie kann auch nicht mehr gehen und benötigt daher einen Rollstuhl.»

Bei jedem Wort war mir schwerer ums Herz geworden. Ich sah das Foto der hübschen, jungen Ilse vor mir, die Brigitte Bardot so bewundert hatte und stolz darauf gewesen war, ihrem Idol ähnlich zu sehen. Die Zeit war grausam zu ihr gewesen und hatte ihr eine schreckliche Krankheit gebracht.

«Damit … damit habe ich nicht gerechnet», sagte Ruth erschrocken.

Ich hatte auch nicht damit gerechnet. Und auch nicht damit, dass die Begegnung mit Ilse mir fast das Herz brechen würde.

Der Lift hielt an, die Tür öffnete sich, und wir standen direkt im Gesellschaftsraum der Station im ersten Stock. Er war mit Sesseln, einem Sofa und einem langen Tisch mit Stühlen ausgestattet. In einem großen Käfig zwitscherte ein Wellensittichpärchen vor sich hin. Für herbstliches Ambiente sorgte die Dekoration aus Zierkürbissen, künstlichen Sonnenblumen und Fliegenpilzen zwischen den Orchideen auf den Fensterbänken.

Sie saß im Rollstuhl am Tisch, zusammen mit anderen Bewohnern. Eine Frau war dabei, ein Kreuzworträtsel zu lösen. Ein Mann unterhielt sich mit seiner Nachbarin. Drei Frauen spielten Mensch ärgere dich nicht mit extragroßen Spielfiguren.

Ilse. Eine ausgemergelte, wie zusammengeschrumpft

wirkende Frau mit dünnen weißen Haaren, einem starren Gesichtsausdruck und Augen, die nichts wahrzunehmen schienen, als Schwester Brigitte sie an der Schulter berührte und uns vorstellte.

«Lieber Besuch für Sie, Frau Henssler», sagte sie laut. «Ist das nicht schön?»

«Guten Morgen, Ilse ...» Ruths Stimme klang heiser. Sie war kreidebleich und konnte nicht verbergen, wie schockiert sie war.

«Hallo, Frau Henssler.» Ich bemühte mich, mir mein tiefes Mitgefühl nicht anmerken zu lassen. Diese Frau, die sichtbar tief in einer anderen Welt versunken war, hatte das Recht auf ein freundliches Lächeln und eine Haltung, die ihre Würde respektierte.

Ilse ließ nicht erkennen, ob sie uns gehört hatte.

«Wie ... wie lange geht es ihr schon so ... schlecht?», fragte Ruth. Sie wirkte ein wenig gefasster, aber die Erschütterung stand ihr immer noch ins Gesicht geschrieben.

«In den letzten beiden Jahren hat sich einiges verändert ... leider. Die Krankheit schreitet unaufhaltsam fort. Möchten Sie vielleicht eine Runde mit Frau Henssler im Garten spazieren gehen? Das wird ihr bestimmt guttun. Ich zeige Ihnen, wie der Rollstuhl funktioniert.»

Ruth sah aus, als sei sie drauf und dran, die Flucht zu ergreifen, was ich gut verstehen konnte. Aber dann straffte sie tapfer die Schultern und fragte: «Tilda? Traust du dir das zu mit dem Rollstuhl?»

«Das schaffe ich schon.»

Ein Rundgang draußen war sicher eine gute Idee. So hatte Ruth Gelegenheit, ein wenig vertrauter mit dem Ist-Zustand einer Frau zu werden, die sie zuletzt in der Blüte ihrer reiferen Jahre erlebt hatte, im Vollbesitz ihrer körperlichen und geistigen Kräfte. Draußen, im warmen Sonnenschein, umgeben von Grünendem und Blühendem, begleitet von Vogelstimmen, würden vielleicht Worte kommen, die sie ihrer ehemaligen Freundin hinterlassen wollte. Auch wenn sie sie nicht verstehen würde.

Es war tatsächlich ganz einfach mit dem Rollstuhl, zumal die gesamte Anlage barrierefrei gestaltet war. Der Lift brachte uns ins Kellergeschoss und von dort durch große Glastüren ins Freie. Der Garten war menschenleer bis auf einen alten Herrn, der an einem Tisch auf der Terrasse saß, eine Zigarette rauchte und Zeitung las.

Er winkte uns freundlich zu, als wir grüßend an ihm vorbeigingen und dem gepflasterten Weg folgten.

Der Garten war nicht groß, aber hübsch angelegt mit Rasen, Sträuchern und Staudenbeeten. Gelber Sonnenhut stand in voller Blüte; ebenso weiße und lila Herbstastern. An der Mauer zum Nachbargrundstück kletterte Efeu empor. Wir gingen sehr langsam. Ich hoffte, dass Ilse ein wenig in Kontakt kommen konnte mit der Schönheit dieses Altweibersommertages. Dass sie die getigerte Katze bemerken würde, die aus einem Gebüsch auftauchte, gemächlich über den Weg spazierte und im Efeu verschwand. Dass sie Wind und Sonne wohltuend auf ihrer Haut spüren würde, die blass und knittrig wie Pergament war.

Am Teich machten wir auf Ruths Wunsch hin halt. Seerosen schmückten die Wasseroberfläche, und Goldfische schwammen ihre Bahnen im Becken, das von einem künstlichen Bachlauf gespeist wurde. Das gurgelnde Plätschern vermischte sich mit dem Zwitschern der Vögel und den Verkehrsgeräuschen, die gedämpft zu uns herüberdrangen. Die große Straße, über die wir hierhergekommen waren, ließ sich nicht ganz ausblenden.

Müde ließ sich Ruth auf die Bank am Teich fallen. Ich schob Ilse, die keinerlei Gemütsregung erkennen ließ, daneben und arretierte die Bremsen. Dann setzte ich mich auf den Gartenstuhl gegenüber. Ruth betrachtete die Frau, die einmal ihre beste Freundin gewesen war, eine ganze Weile. In ihrem Gesicht mischten sich Traurigkeit und Schmerz mit einer tiefen Resignation.

«Es ist zu spät», sagte sie schließlich. «Für alles. Jedes Wort ist sinnlos. Sie erkennt mich nicht. Sie erkennt ja niemanden … sie ist nur noch eine leere Hülle. Eigentlich … eigentlich ist sie schon tot.»

Alles in mir sträubte sich dagegen. «Nein! Das stimmt nicht! Ilse kann sich nicht mehr mitteilen, aber wir haben doch keine Ahnung, was sie von uns und der Welt um sie herum mitbekommt.»

«Das ist doch kein Leben, Tilda. Sie ist … ein kompletter Pflegefall. Das habe ich nicht erwartet.» Ruth schluckte schwer, als schnüre ihr etwas die Kehle zu. «Sie so zu sehen … sie überhaupt nicht wiederzuerkennen, als wären wir uns nie zuvor begegnet … ist grausam. Und das Allergrausamste ist … diese Krankheit kann jeden treffen. Dich. Mich. Die Menschen, die uns lieb und teuer sind.»

Ihre offenkundige Angst rührte an meine eigenen Ängste. Aber ich war wild entschlossen, sie im Keim zu ersticken.

«Erich Kästner hat mal gesagt: *Leben ist immer lebensgefährlich.* Es kann jederzeit passieren, dass uns ein Schicksalsschlag trifft, mit dem wir irgendwie zurechtkommen müssen. Aber wenn wir anfangen, uns auszumalen, was uns alles Schreckliches widerfahren *könnte*, bewegen wir uns nicht im Hier und Jetzt und damit auch nicht in der Realität.»

«Weißt du, wie ich das Hier und Jetzt gerade finde? Einfach nur … scheiße.» Ruths Gesicht wirkte verbissen, so als kämpfte sie gegen eine Flut von Gefühlen an, die sie quälten.

Ilse hingegen war ein Bild des Friedens. Sie hatte die Augen geschlossen, ein leises Lächeln spielte um ihre Lippen. Etwas hatte sie erreicht – ob es unsere Stimmen waren oder Sonne, Wind und Natur oder etwas anderes, würden wir nie erfahren. Aber es wärmte mir das Herz, sie so zu sehen.

«Ilse fühlt sich gerade wohl», sagte ich.

Ruth wandte sich der Gestalt im Rollstuhl zu. Ihr Gesicht, eben noch so verkrampft, wurde weich. «Ach, Ilse …»

Können Worte die Zeit anhalten? Ich hatte jedenfalls das Gefühl, als sei der Mechanismus, der sie verstreichen ließ, unvermittelt zum Stillstand gekommen. Was gewesen war, spielte keine Rolle mehr; genau so wenig wie das, was in der Zukunft wartete. Das Einzige, was zählte, waren wir drei, hier in diesem Garten, unter der warmen Sonne.

«Ich will das ganze Elend mit dir und Heinrich nicht mit ins Grab nehmen», sagte Ruth erstickt. «Ich … ich werfe es einfach weg. In den … in den Müll.»

Unvermittelt füllten sich ihre Augen mit Tränen, die ihr über die Wangen liefen, so als habe sich etwas in ihr Bahn gebrochen. Mit einem leisen Schluchzen beugte sie sich vor und nahm Ilses Hand, die schlaff im Schoß gelegen hatte, in ihre.

Kapitel 32

Auch mir waren die Tränen gekommen. Vor Rührung und auch vor Dankbarkeit, dass Ruth ihren eigenen Frieden gefunden hatte. Und ich war fest überzeugt, dass Ilse ihn auch spürte – durch die Hand, die ihre hielt.

Von der Straße drang plötzlich der Lärm einer Polizeisirene herüber, und die Zeit schien sich wieder in Bewegung zu setzen. Ich kramte in meiner Handtasche nach Tempotüchern. Ruth ließ Ilses Hand los. Ilse öffnete die Augen. Einen Moment lang wirkten sie klarer, fokussierter, so als würde sie uns und ihre Umgebung wahrnehmen. Dann verschleierten sie sich wieder, und ihr Blick glitt in die Ferne.

In stillem Einvernehmen blieben wir noch eine Weile am Teich sitzen. Ruth hatte ihre Tränen getrocknet. Sie sah traurig und nachdenklich aus, aber gefasst. Es ging mir durch den Kopf, dass sie vielleicht Abschied nahm. Abschied von ihren verletzten Gefühlen, den Kränkungen, die ihr zugefügt worden waren, dem Zerwürfnis mit einer Frau, die ihr einmal viel bedeutet hatte. Abschied von der Ilse von damals und der Ilse, die sie heute kennengelernt hatte. Denn tief im Inneren war ich sicher, dass die beiden sich nicht mehr wiedersehen würden.

Und tatsächlich sagte Ruth plötzlich: «Leb wohl, Ilse. Alles Gute für dich. Ich möchte jetzt nach Hause fahren und werde nicht wiederkommen.»

Der Rückweg zum Haus Aurora verlief genauso gemächlich wie unser Spaziergang zum Teich. Ruth wirkte erschöpft, und auch mich hatte dieser Besuch emotional mitgenommen. Ich war froh, als wir im Auto saßen und das Heim hinter uns gelassen hatten.

«Ich glaube, in diesem Haus ist man gut aufgehoben, wenn man alleine nicht mehr klarkommt», sagte Ruth, als wir die Grunewaldstraße entlangfuhren. «Was meinst du?»

«Das glaube ich auch.»

Kurz bevor wir Lichterfelde erreicht hatten, meldete sich Ruth noch einmal zu Wort: «Ich brauche jetzt erst mal eine Pause. Von allem. Wenn du mich zu Hause abgesetzt hast, sage ich tschüs. Du hast die nächsten Tage frei. Ich melde mich Anfang nächster Woche bei dir, und dann überlegen wir, wie es weitergehen kann. Einverstanden?»

«Einverstanden», sagte ich. Eine Pause war mir sehr recht. Gleichzeitig regte sich eine innere Stimme, die ängstlich flüsterte: Was, wenn Ruth dir nächste Woche kündigt? Weil alles geordnet ist, viel schneller als erwartet, und sie deine Unterstützung nicht mehr braucht? Oder weil sie schlicht und einfach die Nase voll hat von den Aufregungen, die ihr Döstädning mit sich brachte? Gerade noch rechtzeitig erinnerte ich mich daran, wie unklug es war, sich Schreckliches für die Zukunft auszumalen, statt im Hier und Jetzt und damit in der Realität zu bleiben.

Das war der Moment, in dem Ruths Handy den Eingang einer WhatsApp-Nachricht meldete. Wenig später hörte ich einen Stoßseufzer. Dann: «Marion hat sich gemeldet. Die Untersuchungen haben ergeben, dass es ist nicht das ist, was sie befürchtet hat. Gott sei Dank! Mehr schreibt sie nicht. Es wäre schön, wenn sie es irgendwann täte … denn natürlich würde ich gern genau wissen, was los ist. Aber vor allem bin ich erleichtert.»

«Ich bin auch erleichtert. Und ich freu mich, dass sie dich informiert hat, sobald sie Bescheid wusste.»

Ruth lächelte glücklich. «Das ist ein gutes Zeichen, oder?»

Ich lächelte zurück. «Ich finde schon.»

Vor Ruths Haustür umarmten wir uns.

«Es war gut, dass du heute dabei warst. Danke. Ich denke an dich am Samstag. Mach es dir gemütlich mit deinen netten Freundinnen an deinem Geburtstag.»

«Das werde ich tun», versprach ich, wieder einmal dankbar, dass keine Ermahnungen kamen, es richtig krachenzulassen.

Zu Hause angekommen, aß ich eine Kleinigkeit zu Mittag. Dann legte ich mich aufs Sofa und deckte mich mit einer Wolldecke zu. Auf dem Foto an der Wand schauten mich

Kai und seine junge Braut an. Kai … Er wäre vor mir sechzig geworden. Bevor mir die Augen zufielen, überlegte ich, wie wir wohl seinen runden Geburtstag gefeiert hätten. Mit einer großen Party? Gut möglich, denn Kai war viel geselliger als ich gewesen – vielleicht sein rheinisches Erbe? – und hatte Sinn für rauschende Festlichkeiten mit vielen Gästen gehabt. Vielleicht wären wir aber auch einfach ein paar Tage zusammen weggefahren. Der Gedanke, dass dies alles nicht möglich war, schmerzte. Es war ein vertrauter Schmerz, ein tiefes Bedauern. Doch er ließ Raum für meine Vorfreude auf den geplanten Urlaub im Hotel Meeresrauschen. Vielleicht im Februar, wenn alles grau in grau war und es schien, als würde der Frühling nie mehr kommen? Es sprach nichts dagegen, mir diese kleine Auszeit nachträglich zum Geburtstag zu schenken.

Das Klingeln meines Handys weckte mich.

«Ja?», murmelte ich verschlafen ins Telefon.

«Ich bin's, Dani! Hallo-oo, Tilda!» Sie klang frisch und munter, wie es sich für jemanden, der gerade seiner Arbeit im Büro nachging, gehörte.

«Hi. Schön, dich zu hören. Wie geht's?»

«Alles bestens. Und bei dir?»

«Auch gut.»

«Super! Ich bin ein bisschen im Stress hier, also nur ganz kurz wegen Samstag …»

«Ja?»

«Anke und ich kümmern uns um ALLES, daran wollte

ich dich erinnern. Du sitzt einfach entspannt im Sessel, bis wir um drei klingeln.»

Ich musste lachen. «Die ganze Zeit?»

«Warum nicht? Nach all der Aufräumerei bei Ruth hast du eine Pause verdient.»

«Aber den Kaffeetisch darf ich wenigstens für uns decken, ja?»

«Das ist erlaubt», meinte Dani großzügig. «Und jetzt muss ich Schluss machen. Ciao.»

«Tschüs. Ich freu mich auf euch.»

Das Gespräch war beendet. Lächelnd und mit einem warmen Gefühl in der Herzgegend legte ich das Handy zurück auf den Couchtisch. Das Leben beschenkte mich wirklich jeden Tag. Und es würde nicht damit aufhören, wenn ich offiziell zu den Senioren gehörte. In den letzten Wochen hatte ich gelernt, darauf zu vertrauen. Denn jeder Tag bot die Chance, etwas loszulassen, das nicht mehr wichtig war. Jeder Tag bot auch die Chance, offen zu sein für etwas Neues, das mir begegnen würde.

Ich stand vom Sofa auf, faltete die Wolldecke ordentlich zusammen und ging in die Küche, um mir einen Kaffee zu kochen. Während die Kaffeemaschine vor sich hin arbeitete, überlegte ich, was ich mir außer den Ferien im Hotel Meeresrauschen noch zu meinem Geburtstag schenken wollte. Die Antwort kam prompt und sozusagen in Großbuchstaben: O R D N U N G.

Meine eigene Version des Döstädning.

Ich nahm einen Kuli und einen Block zur Hand und setzte mich mit meinem Kaffee an den Küchentisch.

Das «Schriftliche» regeln, schrieb ich. *Vorsorgevollmacht, Patientenverfügung, Testament. Dafür nächste Woche Termin mit Jonas in Kanzlei vereinbaren.*

- *Sorgen in den Müll werfen.*
- *Mehr lachen.*
- *Meinen Freundinnen sagen und zeigen, dass ich sie liebhabe.*
- «Et hätt noch immer jot jejange» – *Ausdrucken, rahmen, an die Wand hängen.*
- *Kleine Freuden sammeln.*
- *Ängste aussortieren.*

Mehr fiel mir auf die Schnelle nicht ein. Aber das war völlig in Ordnung. Ich konnte die Liste ja jederzeit ergänzen. Das Ordnen der letzten Dinge war ein Prozess, auch das hatte ich gelernt. Hatte man einmal damit angefangen, war man in Bewegung. Setzte langsam einen Fuß vor den anderen. Oder legte einen Sprint ein, entdeckte Neuland hinter einer Kurve, rastete eine Weile oder spazierte ein paar Schritte rückwärts, um wieder durchzustarten, wenn man eine neue Idee hatte. Hier passte wunderbar der alte Spruch, dass der Weg das Ziel war.

Kapitel 33

Am Morgen meines sechzigsten Geburtstags wachte ich kurz nach Sonnenaufgang auf. Der Wecker verriet mir, dass es auf sieben Uhr zuging. Durch das geöffnete Fenster hörte ich Vogelstimmen und das vertraute Brummen des Vans einer Nachbarin, die wie immer um diese Zeit mit ihren Hunden ins Auslaufgebiet fuhr.

«Guten Morgen, liebe Tilda», sagte ich in das von kühler Morgenluft erfüllte Schlafzimmer hinein. «Herzlichen Glückwunsch zum Geburtstag.»

Ich hätte schwören können, dass Kai mir ebenfalls gratulierte, auch wenn ich seine Stimme nicht hören konnte.

Und dann drehte ich mich auf die andere Seite und schlief wieder ein. Was ungewöhnlich für mich war, denn ich gehörte nicht zu den Langschläfern. Aber heute war eben kein Tag wie jeder andere. Das war mein erster Gedanke, als ich das nächste Mal die Augen öffnete und sah, dass es bereits nach neun war.

Unter der Dusche überlegte ich, wie ich dem Start in diesen Tag eine besondere Note verleihen konnte. Wenig später war ich mit einer Thermoskanne mit Kaffee, einer Salamistulle und einer Birne unterwegs zum See.

Das letzte Mal war ich mit Günter hier gewesen, an einem Nachmittag, an dem Hochbetrieb geherrscht hatte.

Auch heute Morgen war bei dem sonnigen, frühherbstlichen Wetter einiges los. Auf dem Uferweg tummelten sich Jogger, Spaziergänger und Radfahrer, und eine Gruppe Senioren marschierte mit Nordic-Walking-Stöcken bewaffnet im Sturmschritt an mir vorüber.

Die Bank, auf der Günter und ich am liebsten gesessen hatten, war besetzt. Ein Paar, das ich auf etwa siebzig schätzte, hatte sich dort niedergelassen, hielt Händchen und hatte nur Augen füreinander. Als ich vorüberging, küssten sie sich leidenschaftlich. Frisch verliebt, die beiden, ganz bestimmt, dachte ich gerührt. Zumindest wirkten sie so. Es gab mir einen kleinen Stich, denn verlieben würde ich mich nicht mehr … ich hatte den inzwischen vertrauten Satz kaum zu Ende gedacht, als ich über eine Unebenheit am Boden stolperte, mich zum Glück aber schnell wieder ins Gleichgewicht bringen konnte. Der Fehltritt schien an meinen Gedanken gerüttelt zu haben, denn plötzlich ging mir durch den Kopf, dass das Leben möglicherweise andere Pläne für mich haben könnte als einen Lebensabend als Nonne. Vielleicht spielte das Alter ja nur dahingehend eine Rolle, dass man es in reifen Jahren mangels Gelegenheiten schwerer hatte, jemanden kennenzulernen? Partnersuche im Internet kam für mich nicht mehr in Frage, sie war nervenaufreibend gewesen und hatte mir kein Glück gebracht. Aber wenn das Schicksal wollte, konnte es Menschen sehr wohl im Alltag zusammenbringen und dabei erfinderisch vorgehen. Das hatte es immer schon getan. Und auch in einer Ära, in der die Leute sich mehr für ihre Handys als für ihre Mitmenschen interessierten, hatte das Schicksal diese Fertigkeit sicher nicht verlernt. Warum also nicht die Augen offen halten und mit Überraschungen rechnen? Ich hatte ja nichts zu verlieren, sondern konnte nur gewinnen.

Und ich würde wieder mehr für mich selbst tun, so wie vor meiner Arbeitslosigkeit. Mir neue Interessen erschließen und neue Menschen kennenlernen, die vielleicht zu Freunden wurden, so wie Dani und Anke, die mir der Spanischkurs an der VHS beschert hatte. Die guten Vorsätze sprudeln heute geradezu, dachte ich amüsiert. Wie an Neujahr. Vielleicht lag an meinem Geburtstagsmorgen ein besonderer Zauber in der Luft?

Mein Frühstück nahm ich auf einem Baumstamm am Ufer ein. Blesshühner, Enten und ein Schwan schwammen vorbei und äugten neugierig zu mir herüber. Ein Bild des Friedens, der in der Sonne glitzernde See, eingebettet in die golden und rot gefärbten Laubbäume, dazwischen die dunkelgrünen Nadelkleider der Waldkiefern. Über dem zweiten Becher Kaffee checkte ich meine E-Mails und die WhatsApp-Nachrichten und freute mich über die lieben Glückwünsche. Die Kollegen und Kolleginnen aus meiner alten Firma hatten an mich gedacht. Ruth hatte eine E-Card geschrieben; Sheryl und andere Nachbarn gratulierten herzlich per WhatsApp.

Bevor ich den Heimweg antrat, machte ich ein Foto. Die See-Idylle im herbstlichen Wald sollte mich immer an diesen Geburtstag erinnern. Es dauerte ungefähr fünf

Minuten, bis ich stehen blieb und das Bild löschte, weil mir bewusst wurde, dass ich keinen Schnappschuss mit der Handykamera brauchte, damit dieser Geburtstag nicht in Vergessenheit geriet. Ich hatte mein Frühstück im Grünen mit allen Sinnen genossen, das war genug.

Obwohl Dani und Anke es mir verboten hatten, ging ich später doch noch einkaufen, denn in meinem Kühlschrank sah es ziemlich leer aus. Anschließend deckte ich den Kaffeetisch: weiße Tischdecke, dazu das Kaffeegeschirr mit dem Goldrand, das ich von meinen Eltern geerbt hatte. Rosafarbene Servietten dazu und eine rosa Kerze in einem Kerzenständer aus Glas. Rosa Moosröschen rundeten das Bild ab. Auf jeden Teller legte ich eine in Goldpapier verpackte Rocher-Praline. Gegen eine kleine Nascherei konnten Dani und Anke nichts einzuwenden haben – den Tisch durfte ich ja decken, und die Goldkugel gehörte zur Deko.

Je mehr es auf drei Uhr zuging, umso aufgeregter wurde ich. Ein bisschen fühlte ich mich in meine Kinderzeit zurückversetzt, als jeder Geburtstag ein von meinen Eltern liebevoll gestaltetes Fest voller Überraschungen war, auf das ich mich schon wochenlang vorher freute. Ich musste schmunzeln bei dem Gedanken, dass ich es damals kaum erwarten konnte, wieder ein Jahr älter zu werden. Denn das bedeutete, dass ich mehr durfte: abends länger aufbleiben, mehr mit meinen Freundinnen unternehmen, mit dem Rad zur Schule fahren.

Inzwischen war ich schon sehr lange erwachsen und

musste niemanden mehr um Erlaubnis fragen, wenn es um die Gestaltung meines Lebens ging. Aber vielleicht war es nicht nur an einem Geburtstag, sondern an jedem Tag eine gute Idee, mich zu fragen, ob ich mir selbst genug Freiheiten gab. Und dann Dinge, auf die ich Lust hatte, einfach zu tun, anstatt darüber nachzudenken, um sie auf ein vages «Irgendwann vielleicht» zu verschieben.

Kurz vor drei saß ich tatsächlich in dem Sessel, den Dani mir ans Herz gelegt hatte. Ich hatte mich schick gemacht für meine Gäste und das kleine Schwarze aus dem Schrank geholt. Dazu legte ich die lange Perlenkette von Woolworth um und schminkte mich sorgfältig. Für den perfekten Audrey-Hepburn-Look, den ich an einem unserer Kochabende kreiert hatte, fehlte noch die Hochsteckfrisur. Die bekam ich heute aber leider auch nicht hin, denn meine Haare hatten die gleiche Länge wie damals. Dafür gelang mir aber das Augen-Make-up mit dunkel betonten Brauen und Lidstrich ziemlich gut. Dazu passte der leuchtend rote Lippenstift, den ich nur selten auftrug, weil ich ihn für den Alltag zu knallig fand. Ich überlegte, ob ich noch den breitkrempigen schwarzen Strohhut und die riesige Sonnenbrille aufsetzen sollte, aber für ein Kaffeekränzchen in meiner Küche erschien mir das doch ein bisschen viel des Guten.

In meinem Audrey-Kleid saß ich aufrechter als sonst im Sessel und hatte meine Beine, die in einer nudefarbenen Strumpfhose steckten, an den Knöcheln gekreuzt. Eine für mich eher ungewöhnliche Sitzhaltung, die auch damit zusammenhängen konnte, dass ich Pumps mit Absätzen trug anstatt der Birkenstockschlappen, mit denen ich sonst zu Hause unterwegs war.

Um fünf nach drei klingelte es. Es war Dani, die einen ziemlich aufgelösten Eindruck machte. Nachdem sie mich umarmt und mir alles Gute zum Geburtstag gewünscht hatte, sagte sie kläglich: «Oh Tilda … es ist alles ganz schrecklich. Ich bin so ein Tollpatsch. Mein schöner Kuchen ist mir eben in der Küche runtergefallen und nur noch Matsch. Gott sei Dank hat Anke auch gebacken, wir werden also nicht verhungern. Das Blöde ist nur, dass ihr Auto nicht anspringt und Matthias mit dem anderen Auto unterwegs ist. Aber das kriegen wir hin! Wir holen sie schnell zusammen ab, ja?»

«Klar. Kein Problem. Aber … warum hast du sie denn nicht abgeholt, bevor du zu mir gefahren bist? Du hättest dir einen Weg gespart.»

Dani riss die Augen sperrangelweit auf. «Stimmt! Daran hab ich gar nicht gedacht! Ich bin wirklich ganz schön durch den Wind. Was für ein Schlamassel. Und das an deinem Geburtstag.»

«Es gibt wirklich Schlimmeres», sagte ich lächelnd und nahm meine Handtasche vom Haken im Flur. «Wenn wir später mal an heute zurückdenken, lachen wir drüber. Von mir aus kann es losgehen.»

Kurz darauf saßen wir in Danis schwarzem Mini. Ihre

Aufregung hatte sich schlagartig gelegt, sobald sie hinter dem Steuer saß. Davon ging ich jedenfalls aus, denn sie fuhr so zügig und konzentriert, wie ich es von ihr gewohnt war. Und manchmal spielte sogar ein Lächeln um ihre Lippen.

Anke öffnete uns die Haustür, bevor wir klingelten. Sie musste unsere Ankunft durchs Fenster beobachtet haben.

«Ganz, ganz herzlichen Glückwunsch zum Geburtstag, liebe Tilda!», sagte sie und umarmte mich. Und Dani umarmte mich auch noch mal, und beide strahlten über das ganze Gesicht, und dann schmetterten sie die ersten Strophen des Songs *Celebration* von Kool & the Gang:

Yahoo! This is your celebration
Yahoo! This is your celebration
Celebrate good times, come on!
Celebrate good times, come on!
There's a party goin' on right here
A celebration to last throughout the years
So bring your good times, and your laughter too
We gonna celebrate your party with you
Come on now

«Wie toll war das denn!», sagte ich glücklich. «Ich wusste gar nicht, dass ihr so gut singen könnt.»

Anke machte einen Knicks. «Danke für die Blumen. Wir haben geübt.»

«Ganz besonders wichtig ist diese Zeile: *There's a party going on right here!*» Dani grinste von einem Ohr zum anderen.

Hm. Auf den Text hatte ich gar nicht geachtet. Und warum sahen die beiden plötzlich aus, als würden sie gleich losprusten vor Lachen?

«Wieso denn das? Ich stehe gerade ein bisschen auf dem Schlauch ...»

«Nicht nur ein bisschen», bemerkte Dani.

«Ich übersetze das mal für dich», kam es von Anke in ihrem schönsten Frau-Apothekerin-hilft-Ihnen-garantiert-Ton. «Hier in der Villa Maulwurf steigt deine Geburtstagsüberraschungsparty. Jetzt!!!»

«Jaaaa!», jubelte Dani.

Ich schnappte nach Luft. «In der Villa Maulwurf? Aber ... aber ... wie ... wieso? Wir waren doch bei mir verabredet?»

«Das erklären wir dir gleich», sagte Anke. «Du siehst übrigens ganz zauberhaft aus in deinem kleinen Schwarzen, Tilda-Audrey!»

«Das finde ich auch!» Dani, die hinterlistige Schlange, die mich so beschwindelt hatte, strahlte mich an.

«Das ... das ist wirklich eine Überraschung. Ich fühle mich ... ein bisschen erschlagen.» Würden gleich lauter Freunde und Bekannte von Dani und Anke das Haus stürmen? Bei dieser Vorstellung wurde mir mulmig zumute, und ich wäre am liebsten geflohen.

Anke warf mir einen mitleidigen Blick zu und legte

einen Arm um meine Schulter. «Jetzt komm doch erst mal rein. Die Überraschungsparty hier bei uns ist kein Muss. Wenn du sagst, nee, keine Lust, packen wir alles ein und fahren zu dir. Okay?»

«Okay …»

Als ich ins Esszimmer trat, brauchte ich erst mal eine Weile, um alles in mich aufzunehmen: die nur für drei Personen gedeckte Kaffeetafel, das Blumengesteck aus gelben Dahlien, Hagebuttenzweigen und Septemberkraut. Die große weiße Stumpenkerze mit dem Schriftzug: *Happy Birthday, liebe Tilda!*

Quer über den langen Tisch mit den schlichten Holzstühlen, an dem Anke und Matthias oft und gerne Gäste bewirteten, spannte sich eine kunterbunte Wimpelgirlande, und unter der Decke klebten mit Helium gefüllte Luftballons mit der Aufschrift: *Viel Glück!* Die Zahl sechzig tauchte nirgendwo auf, was ich sehr zartfühlend von Dani und Anke fand. Erwachsene Menschen, die einen runden Geburtstag feierten, wussten ja selbst, wie alt sie wurden. Sie mussten nicht ständig damit bombardiert werden.

Ich ließ meine Augen weiterwandern. Über die prächtige, von frischen Himbeeren gekrönte Sahnetorte. Den mit Puderzucker bestäubten Schokoladenkuchen. Den Apfelkuchen nach französischer Art, den ich so liebte und der eine von Danis Spezialitäten war.

So schön war alles. So viel Mühe hatten sich die beiden gegeben. Für mich. Den Geburtstagsmuffel, der noch nie viel Aufhebens um seinen Ehrentag gemacht hatte. Ganz zu schweigen davon, dass ich vor nicht allzu langer Zeit speziell diesen am liebsten komplett gestrichen hätte.

Danis Stimme riss mich aus meiner staunenden Bewunderung. «Tilda? Du sagst ja gar nichts ...?»

«Ich kann nicht. Ihr seid ... so lieb», stieß ich hervor und brach in Tränen aus.

Ich fasste mich schnell. Es waren ja Glückstränen, Tränchen der Rührung, der Dankbarkeit, die fast ebenso schnell trockneten, wie sie geflossen waren. Allerdings hätte ich um ein Haar wieder welche vergossen, als ich mein Geschenk auspackte: ein Büchlein mit Fotos von unseren Kochabenden, in dem sich ein selbstgebastelter Gutschein für einen Freundinnen-Tag versteckte.

«Wir machen es uns richtig schön!», erklärte Anke. «Erst lassen wir uns im Kosmetikstudio verwöhnen, mit allem Drum und Dran. Gesichtsbehandlung mit Make-up, Maniküre, Pediküre. Dann führen wir dich zum Essen aus. Wir verwöhnen dich nach Strich und Faden, und uns gleich mit.»

«Oh, wie herrlich», seufzte ich. «Was für eine großartige Idee. Vielen, vielen Dank, ihr Lieben. Für ALLES.» Meine Stimme schwankte gefährlich, und ich merkte, dass meine Augen wieder feucht wurden. Meine Freundinnen merkten es auch und klopften mir besorgt auf die Schultern.

«Bleib stark», sagte Dani. «Wir wollen doch jetzt Kaffee trinken und Kuchen essen.»

«Genau. Und wir haben auch noch etwas für dich. Auf Ruths Flohmarktparty entdeckt.» Anke überreichte mir einen in Geschenkpapier gewickelten Gegenstand. Nach dem Auspacken kam eine kleine Kristallvase zum Vorschein, die einen Zweig oder eine einzelne Blume wunderbar zur Geltung bringen würde.

«Sehr hübsch! Danke schön! Sie bekommt einen Ehrenplatz in meiner Vitrine.»

Später, am Kaffeetisch, prägte ich mir jedes Detail ein, damit ich es später einmal in meiner Erinnerung abrufen konnte. An einem Wintertag, an dem ich mich traurig und einsam fühlte, zum Beispiel. Dann würde ich mich wieder an allem freuen, was ich heute erlebt hatte, und den köstlich-fruchtigen Geschmack der Geburtstagstorte auf der Zunge schmecken können, die Anke für mich gebacken hatte.

Natürlich hatte sie auch das Rezept für uns ausgedruckt und auf der Kommode im Flur deponiert. «Damit wir ein Andenken an deine Überraschungsparty haben», erklärte Anke.

«Übrigens haben wir noch Pläne für heute», ergänzte Dani. «Nach dem gemütlichen Kaffeetrinken mit uns beiden, das du dir gewünscht hast. Aber nur, wenn du einverstanden bist ...»

Das klang ziemlich ominös.

«Jetzt guck doch nicht so misstrauisch», sagte Anke. «Wir schleppen dich nicht zum Bungee-Jumping, keine

Angst. Findest du es schlimm, wenn Matthias gegen Abend nach Hause kommt und dir zum Geburtstag gratuliert?»

«Natürlich nicht! Wie könnt ihr denn so was von mir denken. Ich freu mich!»

«Wir erwarten auch noch einen Gast. Er möchte aber nicht aufdringlich sein. Wir können ihm jederzeit eine WhatsApp-Nachricht schicken, wenn es dir lieber ist, dass wir unter uns bleiben.»

Dani schaute mich erwartungsvoll an, und ich hatte das Gefühl, dass sie es sehr genoss, meine Neugier zu kitzeln.

«Wer ist es denn?»

«Na ja, es soll eine Überraschung sein. Weil es ja eine Überraschungsparty ist. Aber wenn du unbedingt willst, verraten wir es dir ...»

Beide grinsten jetzt von einem Ohr zum anderen.

Vor meinem geistigen Auge huschte eine Erinnerung vorbei. An ein prasselndes Feuer in einer Feuerschale, in dem Papiere in Flammen aufgingen. Begleitet von lauter Rockmusik, die durch einen Garten hallte.

«Ich weiß schon, wer es ist», verkündete ich lässig. «Jon Bon Jovi. Und er singt *It's My Life* für mich.»

«Genau!», sagte Dani, ohne mit der Wimper zu zucken. «Wie hast du das nur erraten?»

«Das bleibt mein Geheimnis», gab ich zurück.

Und dann kicherten wir alle drei los.

Kapitel 34

Die Zeit plätscherte dahin. Ich hätte sie gerne angehalten. Für immer hier sitzen, in die ruhig brennende Flamme meiner Geburtstagskerze schauen, mich an allem freuen, mit meinen Freundinnen über alles Mögliche plaudern und dabei köstlichen Kuchen verspeisen – davon konnte ich gerade nicht genug bekommen.

«Ich kann mich gar nicht entscheiden, welche Torte am leckersten schmeckt», seufzte Anke irgendwann und lud sich noch ein Häppchen vom Schokoladenkuchen auf den Teller.

«Ich auch nicht. Sie sind alle drei Spitzenklasse.» Ich spießte eine Himbeere auf und ließ sie genüsslich im Mund zergehen.

«Da bin ich anderer Meinung», schaltete sich Dani ein. «Mein Schokoladenkuchen und meine *Tarte Tatin* sind tatsächlich Spitzenklasse. In aller Bescheidenheit natürlich. Aber den ersten Preis verdient deine Torte, Anke. Absolut deliziös. Und es steckt eine Menge Arbeit drin, stimmt's.»

Anke war vor Freude über das Kompliment rot geworden. «Ich hole mal schnell das Rezept, damit ihr euch ein Bild machen könnt», sagte sie und verschwand im Flur, um uns kurz darauf die Ausdrucke zu überreichen. Bevor ich anfing zu lesen, hielt ich einen Moment inne. Würde ich dieses Andenken an meinen sechzigsten Geburtstag aufheben? Mit Sicherheit. Aber würde ich es für immer behalten? Bis ans Ende meiner Tage, so wie im Märchen? Sicher nicht. Irgendwann würde es nicht mehr wichtig sein, und ich würde mich von den Papierbogen trennen. Denn alles, was wirklich wichtig war, blieb in mir selbst lebendig.

TILDAS GEBURTSTAGSTORTE

Teig:
90 g Mehl
240 g Puderzucker
1 TL Backpulver
1 Bio-Zitrone
7 Eiweiß
40 g Zucker
2 Prisen Liebe

Dekoration:
300 g Schlagsahne
1 Päckchen Sahnesteif
1 TL Liebe
3 EL Himbeergelee (ohne Kerne)
300 g frische Himbeeren

Zubereitung:
Für den Teig das Mehl mit dem Puderzucker und dem Backpulver durch ein feines Sieb in eine Schüssel sieben. Zitrone heiß abspülen, abtrocknen, die Schale sehr fein abreiben. Eiweiße zu Schnee schlagen.
Restlichen Puderzucker sieben und nach und nach mit dem Zucker zum Eischnee geben. Schlagen, bis eine cremige Masse entstanden ist. Dann die Mehlmischung portionsweise mit einem Teigschaber unterziehen. Zuletzt die Zitronenschale unterrühren. Den Teig in eine ungefettete (der Teig muss am Rand Halt finden) Angel-Cake(Engelskuchen)-Backform mit extra hohem Rand und einem Durchmesser von 18 cm geben. Bei 180 Grad / Umluft 160 auf der unteren Schiene ca. 40 Minuten backen.
Kuchen in der Form ca. 20 Minuten abkühlen lassen. Dann vorsichtig der Form entnehmen und vollständig auskühlen lassen.
Für die Dekoration Sahne mit Sahnesteif steif schlagen. Himbeergelee in einem Töpfchen leicht erwärmen. Die vorbereiteten Früchte mit dem Gelee vermischen.
Den Kuchen auf eine Platte setzen und rundherum mit der Sahne einstreichen. Dazu eine Palette benutzen. Die Früchte oben auf der Torte verteilen. Bis zum Verzehr in Liebe packen und im Kühlschrank aufbewahren.

Kapitel 35

Den Überraschungsgast würden wir im Garten begrüßen.

«Die Abendsonne ist so schön, das müssen wir ausnutzen. Wir hätten ja auch gerne draußen Kaffee getrunken. Aber die Wespen hätten sich natürlich auf unseren Kuchen gestürzt», sagte Anke, während wir das Geschirr in die Spülmaschine räumten. «Oh, Matthias ist da!»

Ich hatte ihn nicht kommen sehen, da ich der Küchentür den Rücken zugewandt hatte.

«Hallo, liebes Geburtstagskind!», hörte ich, und dann verschwand ich in einer festen Umarmung. «Glück und Segen auf all deinen Wegen!» Zwei knallende Küsse landeten auf meinen Wangen.

«Vielen Dank!», sagte ich lachend.

Auch im Garten hatten Anke und Dani für Partystimmung gesorgt. Spanisch angehaucht, wie sie erklärten, weil wir uns doch im Spanischkurs kennengelernt hatten. Auf der gelben Tischdecke ringelten sich rote Luftschlangen, und an den Obstbäumchen hingen rote und gelbe Lampions. Ein Tablett mit Gläsern stand auf einem Beistelltisch bereit.

Matthias schleppte eine Kiste mit Mineralwasser, Orangen- und Apfelsaft aus dem Keller nach draußen und stellte sie in den Schatten. Aber niemand machte Anstalten, etwas zu trinken anzubieten, nachdem wir am Tisch Platz genommen hatten. Dani und Anke wirkten nervös und schauten auf ihre Armbanduhren. Matthias zog sein Handy aus der Hosentasche, warf einen Blick darauf und steckte es wieder weg. Erwartung lag in der Luft, und sie konnte nur mit dem geheimnisvollen Gast zusammenhängen.

Er ließ nicht lange auf sich warten und war schon von weitem zu hören:

It's my life!
It's now or never!
I ain't gonna live forever!
I just want to live while I'm alive!

Jon Bon Jovi! Er war hier und er sang für mich. Leider nicht live, sondern via Bluetooth-Lautsprecher im Arm einer strahlenden Ruth. Begleitet wurde sie von Heidi, der man eine rote Schleife ums Halsband gebunden hatte, und von ihrem lächelnden Sohn, der einen Blumenstrauß in herbstlichen Rot-Orange-Tönen in der Hand hielt. Ruth hier und Heidi und Jonas – damit hatte ich nun wirklich nicht gerechnet! Wie elektrisiert sprang ich auf, um die Überraschungsgäste zu begrüßen.

Jon Bon Jovi verstummte. Und dann umarmte mich Ruth. «Alles, alles Liebe und Gute für dich, liebe Tilda! Wir wollen nicht stören und gehen bald wieder. Aber es war mir so ein Anliegen, dir persönlich zu gratulieren und ein paar Kleinigkeiten vorbeizubringen.»

Jonas schüttelte meine Hand, wünschte mir ein spannendes und glückliches neues Lebensjahr und überreichte mir die Blumen.

Dani, Matthias und Anke waren nun ebenfalls herangetreten und begrüßten die neu Hinzugekommenen.

«Wann habt ihr euch das denn ausgedacht?», wollte ich wissen.

«Ach, auf der SchöneDingeParty haben wir uns ein bisschen mit Ruth angefreundet», sagte Dani lachend.

«Und später ein bisschen Brainstorming am Telefon gemacht», schaltete sich Anke ein.

«Und ziemlich viel Spaß dabei gehabt», ergänzte Ruth. «Und jetzt stoßen wir erst mal an. Auf dich, Tilda. Natürlich mit Champagner. Den haben wir mitgebracht. Jonas muss ihn nur noch aus dem Auto holen.»

Jonas grinste. «Sofort, Mutter.»

«Ich helfe Ihnen», sagte Matthias.

«Und ich hole eine Vase für die Blumen», sagte Anke und verschwand über die Außentreppe, die in den Wintergarten führte, im Haus.

Während die Männer zum Auto gingen, nahmen Dani, Ruth und ich am Tisch Platz. Heidi hatte es sich im Gras gemütlich gemacht und blinzelte zufrieden vor sich hin.

«Was für ein hübscher Garten!» Ruth schaute sich mit sichtlicher Begeisterung um. «Und so eine nette Dekoration. Ach, es ist schön, hier zu sein. Ich hatte Bedenken. Weil du ja allein mit deinen Freundinnen feiern wolltest, Tilda.»

«Ich freue mich sehr, dass ihr gekommen seid, du und Jonas und Heidi. Das ist wirklich eine ganz wunderbare Überraschung! Und bitte nicht gleich flüchten!»

Dani lachte. «Nein, bloß nicht! Wir haben ja noch eine Kleinigkeit zum Abendessen vorbereitet.»

Ruth und Jonas hatten nicht nur Champagner mitgebracht, sondern auch einen großen, silbernen Kühler und in Plastik abgepackte Eiswürfel. Und feine belgische Pralinen für Anke und Dani. Außerdem zauberte Ruth noch ein Geburtstagskärtchen mit lieben Worten und einem Büchergutschein von der Buchhandlung am S-Bahnhof Lichterfelde West für mich aus ihrer Handtasche hervor.

«Vielleicht möchtest du dir ja eine neue Ausgabe von *Vom Winde verweht* zulegen?», sagte sie augenzwinkernd.

«Vielleicht», gab ich lachend zurück. «Aber erst mal sind die Bücher von Peter Wohlleben dran, die stehen schon lange auf meiner Wunschliste.»

«Wer ist das?», wollte Ruth wissen.

«Ein Förster aus der Eifel. Sein bekanntestes Buch ist *Das geheime Leben der Bäume*. Er hat auch über das Seelenleben der Tiere geschrieben. Und eine Gebrauchsanweisung für den Wald.»

Sie schmunzelte. «Was hältst du von einem gemeinsamen Spaziergang im Grunewald, nachdem du die Gebrauchsanweisung gelesen hast?»

«Super Idee!», sagte Dani. «Wir kommen auch mit, oder, Anke?»

«Klar. Und anschließend picknicken wir.»

Ruth strahlte über das ganze Gesicht. Wieder einmal war ich beeindruckt von ihrer Großzügigkeit und musste lächeln, als mir einfiel, was sie einmal gesagt hatte: «Weißt du, Tilda, es ist einfach schön, wenn genug Geld da ist, damit man sich und anderen Menschen eine Freude machen kann. Geiz macht so gar keinen Sinn. Wir können nun mal keinen einzigen Geldschein mitnehmen ins Jenseits, nachdem wir ins Gras gebissen haben.»

Matthias und Jonas kümmerten sich nun darum, dass wir miteinander anstoßen konnten.

«Jemand hier, der lieber Saft oder Wasser möchte?», erkundigte sich Matthias, nachdem er eine Champagnerflasche geöffnet hatte.

Niemand meldete sich.

Es folgte ein kleines Ritual, das uns Anke erklärt hatte.

Erst ließ jeder einzeln sein Glas sachte an meines klirren und sprach gute Wünsche für mein neues Lebensjahr aus. Anke machte den Anfang und wünschte mir Gesundheit und Wohlstand. Der frisch verliebten Dani war es besonders wichtig, dass ich Glück in der Liebe hatte. Neue Abenteuer, neue Träume und neue Anfänge wurden mir von Matthias zugedacht.

«Mögen alle deine Wünsche sich erfüllen», sagte Ruth. «Du hast es verdient.»

Nun war Jonas dran. «Antoine de Saint-Exupéry schrieb einmal: *Es ist gut, wenn uns die verrinnende Zeit nicht als etwas erscheint, das uns verbraucht oder zerstört, sondern als etwas, das uns vollendet.* Dass die Zeit dir so erscheinen möge, das ist mein Geburtstagswunsch an dich.»

Wir schauten uns in die Augen, während er sprach. Da wir beide Menschen waren, die den direkten Blickkontakt im Gespräch suchten, war das nichts Neues für mich. Und doch war etwas anders als sonst. Wenn es stimmt, dass die Augen die Fenster zur Seele sind, dann waren diese Fenster bei uns beiden gerade weit geöffnet. Es war ein magischer Moment, der mich den Reichtum des Lebens spüren ließ. Alles schien möglich im Hier und Jetzt dieses Abends. Sogar das Glück in der Liebe für das neue Lebensjahr, das Dani mir gewünscht hatte.

Es fühlte sich an wie Feenstaub auf der Seele.

Kapitel 36

Langsam senkte sich die Dämmerung über den Garten. Nun leuchteten die Lampions in den Obstbäumen und die kugelförmigen Solarleuchten in Terrassennähe. Feenlichter, dachte ich glücklich, genau wie die kleinen Laternen auf dem Tisch. Die Stimmung war heiter. Jeder hatte etwas zu erzählen, und es wurde viel gelacht. Ich war zufrieden damit, zuzuhören und alles, was ich sah und hörte, in mich aufzusaugen. Und natürlich auch das, was ich schmeckte.

Inzwischen hatten wir gemeinschaftlich die Tapas aufgetischt, die Dani und Anke vorbereitet hatten. In kleinen Schälchen wurden Kräuterbutter, gefüllte Oliven, marinierte rote und gelbe Paprika und eingelegter Schafskäse serviert. Dann gab es noch eine Platte mit Serranoschinken, Manchegokäse und in Scheiben geschnittener Chorizo-Wurst. Ferner einen Teller mit Melonenhäppchen, die wunderbar erfrischten, und knuspriges Baguette.

Nach der Tortenorgie am Nachmittag war ich überzeugt gewesen, dass ich das Abendessen ausfallen lassen würde. Aber die frische Luft und der Champagner hatten mir doch Appetit gemacht, und ich ließ es mir schmecken. Hier ein Häppchen, dort ein Stück Brot mit Kräuterbutter, eine Olive, ein Scheibchen Wurst. Und dazwischen Champagner. Herrlich.

«Jetzt erzähl doch mal von deinem Döstädning, Ruth», hörte ich unvermittelt Danis Stimme. «Wie steht es mit der Ordnung der Dinge?»

Ich spitzte die Ohren, denn es ging ja um meinen Job.

Ruths Gesicht leuchtete auf. «Tilda und ich waren sehr tüchtig. Ich hatte wirklich das Gefühl, jetzt blitzt und blinkt mein Leben.»

«Du *hattest* das Gefühl?», meldete sich die stets analytisch denkende Anke zu Wort. «Das heißt, du hast deine Meinung inzwischen geändert?»

Ruth überlegte einen Moment mit schiefgelegtem Kopf. «Sagen wir es so: Die Umstände haben sich geändert. Das Leben steht nicht still, und Döstädning ist ja ein Prozess. Man wird nie fertig, solange man atmet.»

Ich hatte den Eindruck, dass Jonas sich ein wenig gerader hinsetzte. Dann, mit einem leisen Seufzer, den ich mir vielleicht auch nur eingebildet hatte, erkundigte er sich: «Darf ich fragen, was du vorhast, Mutter?»

Ruth strahlte ihn an. «Aber sicher. Du hast doch bestimmt auch gestern die Todesanzeige im *Tagesspiegel* gelesen?»

«Ich lese keine Traueranzeigen.»

«Ich finde sie hochinteressant, weil sie oft einiges über den Verstorbenen und seine Hinterbliebenen verraten», sagte Ruth. «Und nun ist es so, dass jemand, der mir vor vielen Jahren einmal sehr viel bedeutet hat, seine Frau verloren hat. Ich würde ihm nächste Woche gerne einen Beileidsbesuch abstatten. Bist du dabei, Tilda?»

Selbstverständlich würde ich Ruth in ein neues Abenteuer begleiten. Und allem, was das Leben für mich bereithielt, mit offenen Armen begegnen.

Dagmar Hansen
Herzenswege

336 Seiten

Susannas Leben verlief immer in ruhigen Bahnen. Bis vor einem Jahr ihre Tochter starb. Marie war der fröhliche Mittelpunkt der Familie, furchtlos, eine Reisende. Ganz anders als Susanna. Von ihrer letzten Rucksacktour hat Marie den Eltern Postkarten geschrieben. Die erste zeigt die Sibylle von Cumae, auf der Rückseite hat Marie tief bewegt ein paar Gedanken notiert. Kurz entschlossen bucht Susanna einen Flug nach Neapel. Sie will den Ort mit eigenen Augen sehen, der ihre Tochter so berührt hat. Eine Pilgerreise quer durch Europa beginnt. Eine Reise, die Susanna an ihre Grenzen bringt, sie ihre Tochter neu entdecken lässt – und überraschend auch sich selbst.

Weitere Informationen finden Sie unter **rowohlt.de**

MIX
Papier aus verantwortungsvollen Quellen
FSC® C014496

Das für dieses Buch verwendete Papier ist FSC®-zertifiziert.